Las tres familias

Miguel Ángel González

Papel certificado por el Forest Stewardship Council®

MIXTO
Papel | Apoyando la silvicultura responsable
FSC® C117695

Penguin Random House Grupo Editorial

Primera edición: enero de 2026

Esta obra ha recibido una ayuda a su creación del Ministerio de Cultura
a través de la Dirección General del Libro, del Cómic y de la Lectura

MINISTERIO DE CULTURA
DIRECCIÓN GENERAL DEL LIBRO, DEL CÓMIC Y DE LA LECTURA

Printed in Spain – Impreso en España

ISBN: 978-84-666-8131-5
Depósito legal: B-19.668-2025

Compuesto en Llibresimes
Impreso en Rodesa
Villatuerta (Navarra)

BS 8 1 3 1 5

Para Carolina,
que me dejó robarle la mejor frase del libro,
que prefiere una noche en vela a un prion,
que me rescató cuando era un náufrago

Cada hombre tiene su propio destino.

MARIO PUZO, *El padrino*

Año 1496, Guadamur, Toledo, reino de Castilla

Hay una luz en algún lugar. No es mucha luz, pero vence a la oscuridad. Es una llama pequeña que parpadea al abrigo de un candil, una mano lo sostiene. El fuego se mece con cada paso, dibuja en las paredes del castillo figuras extrañas y deformes que parecen criaturas sacadas de una fábula, monstruos condenados a vagar para siempre entre las sombras.

Una muchacha de cuerpo menudo, casi infantil, avanza por el corredor de piedra. Lleva el cabello recogido, la cabeza gacha y los brazos tensos, agarrando con una mano el candil prendido y con la otra una jarra de vino. Sus zapatos de cuero rústico, sin teñir, se ajustan al empeine con una correa. Solo se le ven los pies sobresaliendo de la túnica de lana gris al caminar. Al detenerse frente a una puerta gruesa de madera, reforzada en los extremos con clavos de hierro forjado, quedan ocultos bajo la tela.

Deja por un instante el candil y la jarra en el suelo y golpea suavemente con los nudillos.

—¡Adelante! —responde una voz masculina desde el otro lado.

La joven empuja la puerta con cuidado. Accede a una estancia tan cálida como opulenta. Una alfombra andalusí tejida a mano cubre el suelo. En la pared, un tapiz flamenco de una escena bíblica ondea levemente por la corriente de aire que entra desde una tronera. La cama, ubicada en el centro de la habitación, queda oculta tras un dosel. Junto a una mesa de roble macizo, acomodado en una de las sillas tapizadas que la rodean, se encuentra don Diego de Guzmán.

No se trata de un huésped cualquiera, lo cual se percibe a simple vista por su porte y su vestimenta. Es gentilhombre de la Casa Real y veedor de la Real Hacienda. Viaja de Alcalá a Granada, y por mandato expreso de Sus Altezas ha de ser hospedado y servido con particular cuidado. Por ello don Pedro López de Ayala, de la casa de los condes de Fuensalida, señor de Guadamur, ha ordenado que se le trate como a un emisario de la Corona, agasajándolo generosamente.

Aunque sin un cargo oficial asignado, son conocidos los vínculos de Diego de Guzmán con la Corte: su cercanía e influencia con los consejeros de la Reina, así como su talante y habilidad para mediar entre embajadas y cortes. Lo que le convierte, en cierta forma, en un emisario directo del poder.

Tiene la piel tersa y rosada, lo que le hace parecer más joven de lo que realmente es. Viste un jubón de terciopelo azul marino con bordados en hilo de oro. Las mangas acuchilladas dejan entrever una camisa blanca de lino. En su pecho brilla un broche con la forma de un escudo. Sus botas, altas y pulidas, terminan a la altura de las rodillas; sobre su regazo, una daga con una empuñadura decorativa. Pero lo que más llama la atención es la expresión de su rostro, que luce una mueca extraña, entre divertida y desdeñosa.

—Debéis de estar exhausto del viaje, mi señor —dice la joven sin atreverse a cruzar del todo el umbral, pronunciando las palabras en voz queda, como si hablase para sí—. Os traigo vino por si deseáis beber antes de la cena.

—Dejadlo ahí —le indica él, casi interrumpiéndola, señalando el lado opuesto de la mesa con un gesto del mentón.

Ella obedece. Mientras deposita la jarra, Guzmán la observa. Lo hace sin pudor, como quien evalúa piezas de carne en el mercado. La joven, consciente de la mirada, se afana en realizar su labor con la cabeza gacha, como si eso pudiera disipar la incomodidad del momento.

—¿Cómo os llamáis? —le pregunta él, incorporándose hacia delante y dejando la daga sobre la mesa.

—Elia —responde sin alzar la mirada.

—¿Es este vuestro oficio, Elia?

—Sí, mi señor. Desde niña.

—¿Vivís aquí?

—Con mis tres hermanos. Somos huérfanos. El señor López de Ayala nos dio techo y trabajo. Él… —parece buscar las palabras idóneas—, él nos ampara —afirma finalmente.

—¿Y a qué se dedican vuestros hermanos?

—Mastrosso, el menor, trabaja en el campo. Carcagnosso es artesano. Arregla arneses, sillas de montar o correas. —La voz de Elia es tan frágil que no es sencillo entenderla—. Y Osso, el mayor, es herrero.

—¿Herrero? —inquiere Guzmán con visible sorpresa.

—Así es, mi señor. La daga que don Pedro os ha ofrecido como presente ha sido forjada por él.

Guzmán se levanta, con la mirada fija en la hoja afilada. Camina unos pasos, rodea la mesa y se detiene frente a Elia. Vuelve a contemplarla, recorriendo su cuerpo con los ojos, hasta que repara en la joya que cuelga de su cuello, sobre el escote del vestido. Su forma es ovalada, parece de oro añejo y en el centro tiene tallado en bajorrelieve un árbol solitario, de copa ancha y ramas abiertas.

—¿Qué es eso?

—Un camafeo. Era de mi madre. Es lo único que conservo de ella.

—Permitidme verlo —le pide en un tono que bien podría confundirse con una orden.

Ella duda, pero se acerca un poco más para que él pueda inclinarse a observar la joya. Guzmán alarga la mano, pero en lugar de tomarla con delicadeza, tira bruscamente y le arranca la cadena. El camafeo queda colgando de sus dedos.

—¡Señor! —protesta Elia sobresaltada, y acto seguido se arrepiente del tono que ha empleado.

Él la mira. Se divierte con el temor que provoca.

—Solo deseaba contemplarlo de cerca. No temáis, os lo devolveré.

—Os lo ruego, devolvédmelo —le suplica ella—. Es todo cuanto poseo.

—¿Todo? —repite él reduciendo aún más la distancia entre ambos.

Elia recula, intenta esquivarlo, pero él se lo impide. La expresión del rostro de Diego de Guzmán se ha tornado más firme, más sombría.

—Es tarde. Debería retirarme. A mis señores les disgusta que el servicio deambule tras el ocaso.

Diego de Guzmán suelta una carcajada descontrolada.

—¿Creéis en serio que a vuestro señor le importa lo que haga una criada? Os hablaré con franqueza: para él, mi visita es lo más relevante que ha acontecido en semanas, acaso en meses. Me atrevería a decir que enviarme a su sirvienta más joven ha sido también una muestra de gratitud.

Elia da otro paso atrás, tiembla de pavor. Tropieza con la pata de la mesa. El candil que había dejado sobre ella cae al suelo y el aceite comienza a arder.

—Por favor, os lo suplico...

Él la empuja contra la pared, impidiéndole continuar. Elia choca contra el tapiz. Intenta huir sin éxito, puesto que Guzmán la aferra por la muñeca.

—No seáis necia y no gritéis. Si sois razonable, no durará mucho.

—Soltadme —suplica Elia con la voz rota por el espanto.

La primera bofetada llega sin previo aviso. La joven cae al suelo, trata de incorporarse con dificultad. Él la coge por los hombros y la alza de forma abrupta; antes de dejarla caer, desgarra su vestido. Ella hace cuanto puede por cubrirse con las manos, luego se gira sobre el abdomen y se lanza hacia la puerta arrastrándose por el suelo. Guzmán se agacha y, tomándola por el tobillo, tira de ella hacia el centro de la estancia.

—Es divertido que opongáis resistencia —le dice con una sonrisa macabra—. Así disfrutaré más.

Elia forcejea, quiere liberarse, araña el suelo, también la alfombra. Busca una salida, aun sabiendo que no existe. Él le arranca lo que le queda de ropa, desnudándola con una brutalidad que la deja temblando de frío y de miedo.

El aceite ardiendo del candil derribado proyecta sombras quebradas en las paredes. Elia las contempla y le parece que muestran los cuerpos de dos extraños. El aliento de Guzmán sobre su cuello es irregular, húmedo, jadeante, como el de una bestia.

Cada intento de la joven por resistirse es sofocado con otro golpe. Elia llora en silencio, mordiéndose los labios para no gritar. Sabe que no servirá de nada. Cierra los ojos e imagina que se desvanece, que se convierte en piedra. Solo escucha los jadeos del hombre. El castillo permanece en silencio. Siente como si toda la fortaleza hubiera cerrado los ojos, negándose a ver lo que está ocurriendo.

De pronto, él le aferra el cuello con los dedos. Primero con suavidad, como una caricia perversa. Luego, poco a poco, va incrementando la presión.

—Nunca me cansaré de la dulce sensación de ver apagarse una vida —le susurra con falsa dulzura.

Elia se agita, trata de gritar, pero ya no le quedan fuerzas. El oxígeno deja de llegar a sus pulmones. Se va extinguiendo como la llama de una vela. El rostro de Diego de Guzmán, deformado por el placer sádico, es lo último que alcanza a ver.

—Dime, Elia —le pide él al tiempo que aprieta más—, ¿qué se siente al morir?

PRIMERA PARTE

1957, Palermo, región de Sicilia

1

—¿De verdad quieren saber lo que se siente al morir?

Hueso guarda un segundo de silencio tras pronunciar la frase. Lo hace siempre, sabe la expectación que genera entre el público la pregunta y además le sirve para ganar tiempo y esperar a que más incautos se acerquen a observar el espectáculo. A su espalda queda la playa de Mondello, se gira un segundo y contempla el horizonte. No hace demasiado calor, pero ha salido el sol y hay varias personas caminando descalzas por la arena, e incluso algunas de ellas se han atrevido a meterse en el agua. El olor a sal se mezcla con el aroma de los dulces que ofrecen los vendedores ambulantes mientras algunos niños construyen castillos de arena cerca de la orilla. A unos cuatro o cinco metros de distancia se encuentra un matrimonio sentado en sendas sillas de madera y vinilo. La mujer sostiene en sus manos un ejemplar de la revista *Tempo*, en cuya portada se anuncia con una fotografía a todo color la visita promocional a Italia de la actriz estadounidense Barbara Lang. El hombre, por su parte, escucha las noticias en un pequeño transistor Regency que tiene apoyado en la oreja.

—La primera vez es la peor de todas —continúa Hueso tras girarse nuevamente hacia su público.

Su aspecto es el de un seductor trasnochado, con el cabello oscuro y un mechón blanco que destaca en su flequillo, como si de un caballo picazo se tratara, sobresaliendo de su sombrero trilby de ala estrecha. Un bigote perfilado acompaña la sombra de una barba de varios días. Viste un pantalón de algodón color canela que sujeta con unos tirantes elásticos y una camisa blanca de cuello camp, cuyos primeros botones están desabrochados dejando a la vista parte de su pecho y la camiseta interior. Su voz suena monótona, propia de alguien que ha repetido el mismo discurso cientos de veces.

—Luego te acostumbras a morir y a seguir viviendo —continúa con una sonrisa sugerente—. ¿Les gustaría saber por qué puedo resucitar una y otra vez? —pregunta a la multitud, cuyo número ya roza la treintena, y sigue hablando sin esperar una respuesta—: Porque le gané una apuesta al Diablo. Le aseguré que podría encontrar la carta en la que estuviera pensando sin manipular los naipes y, al hacerlo, me concedió la inmortalidad. ¿Quién quiere emular hoy a Satanás? ¿Usted? ¿Quizá la señorita?

Señala a diferentes integrantes de la audiencia con el dedo índice y las personas, algo timoratas al ser interpeladas, desvían la mirada hacia el suelo o ríen nerviosas. Entre el público hay una chica que sostiene en brazos a un bebé, por su edad podría ser tanto su madre como su hermana. Sin desplazarse del sitio, la joven mueve los pies de un lado a otro en una especie de baile con el que intenta dormir al niño, que, asustado por el tumulto, no para de gimotear. Hueso detiene su mirada en ellos al escuchar el llanto; en ese momento, ella, avergonzada, parece buscar algo en el interior de su bolso sin encontrarlo.

—¿Necesita esto? —pregunta Hueso, mostrándole un chupete.

La chica se lleva la mano a los labios en un gesto de exagerada sorpresa, acto seguido coge el chupete y lo introduce en la boca del bebé, que de inmediato cambia el llanto por la succión. Algunas personas aplauden de manera espontánea.

—¿Por dónde íbamos? —pregunta Hueso, retomando su discurso, y una vez más continúa hablando sin esperar una respuesta—: Ya lo recuerdo, querían apostar contra mí, querían emular al Diablo. Sé lo que están pensando, no es necesario que me lo digan.

Con cierto desdén hace un aspaviento con la mano como anticipándose a lo que la gente pueda decir. Al realizar el movimiento se vuelve de nuevo hacia el mar. La pareja continúa en el mismo lugar, pero él ha apagado la radio y ella tiene la revista plegada por la mitad. Desde el lugar en el que se encuentra, Hueso distingue la fotografía del Ferrari siniestrado en la última edición de la Mille Miglia.

—Al Diablo lo que le interesaba era mi alma, sin embargo no creo que eso sea de interés para ninguno de ustedes. Aunque, quizá, esto sí.

Del bolsillo de su camisa extrae un camafeo de oro con

un delicado trabajo de orfebrería tallado a mano, en el que puede apreciarse un árbol solitario, de copa ancha y ramas abiertas.

Se lo cuelga de la muñeca para que los espectadores puedan verlo bien. La luz del sol se refleja en la joya cuando Hueso la balancea ligeramente, emite destellos dorados que llaman la atención de la multitud. La curiosidad de los espectadores va en aumento.

—¿Quién quiere apostar contra mí? —pregunta con una sonrisa confiada—. No pido nada a cambio, solo demostrar mi habilidad. —Extrae una baraja del bolsillo trasero de su pantalón y la muestra al frente—. Si acierto la carta que elijan, no perderán nada; en cambio, si fallo, este camafeo de oro pasará a ser propiedad del valiente que se haya atrevido a retarme.

Durante unos segundos no ocurre nada, hasta que, de pronto, un hombre de no más de treinta años da un paso al frente. Su expresión es escéptica, pero tiene un brillo expectante en los ojos.

—Yo lo haré —dice alzando una mano para llamar la atención del mago y, acto seguido, algo azorado por su atrevimiento, se abre paso entre los espectadores, se detiene delante de Hueso y cruza los brazos sobre el pecho.

Hueso lo mira y asiente. Extrae las cartas de la caja de cartón y las mezcla con destreza. Los naipes se deslizan entre sus dedos produciendo un ligero silbido que recuerda al batir de alas de una mariposa. Cuando termina, despliega los naipes frente al hombre.

—¿Cómo te llamas?

—Tommaso.

—Elige una, Tommaso. Mírala y, cuando la hayas memorizado, devuélvela al mazo.

El hombre toma una carta y la pega contra su pecho para que Hueso no pueda verla. Separándola despacio, la observa por un momento, luego la levanta hacia la multitud que se amontona a su espalda y, finalmente, la introduce de nuevo entre las otras. Hueso, sin tocar los naipes, le entrega el mazo y le pide que sea él quien los mezcle. Tommaso baraja las cartas con esmero, pero la falta de pericia le lleva a hacerlo de una forma más lenta y descuidada. Cuando termina, se las devuelve a Hueso, que toma la baraja y, con un movimiento fluido, saca una carta y se la muestra.

—¿Es esta? —pregunta enseñando un dos de corazones.

Se hace un silencio denso, casi tangible, tanto que hasta se oye el murmullo del oleaje.

—No —responde Tommaso sin contener una sonrisa burlona.

—¿Cómo? —dice un desconcertado Hueso, y rápidamente vuelve a intentarlo para reconducir su actuación.

Una vez más elige una carta incorrecta.

La multitud comienza a murmurar, la expectación crece.

—Dame una última oportunidad —pide, casi a modo de súplica; su tono seductor y seguro ha desaparecido y su frente brilla perlada de sudor.

Toma una bocanada de aire, como si el calor se hubiera intensificado, aunque la temperatura es la misma que un momento antes. Elige una tercera carta y se la muestra al público: siete de tréboles. Nuevamente falla. Los murmullos se transforman en risas. Hueso deja que se intensifiquen las burlas.

—Espera —dice cuando considera que ha transcurrido el tiempo necesario—. Ya sé cuál es el problema. Es imposible encontrar la carta que elegiste porque no está en la baraja. ¿Podrías decirnos cuál era?

Tommaso lo mira con incredulidad antes de responder.

—El as de picas —contesta finalmente.

—Ahora lo entiendo todo —dice Hueso recuperando su sonrisa de seductor—. Revisa tus bolsillos, por favor.

El hombre, algo desconcertado, introduce la mano en el bolsillo de su pantalón y, contra todo pronóstico, descubre que allí dentro se halla el as de picas. Lo alza sobre su cabeza y la muchedumbre estalla en aplausos, sorprendida por el truco.

Hueso inclina la cabeza como muestra de agradecimiento por la ovación, después se acerca hasta la joven con el bebé en brazos.

—¿Cómo se llama el pequeño?

—Luca —responde ella con timidez.

—Hoy he tenido suerte, Luca —le dice al niño como si pudiera entender sus palabras—, pero algún día fracasaré y este camafeo que perteneció a mis antepasados caerá en las manos equivocadas. Así que, ¿sabes qué creo? —pregunta, y guarda un segundo de silencio como si esperara de veras que el bebé fuera a responderle—. Creo que será mejor que haga algo bueno con él antes de perderlo.

Entonces, con delicadeza, coloca el colgante alrededor del cuello de la criatura.

A modo de despedida, se quita el sombrero y lo gira frente al público. Los espectadores, impresionados por el espectáculo que acaban de presenciar, no dudan en llenarlo de monedas y billetes.

2

Tumbado sobre el catre de su habitación, Hueso fuma un cigarrillo y contempla los dibujos que forma el humo. El techo tiene un color anaranjado y se pregunta si se deberá al tabaco o si las manchas serán fruto de la humedad. La planta del cuarto es extraña, romboidal, lo cual hace que algunos muebles, como el escritorio que hay junto a la puerta, no encajen por completo, queda un espacio entre la madera y la pared. Cada tres o cuatro caladas, estira el brazo para dejar caer la ceniza en un plato de postre colocado sobre un periódico antiguo doblado en cuatro en el suelo. Apaga con delicadeza el cigarrillo antes de consumirlo por completo para guardarlo en su cajetilla de Nazionali y terminarlo más tarde.

Se incorpora, recoge el periódico y el plato, y se dirige al cuarto de baño. Los azulejos, de color verde, forman un mosaico floral. Abre el grifo e introduce el plato bajo el agua para lavarlo. El gesto lo deja ante una fotografía en blanco y negro de Lucky Luciano. El titular que la acompaña informa del intento del afamado gánster por retomar el poder de la organización criminal desde Nápoles tras ser liberado de la prisión de Sing Sing en Estados Unidos.

Hueso observa con atención la imagen del mafioso. Su rostro es tosco, como si hubiera sufrido viruela siendo joven, y uno de sus ojos está más cerrado que el otro, lo que le confiere una mirada imperturbable y una expresión enigmática, entre la calma y la amenaza. Hueso se pregunta cuánto medirá. En la fotografía solo puede vérsele la cabeza, el cuello de una camisa blanca y una corbata de rayas horizontales. No puede evitar imaginárselo más bajo que él. Es un pensamiento infantil, lo sabe, aun así sonríe al pensar que uno de los hombres más poderosos y despiadados de Italia probablemente no llegue al metro setenta.

Al regresar a la habitación, mira por la ventana sin abrirla, apartando ligeramente la cortina. Lo primero que ve es el anuncio de cartón pintado a mano de la pensión La Trinacria, en la que él reside, en la acera de enfrente. Sobre el cartel hay balcones con ropa tendida al sol, enmarcados en fachadas de colores ocres y terracota. Los gritos de los vendedores ambulantes de carnes, embutidos y verduras se mezclan con las conversaciones de los viandantes y de los hombres que juegan a las cartas usando a modo de mesa improvisada una caja colocada boca abajo.

El sonido del motor de una Lambretta cruzando la via Alloro hace que Hueso no escuche los nudillos que golpean contra la puerta de su habitación hasta que llaman una segunda vez. Antes de abrir regresa al baño y del mueble inferior de metal esmaltado extrae una botella de *grappa*. Desenrosca el tapón y da un largo trago que no ingiere, se limita a hacer gárgaras y a escupirlo. Repite la misma acción dos veces más y, tras la última, se mira en el espejo y se frota la dentadura utilizando su dedo índice como si fuera un cepillo de dientes.

Cuando abre, al otro lado están la joven con el bebé de la playa y el hombre al que le ha realizado el truco. Con un brazo, ella sostiene a la criatura, que se aferra con fuerza a su cuello. Los dedos de su otra mano están entrelazados a los del hombre. Hueso no se sorprende, al contrario; parece alegrarse de verlos.

—¡Sofia! ¡Tommaso! —exclama, invitándoles a entrar con un gesto—. ¡Habéis estado increíbles!

La pareja entra y Hueso los sigue. Con la palma de la mano golpea varias veces el colchón en el que un momento antes estaba tumbado, ofreciéndoles asiento, puesto que carece de sofá.

—No podemos quedarnos mucho —se excusa ella, declinando la invitación.

—Increíbles, de verdad, no podíais haberlo hecho mejor —vuelve a decir Hueso como si no hubiera oído a Sofia—. Y tú, Luca —dice dirigiéndose al niño—, vas a ser un actor increíble.

Sobre el escritorio, junto a varias barajas de cartas, se encuentra el sombrero. Hueso lo agarra y se lo ofrece a Tommaso.

—¿Cuánto hay? —quiere saber ella.

—No lo sé, ni siquiera lo he contado. ¿Tienes el camafeo? —le pregunta Hueso al ver que el bebé no lo lleva alrededor del cuello.

Sofia lo saca de su bolso y se lo entrega.

—Le están saliendo los dientes, así que se lo quité porque no paraba de llevárselo a la boca y no quiero que le salgan calenturas.

—Cuatro mil ochocientas liras —les interrumpe Tommaso, que ha terminado de contar el dinero.

—¿No os lo dije? —exclama Hueso—. Lo habéis hecho genial. Cuando actúo yo solo nunca gano más de dos mil. Dos mil quinientas, como mucho.

—Es muy poco, Hueso, y lo sabes —le corrige Tommaso para poner freno a su entusiasmo mientras amontona los billetes por tamaño para guardarlos en el bolsillo de su americana.

—¿Qué le voy a decir a mi padre? —interviene Sofia.

—Llevo viviendo muchos años aquí —protesta Hueso—. Nunca le he dado el menor problema a tu padre. Recuérdaselo —le pide, y trata de mostrar su sonrisa cautivadora, pero se nota lo mucho que le preocupa la situación.

—Tener deudas es dar problemas —le espeta ella.

—Al final siempre he terminado pagando.

—Esta vez debes mucho más —le recuerda Tommaso, al tiempo que saca una pequeña libreta con tapas de cartón—. Veintinueve mil liras —le detalla tras encontrar la página—. Es demasiado hasta para ti, Hueso.

Tommaso y Sofia aprecian a Hueso, pero el padre de Sofia es el dueño de la pensión y él tiene la última palabra aunque ellos gestionen el negocio. Hace semanas que les ha pedido que solucionen el problema o lo desahucien. Hueso no tiene adónde ir. No tiene familia, tampoco amigos. Sofia y

Tommaso lo saben y por eso accedieron a ayudarlo, pero el resultado no ha sido el esperado.

—Solo necesito que colaboréis conmigo un poco más. Cuatro, cinco veces como máximo —les ruega Hueso—. Solo hasta que consiga una cifra que tranquilice al viejo. Tu padre sabe que si me echa acabaré durmiendo en la calle.

—No lo vamos a hacer más —zanja Tommaso.

—Hoy he tenido miedo —dice Sofia—. Temí que alguien me reconociera. Lo hemos hecho por ayudarte, pero no está bien y no puedes seguir contando con nosotros. ¿Sabes lo que mi padre te haría si se enterase de lo que ha ocurrido hoy en la playa?

Frustrado, Hueso camina de un lado a otro de la estancia. De pronto, se sorprende al descubrir que sigue teniendo el periódico en la mano, así que lo arroja con desdén a la papelera ubicada junto a la mesilla de noche.

—Queremos ayudarte —dice ella—. Eres de nuestra familia, Hueso. Para nosotros es como si Luca fuera tu sobrino, ya lo sabes —continúa—, pero esto es una pensión, un negocio familiar. Si mi padre no te ha echado todavía es porque nosotros se lo hemos pedido como un favor. Sabemos que estás solo, que no tienes quién te ayude, pero no podremos hacer nada más si no saldas tus deudas.

—Una semana —les suplica—. Dadle el dinero y decidle que en una semana haré un segundo pago de al menos el doble. Siete días. Eso es todo lo que necesito.

Sus palabras suenan desesperadas, no es difícil intuir que tras ellas no se esconde un plan real para lograrlo.

—¿Y cómo piensas hacerlo? —le pregunta Tommaso.

—Ya se me ocurrirá algo. Confiad en mí. Vosotros conseguidme una semana, yo me encargo del resto.

Luca se ha dormido con la cabeza apoyada en el hombro de su madre y la boca abierta. Ella se la cierra empujando con suavidad su barbilla hacia arriba con los dedos. Después, sin pronunciar palabra, le hace un gesto a su marido para que se marchen antes de que vuelva a despertarse.

—No podemos prometerte nada —le asegura Tommaso cuando llegan al umbral de la puerta.

—Confío en vosotros —les responde Hueso y a continuación cierra, impidiendo que ellos le puedan contestar.

Cuando la pareja y el bebé se han ido, el silencio vuelve a apoderarse del cuarto. Hueso, abatido, se deja caer en la cama. Los muelles chirrían bajo el peso de su cuerpo. Colocando los codos sobre sus rodillas, esconde la cara en las palmas de sus manos y se la frota con vehemencia. Cuando las aparta, lo primero que ve es la papelera que hay junto a sus pies. Desde su interior, la imagen del gánster Lucky Luciano parece devolverle la mirada.

3

Aunque es noche cerrada, no está dormido cuando unos nudillos vuelven a golpear en la puerta de su habitación. Hueso solo lleva puestos unos calzoncillos largos y una camiseta de tirantes, por lo que antes de abrir busca en el armario unos pantalones. También se arrodilla para sacar un tubo de hierro de unos cuarenta centímetros de largo de debajo de la cama. No suele meterse en líos, pero ganarse la vida en la calle es peligroso y hay que ser precavido.

—¿Estás despierto? —susurra alguien al otro lado.

Parece la voz de Tommaso, pero no tiene sentido que sea él. Hueso se acerca hasta la puerta y apoya el hombro en la hoja de madera, con la mano aferrada al pomo.

—Tommaso, ¿eres tú? —pregunta en un tono de voz casi tan bajo como el de su interlocutor.

—Sí, soy yo. Abre, date prisa. No quiero despertar a la mitad de los huéspedes por tu culpa.

La llave, de la que cuelga un rectángulo de madera del tamaño de una cajetilla de tabaco, está puesta. Hueso le da un par de vueltas y tira del pomo hacia él. Tommaso está en pijama y en sus manos sujeta lo que parece ser un bocadillo envuelto en papel de estraza. Hueso se hace a un lado para que Tommaso pase y cierra la puerta tras él.

—¿Has cenado? —le pregunta ofreciéndoselo.

—No tenía hambre —miente Hueso.

—Te lo ha preparado Sofia con las sobras del almuerzo. Es de *soppressata*, queso pecorino y aceitunas.

Hueso se coloca la barra de acero bajo la axila para tomar el bocadillo con ambas manos y olerlo. Tommaso lo mira sorprendido.

—¿Y eso? —pregunta dirigiendo el mentón hacia la barra.

—No suelo recibir visitas a estas horas —se justifica Hueso.

Aunque en un primer momento había pensado en esperar a quedarse solo para comérselo, el olor del salami picante y el queso le hace salivar. Quita el envoltorio y le da un primer mordisco y, al hacerlo, un par de aceitunas caen al suelo.

—Tu mujer es una excelente cocinera —dice con la boca llena.

—Solo son restos de embutido con pan. Halagarla no hará que su padre te permita quedarte en la pensión sin pagar. Tienes que buscar un trabajo, Hueso, uno de verdad —le reprende, evidenciando la amistad que los une.

—Una semana, es todo lo que necesito —repone sin dejar de masticar.

—Todavía no he hablado con el viejo —le advierte Tommaso—. Lo haré mañana, pero ya sabes cómo es. No sé si lograré convencerlo. ¿Has pensado en vender el camafeo? —pregunta de pronto, cambiando de tema—. En Monte di Pietà conozco a un joyero que podría estar interesado.

Hueso lo mira como si no hubiera entendido la pregunta.

—Si de verdad es de oro, te ofrecerá un buen precio.

—Claro que lo es, pero no está a la venta. Es lo único que tengo.

—No, lo único que tienes es esto —le corrige Tommaso, señalando el interior de la habitación—. Y estás a punto de perderlo. Eres como un hermano para mí. Yo solo quiero ayudarte, Hueso, y Sofia también, pero tienes que saldar la deuda con su padre.

—Lo sé, lo sé —dice dos veces seguidas, como si quisiera convencerse de su afirmación.

—Toma, anda —dice Tommaso, entregándole quinientas liras.

—¿De dónde has sacado esto? —le interroga Hueso antes de cogerlo.

—Es tuyo. Había cinco mil trescientas en el sombrero, pero conté de menos adrede. Sofia no sabe nada, así que sé discreto, ¿me has oído?

Hueso coge el dinero y asiente con la cabeza.

—No te lo gastes solo en tabaco, cómprate también algo de comer —le advierte.

Pareciera que Tommaso estuviera a punto de marcharse, pero continúa observando a su amigo un rato en silencio.

—¿Puedo hacerte una pregunta? —dice finalmente.

—Claro —responde Hueso.

—Quiero que seas sincero conmigo, ¿de acuerdo? ¿De verdad puedes conseguir casi diez mil liras en una semana?

Hueso está a punto de responder afirmativamente, pero se detiene antes de pronunciar una sola palabra. Tommaso es lo más parecido a una familia que nunca haya tenido y mentirle no le parece honesto.

—Seguramente no —le confiesa.

Tommaso baja la mirada hacia el suelo y niega varias veces con la cabeza. Después se aleja de la puerta donde se habían quedado, pasa al interior del cuarto y toma asiento en la cama.

—¿Tienes algo de beber?

Hueso deja la barra de acero en el suelo, se dirige al baño y sale con la botella de *grappa*. Va a buscar dos vasos que guarda en el alféizar de la ventana, los coloca sobre la mesilla de noche y los llena. Tommaso se bebe el suyo de un trago antes de decir nada.

—¿Recuerdas cuando llegué al orfanato? —pregunta ya con el vaso vacío.

—Claro que lo recuerdo —se apresura a responder Hueso.

—Tú fuiste el único que me ayudó a pesar de que cargabas con tus propios problemas y no tenías ningún motivo para solucionar los míos. Fuiste mi hermano allí dentro, Hueso. Y también cuando salimos. Estuviste a mi lado, protegiéndome, día tras día hasta que nos separamos. Si salí de allí, te lo debo a ti. Ahora quiero ser yo quien te proteja a ti. Pero sin descuidar a mi familia: Sofia es lo mejor que me ha pasado en la vida. Ella y Luca. Te abrimos las puertas de esta pensión para que te quedaras cuando el destino volvió a juntarnos porque queremos ayudarte, sin embargo tienes que prometerme una cosa.

Tommaso hace una pausa antes de continuar; levanta la cabeza y mira fijamente a los ojos a su amigo.

—La vida que llevas, la vida que los dos hemos llevado, no tiene un buen final. Esa vida de engaños, de trampas, de mentiras... Esa vida de soledad solo te va a conducir a un callejón sin salida. Necesitas reconducir tu vida. Necesitas encontrar a alguien que te quiera. Necesitas querer a alguien. Necesitas tener una familia —afirma con rotundidad—. Prométeme una cosa: si decido ayudarte, si te saco de esta, vas a cambiar, vas a reordenar tu vida y vas a empezar de cero.

Hueso, conmovido, asiente sin decir nada.

—¿Juegas al póquer? —pregunta Tommaso.

—Con cinco y con siete cartas. Sobre el tapete o descubiertas —contesta con seguridad, tajante.

Tommaso sonríe, sabía que esa sería su respuesta.

—Conozco a un hombre que puede ayudarte. No te engañará, es de confianza, pero tienes que ser precavido. Él se mueve en otros ambientes. —Tommaso busca las palabras adecuadas—. Gente poderosa, y en Palermo la gente poderosa es peligrosa. Ya sabes a lo que me refiero.

Casi como si de un acto reflejo se tratara, Hueso baja la mirada hacia la papelera, desde donde la fotografía de Luciano parece observar en silencio la conversación.

—¿Cómo podría ayudarme?

—Organiza timbas clandestinas. Yo he ido a alguna, pero las cartas no se me dan bien y he perdido mucho más dinero del que he ganado. Ni se te ocurra contarle nada de esto a Sofia, ¿me oyes? —le advierte—. El hombre del que te hablo vive en la pensión, en la planta de abajo. Pondrá reparos, pero si yo te acompaño y hablo con él, te dejará jugar. Si realmente eres bueno, podrás convertir las quinientas liras que acabo de darte en veinte mil.

Tommaso deja el vaso sobre la mesilla de noche, se incorpora hasta el escritorio y escribe el nombre y el número de habitación del tipo al que deben ver en un naipe que luego le entrega a Hueso.

—Mañana a las nueve en punto te espero en la puerta de su cuarto. Es desconfiado, pero convencerle es la última oportunidad que tienes para cambiar tu destino.

Tommaso se levanta y camina hacia la puerta. Antes de salir, se vuelve.

—Si ganas, compra un buen licor, eso que bebes podría hacer vomitar a un muerto.

4

Tommaso y Hueso se presentan en la habitación del hombre que puede ayudarlos a primera hora de la mañana. Ambos están frente a la puerta y, antes de golpearla, Tommaso le pide a Hueso que lo deje hablar a él. Llama, y tras unos segundos de silencio, se escucha una voz ronca al otro lado.

—¿Quién anda ahí?

Tommaso utiliza su llave maestra para abrir. Al entrar, Hueso descubre que el hombre del que depende su futuro no tiene piernas. Es mayor, casi un anciano. Está en calzoncillos, sentado sobre una silla de ruedas oxidada, con una camiseta de tirantes manchada de grasa. En lugar de rodillas, tiene dos muñones de carne agrietada. Su piel es amarillenta; también la esclerótica de sus ojos, como si sufriera de ictericia. Su cabello escaso y blanco brilla, aunque no está mojado. Hueso no tarda mucho en darse cuenta de que se debe a la lata de atún que tiene entre las manos, en la que no para de introducir la punta de los dedos, mojándolos de aceite para luego usarlos como peine.

—Buenos días, Caruso —lo saluda Tommaso.

—¿Qué ocurre aquí? —pregunta el hombre, frunciendo el ceño—. No acepto visitas sin avisar, y mucho menos a primera hora de la mañana. Que tu mujer sea la dueña no te da permiso para entrar sin mi consentimiento —le recrimina.

Tommaso sonríe, tratando de relajar la situación.

—Caruso, no te enfades. Vengo para hacer negocios contigo —responde en tono amistoso.

—Ya, ya... —dice con desdén el hombre—. ¿Y por qué te acompaña este? —añade, señalando con la barbilla a Hueso.

—Es un amigo mío, se llama Hueso —responde Tommaso—. Tiene buenas manos para las cartas. He pensado que podría interesarte para tus partidas.

Caruso estalla en una risa áspera y seca, que se convierte en una tos violenta y que acaba con un esputo que lanza al suelo. Tras calmarse, sacude la cabeza.

—No, no, no... De eso nada. No necesito a ningún crío en mis timbas. Las partidas en las que me muevo no son para principiantes ni para vividores de pensión.

Hueso permanece en silencio, como han acordado, mirando a Tommaso y esperando que este lo defienda.

—Es de confianza, Caruso. Si te lo recomiendo es porque confío en él. No te meterá en líos, te lo prometo.

—¿Acaso crees que no lo conozco? —repone Caruso como si Hueso no estuviera presente—. He visto cómo se arrastra por la pensión, Tommaso. Sé perfectamente quién es. Es un vividor, un golfo. La gente como él solo trae problemas. Las personas con las que me relaciono no admiten errores. No me puedo permitir llevar a cualquiera a mis partidas.

Tommaso cruza los brazos; está a punto de cambiar el tono amable por uno más firme.

—Es cierto, Hueso tiene problemas, pero tú también tienes los tuyos. ¿O quieres que hablemos de la deuda que tienes con la pensión?

El rostro de Caruso se ensombrece.

—Nunca le he contado nada a Sofia cuando has estado en apuros, pero sabes tan bien como yo que si hablo, su padre te echará a patadas de aquí. Así que solo te lo diré una vez: o dejas que Hueso juegue en una de tus partidas o me encargaré de que mi mujer esté al tanto del dinero que nos debes por esta habitación.

Caruso lo mira con furia, con esa rabia de quien se sabe perdedor en una contienda. Exhala con frustración y se reclina en su silla.

—Está bien, tú ganas. Una partida. Solo me comprometo a llevarlo a una timba. Si el chico demuestra ser útil, le dejaré quedarse, pero si no sirve para esto, no volveréis a molestarme.

Tommaso sonríe y le da una palmada en el hombro a Hueso.

—¿Por qué no le demuestras lo que sabes hacer? —le pide a continuación.

Hueso obedece; saca una baraja de naipes del bolsillo y realiza varias mezclas faro frente a ellos. Tras cada mezcla, enseña la primera y la última carta, que siempre son iguales. Al ver su habilidad, el anciano hace girar una de las ruedas de su silla, dejando espacio para que pasen, y los invita a ponerse cómodos.

—En una pensión siempre hay trabajo que hacer —se excusa Tommaso—. Os dejo solos para que habléis de negocios.

Acto seguido, sale y los dos hombres oyen cómo sube con paso ligero las escaleras.

—Me llamo Caruso —le dice a Hueso cuando ya se han quedado solos. Lo hace en un tono más afable que el que ha empleado hasta ese momento—. Es mi apellido, no mi nombre, pero todo el mundo me llama así. ¿Tienes comida? ¿Y tabaco?

—Solo de lo segundo —responde Hueso, ofreciéndole su cajetilla de Nazionali.

—Hay una chica que viene a ayudarme, limpia la habitación y hace la compra, pero los martes descansa —le asegura Caruso, cogiendo el paquete y sacando tres cigarrillos antes de devolvérselo; uno lo enciende y los otros dos los guarda en el elástico de los calzoncillos.

—Pero hoy es jueves —responde Hueso, mirando a su alrededor y comprobando el estado deplorable de la estancia.

—Si quieres que nos llevemos bien —le advierte Caruso—, hay una serie de reglas que debes respetar. Regla número uno: nunca me contradigas. ¿Está claro?

Hueso también se enciende un cigarrillo y da una larga calada antes de responder.

—Tan claro como que hoy es martes —dice sonriendo.

5

La primera partida es un éxito, Hueso gana y le entrega su parte de los beneficios a Tommaso y a Sofia. No es la cantidad acordada, pero sí un monto suficiente para tranquilizar al padre de Sofia y permitirle continuar durmiendo en la pensión. Caruso también recibe un porcentaje de lo recaudado, tal y como han acordado, y aunque eso le hace ver que Hueso puede ser un jugador rentable para él, antes de ofrecerle un trato definitivo, el viejo lo invita a participar en varias timbas menores para comprobar si de veras es tan habilidoso con los naipes como parece o si simplemente ha tenido un golpe de suerte.

—Necesito ver cómo te desenvuelves. Ya he perdido las dos piernas; no me gustaría que por tu culpa me rompieran los dedos de una mano.

Las partidas se celebran en la bodega de la *trattoria* Ferro di Cavallo. El dueño no participa, pero al igual que Caruso por encargarse de la organización, se queda una pequeña comisión por poner el local.

A Hueso no le cuesta vencer. Los jugadores son aficionados, comerciantes de barrio que intentan aumentar los ingresos que han generado durante el día en partidas clandestinas nocturnas. Para Hueso engañarlos es tan sencillo como poner en hora un reloj de pulsera, así que se limita a duplicar su inversión dejándose ganar en algunas manos intermedias para que los beneficios queden repartidos, de esa forma evita levantar sospechas y también tener problemas, ya que algunos de los jugadores acumulan deudas de otras timbas anteriores y prefiere no desplumarlos.

Los beneficios que va obteniendo le sirven para continuar pagándoles a Tommaso y a Sofia la deuda que acumula con el padre de esta; además, puede comprarse un traje y un sombrero nuevos. Sofia, aunque intuye que los ingresos de Hueso no provienen de un trabajo honrado, prefiere coger el dinero y no hacer preguntas.

Varias semanas después, Hueso empuja la silla de ruedas de Caruso por via Venezia camino de la pensión. Está amaneciendo, vienen de una partida larga porque algunos jugadores se negaban a regresar a sus casas con las manos y los bolsillos vacíos. Nadie se ha levantado de la silla en seis horas, ha sido el dueño de la *trattoria* el que les ha obligado a marcharse porque su mujer iba a llegar en cualquier momento a limpiar.

Van a trompicones, las gomas de los neumáticos, desgastadas y podridas, hacen que no sea sencillo avanzar por las calles empedradas.

—He bebido demasiado —se lamenta el viejo—. Debería haber comido algo. Para, necesito vomitar.

Hueso detiene la silla en la esquina de un cruce de calles donde se amontonan bolsas de basura y se aleja hasta que solo oye las arcadas del anciano.

Cuando termina, Caruso gira las ruedas de la silla hasta detenerse junto a una farola de hierro fundido. Hueso se dirige hacia él y ambos quedan situados bajo la luz de la lámpara incandescente, dibujando con sus sombras figuras alargadas en el asfalto.

—Tenemos que hablar, pero aquí no.

Hueso vuelve a empuñar la silla y continúan en silencio hasta que están en la habitación de Caruso.

—Eso que haces con las cartas, ¿puedes hacerlo con cualquier baraja? —le pregunta el anciano.

—Puedo repartirle a cada jugador la mano que quiera —afirma Hueso.

Caruso asiente varias veces, luego extrae del bolsillo interior de su chaqueta un mazo de naipes precintado y se lo entrega.

—Veámoslo.

Hueso retira el envoltorio, acaricia las cartas y las mira con atención, como si quisiera memorizarlas. Acto seguido, comienza a mezclarlas con aparente indiferencia.

—Full de sietes y reinas —dice Caruso.

Su mirada permanece fija en los dedos de Hueso que continúan mezclando las cartas. Cuando termina, le reparte cinco a Caruso, quien, antes de mirarlas, las coloca sobre sus muslos, casi a la altura de los muñones. Tras una pausa, las voltea una a una: siete de tréboles, siete de picas, reina de diamantes, reina de corazones y reina de picas.

—¿Quién te enseñó a hacer esto?

—Aprendí solo —responde Hueso.

—¿Conoces a más gente que sepa hacerlo?

Niega con la cabeza.

—¿Les has enseñado tus trucos a alguien? ¿Hay alguna otra persona que pudiera verte y supiera identificar la forma en que marcas las cartas?

Vuelve a negar.

—Está bien, está bien... —dice Caruso por dos veces, y parece estar dirigiéndose más a sí mismo que a su interlocutor—. Tú y yo no hemos tenido mucha suerte en la vida, muchacho. Solo hay que mirarnos un segundo para entender eso. Pero quizá podamos cambiar las cosas, ¿no crees?

Termina de hablar y se pasa la manga de la camisa por la comisura de los labios para limpiárselos, aunque continúa sintiendo el sabor agrio del alcohol.

—Va a celebrarse una partida en un par de semanas. Es una partida distinta, no como la de esta noche o las anteriores —le aclara—. Habrá mucho dinero en juego. Para asistir hay que adelantar setenta y cinco mil liras. Habrá seis jugadores en la mesa. Alrededor de medio millón en juego. Yo no la organizo, es algo demasiado grande para mí, pero conozco a algunas personas y si reunimos el dinero suficiente te dejarán participar.

Hueso duda antes de responder. Sabe que aceptar algo así es peligroso. No comenzó a jugar para acabar participando en ese tipo de timbas, lo hizo para saldar una deuda. También recuerda la promesa que le hizo a Tommaso, solo jugaría hasta que acumulara el dinero suficiente y después cambiaría de vida, pero cuando escucha al viejo decir que sobre la mesa habrá medio millón, no puede evitar lucir su característica sonrisa mientras un brillo de ambición ilumina sus ojos.

—No tengo esa cantidad.

—¿De cuánto dispones?

—Tres. —Duda—. Tal vez cinco mil liras.

—Está bien, no te preocupes. Yo puedo encargarme de conseguir el resto y vamos a medias con los beneficios.

Hueso lo mira en silencio y asiente.

—En estas partidas no juegan panaderos ni dueños de cafeterías —le aclara Caruso—. Es la Cosa Nostra la que organiza las timbas y son sus miembros los que se sientan a la mesa. ¿Entiendes lo que quiero decir? Para conseguir ese dinero, voy a tener que pedir algunos favores a gente a la que no me gusta deberle favores. Eso significa que si pierdes, yo estaré muerto, y que si ganas, pero descubren que los has engañado, lo estaremos los dos. Así que te lo preguntaré una única vez: ¿estás seguro de poder hacerlo?

Hueso, antes de responder, realiza un último corte en la baraja. Lo hace con una sola mano, dividiendo los naipes en dos montones y volviéndolos a juntar en uno solo.

—Confía en mí.

A continuación, voltea la carta que ha quedado en la parte superior del mazo usando los dedos pulgar e índice: reina de tréboles. La coloca encima de las otras tres reinas que Caruso tiene sobre los muñones.

—Póquer.

6

Varios días después, Hueso baja a la habitación de Caruso y lo encuentra escribiendo nombres en un trozo de papel de estraza manchado de grasa en diferentes lugares.

—Me han dado un soplo —le dice Caruso sin mirarlo, concentrado en sus notas—. Tengo el nombre de los otros cinco jugadores. Cuatro de ellos son mediocres, tipos con dinero y pistola que no serían capaces de encontrarse la polla si no estuvieran sacándosela cada dos horas para ir a mear.

—¿Y el quinto? —pregunta Hueso.

Por primera vez, Caruso levanta la cabeza del papel y lo gira para que Hueso pueda leer los nombres anotados. Lo empuja con los dedos hacia él. Todas las anotaciones están hechas en tinta negra, pero solo una de ellas está envuelta en un círculo: Romano Ferraro.

—¿Quién es? —quiere saber Hueso, colocando el dedo índice sobre el nombre marcado.

—El hijo de don Valentino Ferraro —contesta Caruso—. Su padre controla la entrada y la salida de mercancía del puerto. Es uno de los capos más influyentes de Palermo, su familia dirige el barrio Acquasanta desde hace más de una década. Él es quien organiza la partida. Nadie sale de allí, con dinero o sin él, hasta que Romano lo permite.

—Juega en casa —responde Hueso con una sonrisa con la que intenta indicar a Caruso que no debe preocuparse.

—No te conocen y son gente desconfiada. En su negocio, si quieres sobrevivir, debes serlo. Te dejan participar porque te he recomendado yo.

Hueso deambula por la habitación con la mirada fija en el suelo.

—Quieren desplumarte —continúa Caruso—. Es lo que suelen hacer con los jugadores que les consigo, así que no puedes empezar ganando.

—Lo sé —replica Hueso con desdén.

—Tampoco debes parecer estúpido. Si te ven como un rival débil y después los vences, se sentirán engañados. Tienen que sentir que sabes jugar, pero no mejor que ellos; eso les hará apostar alto.

—Sé hacer mi trabajo.

—¡Tú no sabes una mierda!

El grito de Caruso va acompañado de un manotazo sobre la mesa que hace rodar sobre el tapete el bolígrafo con el que ha escrito los nombres.

—No conoces a esa gente, chico —continúa Caruso, bajando el tono—. No son solo setenta y cinco mil liras lo que está en juego. Si algo va mal, nunca saldremos de allí. ¿Lo entiendes?

Hueso asiente en silencio, intentando mostrarle respeto

al anciano. Lo ve más inquieto de lo habitual y no quiere que su nerviosismo aumente. Al bajar la vista para releer los nombres de los jugadores que participarán en la partida, descubre que sobre la mesa también hay un periódico abierto. La noticia que puede leerse llama su atención: «Muere Curzio Malaparte, escritor y corresponsal de guerra».

—Lo conocí, ¿sabes? —dice Caruso con la voz apagada, cambiando de tema, al descubrirlo leyendo el titular—. En la guerra. Él estaba allí como corresponsal, trabajando para el *Corriere della Sera*. Si quieres que te sea honesto, no me caía bien. Me parecía un cobarde, un ilustrado que no sabía lo que era el verdadero sufrimiento, que prefería escribir palabras en lugar de empuñar un arma para defender su país.

La voz se le quiebra al recordar esos momentos. Hueso también guarda silencio. Nunca antes ha oído ese nombre, no lo hubiera olvidado, pero cree haber encontrado el motivo por el que el anciano está preocupado y no quiere interrumpir su cascada de recuerdos.

—Yo estaba en una trinchera, muerto de miedo, rezando para que aquel infierno terminara, cuando sentí que el suelo bajo mis pies se levantaba. Una explosión. Recuerdo que volé por los aires y, cuando caí, pensé que mis piernas se habían quedado atrapadas en el barro. Pasé un buen rato cavando, tratando de desenterrarme, hasta que comprendí que la bomba me había arrancado las piernas. No podía moverme, me sentía como un árbol cuyo tronco han cortado para hacer leña.

Caruso agarra el periódico con las manos y lo enrolla

con los dedos temblorosos. Pasados unos segundos, vuelve a dejarlo sobre la mesa en el mismo lugar.

—Pensé que moriría allí, en medio del caos, pero me rescataron y me llevaron a un hospital de campaña. La guerra continuaba y el mundo se olvidó de mí. Me quedé solo, sufría alucinaciones por la morfina y la fiebre. A nadie parecía importarle si sobrevivía o acababa mis días en esa cama llena de garrapatas y pulgas. Malaparte fue el único que vino a verme. Cruzó el frente para visitarme. Quizá no lo hizo por compasión; tal vez solo sentía curiosidad y quería escribir sobre un hombre que había perdido las piernas en el frente, pero fue el único que estuvo a mi lado en aquellos momentos. Me trajo un libro, por aquel entonces yo apenas sabía leer, pero lo abría por las noches e intentaba comprender lo que decía. Usaba un lenguaje culto que no lograba comprender. No recuerdo si llegué a terminarlo; a decir verdad, ni siquiera recuerdo su título. Me dijo que no debía rendirme, eso fue lo último que me dijo cuando vino a visitarme, me dijo que tenía que pensar en la vida que me esperaba en casa cuando todo terminara. —Guarda otra vez silencio, como si quisiera acabar con una reflexión que resumiera toda su narración—. Supongo que hay muchas maneras distintas de ser valiente.

Hueso no sabe qué decir. Caruso sacude la cabeza, como para despojarse de sus recuerdos.

—No sé, chico... Su muerte justo ahora... Quizá sea una señal de que esta partida no va a ir bien.

Hueso niega con la cabeza, queriendo restarle importancia al asunto.

—Las señales están en las cartas, no en los periódicos —responde.

Las palabras de Hueso hacen que el anciano esboce una débil sonrisa, aunque la preocupación sigue en su mirada.

—Tenemos nueve días para prepararnos —dice Caruso, cambiando de tema, tratando de espantar las premoniciones que lo acechan—. Debemos organizar una estrategia.

—En ese caso, pongámonos manos a la obra.

Después el joven coloca un mazo de naipes sobre el trozo de papel de estraza y toma asiento.

7

La tarde de la partida es clara y el cielo parece un mar en calma. Un coche los recoge a las cinco en punto en la pensión para llevarlos a su destino. La antigua fábrica de clavos de Bagheria se eleva como un espectro abandonado en las afueras de Palermo, un recordatorio de una época mejor. Desde la ventanilla trasera, Hueso observa el esqueleto de ladrillo y hierro que el tiempo parece haber tratado con desprecio. El conductor detiene el vehículo y les hace una seña para que se bajen. El primero en apearse es el joven, quien extrae la silla de ruedas de Caruso del maletero y, tras desplegarla, ayuda al viejo a tomar asiento.

Al cruzar la entrada, el contraste es sorprendente. Lo primero que llama la atención es que no hay ventanas, por lo que es imposible percibir el paso del tiempo. Caruso ya le ha avisado: ese tipo de partidas se dilatan durante largas horas, más de lo habitual; por ese motivo, en lugar de comenzar en plena noche, como las timbas en las que ha participado Hueso hasta ahora, se celebran a primera hora de la tarde, cuando todavía no se ha puesto el sol. A pesar de la decadencia exterior, han habilitado una sala para la partida: una mesa de roble esmaltado ocupa el centro de la estancia sobre una alfombra de pelo corto de color burdeos, y en una de las esquinas también hay una barra repleta de botellas de licor, vasos de cristal y cubiteras para el hielo. El aire está cargado del humo de los cigarros y el murmullo de las conversaciones previas al juego. Hueso siente las miradas de los presentes mientras se adentran en el recinto; las ruedas de la silla de Caruso rechinan en el suelo de cemento. Dentro no solo se encuentran los jugadores, sino que cada uno de ellos ha llegado acompañado por hombres de su confianza. Todos parecen conocer al viejo, lo saludan con una familiaridad que roza la falta de respeto. Para ellos no es más que un pobre lisiado que se gana la vida consiguiéndoles ovejas a los lobos.

Hueso descubre una presencia imponente al fondo de la estancia. Está de pie, con el codo apoyado en el canto acolchado de la barra de bebidas. Es Romano Ferraro, un hombre alto y delgado, quizá más joven que él. Lleva un traje de raya diplomática gris y un sombrero negro que no se ha quitado al entrar. Fuma con un extensor largo y estrecho de madera, un hábito que en cualquier otro resultaría afeminado, pero que a él lo hace parecer amenazante y le otorga un aura de autoridad incuestionable.

—Así que este es el chico —le dice Romano a Caruso, de tal forma que parece que la palabra «chico» pudiera intercambiarse por «incauto».

Lo dice mientras escruta a Hueso, que se mantiene firme

bajo su mirada. Tras estudiarlo detenidamente, Romano esboza una sonrisa maligna, como si ya estuviera anticipando el desenlace de la noche.

—Vayamos a la mesa —les pide, al tiempo que deja caer el cigarrillo, golpeando con su dedo índice el extensor de madera para que la colilla se desprenda, y lo apaga con la suela de uno de sus mocasines derby de cuero blanco.

Caruso retiene a Hueso por la tela del pantalón y tira de él hacia abajo, obligándole a inclinarse.

—Ve al cuarto de baño antes de comenzar la partida. Encima del último lavabo hay una ventana; ábrela y regresa aquí —le ordena en voz baja—. Si las cosas se pusieran feas, sería tu única salida.

Hueso asiente y obedece. La luz en el baño es tenue y algunos grifos no cierran del todo, por lo que gotean sin cesar. Se acerca a la ventana. Tal y como le ha dicho Caruso, se encuentra al final de la estancia, sobre el último lavabo; para poder abrirla tiene que ponerse de puntillas y apoyar su cintura sobre la porcelana. El tirador está oxidado y le cuesta hacerlo girar para abrir la puerta abatible. Cuando lo logra, descubre lo pequeña que es, solo un poco más grande que un folio. Observa la estrechez del marco y se pregunta si su cuerpo podría pasar por ahí en un momento de desesperación. Decide regresar a la sala sin responderse.

La partida comienza poco antes de las siete de la tarde, con más de cuarenta minutos de retraso. Los jugadores y sus acompañantes beben y brindan despreocupados antes de tomar asiento, pero cuando comienzan a repartirse las cartas, el ambiente cambia y la tensión se vuelve palpable.

Las primeras rondas transcurren sin incidentes. Hueso gana algunas manos y pierde otras, mantiene un perfil bajo y hace apuestas de escasa cuantía.

Los hombres que no participan en la partida beben y ríen; el ruido de sus vasos al chocar y el de sus carcajadas contrasta con la seriedad de la mesa.

Con el paso del tiempo, los jugadores van siendo eliminados uno tras otro, hasta que pasada la medianoche solo hay dos hombres en el tapete: Hueso y Romano.

A pesar de que la iluminación no ha cambiado desde que comenzaron, la sala parece más oscura, como si la lámpara de techo, con una pantalla metálica que enfoca la mesa, fuese el único punto de luz de todo el almacén.

El crupier mezcla y reparte los naipes. Coloca cinco frente a Romano y otros cinco junto a las manos de Hueso. La cara de ambos permanece imperturbable. Romano empuja diez mil liras al centro de la mesa. Hueso, en un alarde de soberbia, iguala la apuesta de su contrincante sin levantar los naipes, se limita a colocar los dedos sobre el dorso y a mostrar su característica sonrisa. Es después de colocar el dinero cuando arrastra con suavidad las cartas por el tapete y se las lleva hasta su pecho, las cubre tanto con sus manos, levantándolas apenas unos milímetros para que ni el otro jugador ni el resto de las personas que se encuentran a su alrededor puedan ver lo que les ha deparado el azar, que durante unos segundos es como si los naipes hubieran desaparecido. Tras los descartes, cuando ambos vuelven a tener una mano completa de cinco cartas, Romano sonríe.

—Es tarde, esta gente tiene familia —dice moviendo la cabeza de forma circular, señalando con ella a los hombres que los rodean—. ¿Por qué no acabamos con esto de una vez?

Tras pronunciar su pregunta, empuja con ambas manos todo el dinero que acumula hacia el centro de la mesa, sumándolo al que ya se encuentra allí.

Por un momento parece que el tiempo se detenga: nadie habla, no se escuchan risas ni vasos chocando. Es casi como si hasta el humo de los cigarros se hubiera quedado detenido en el aire.

Hueso busca con la mirada a Caruso, que se encuentra a varios metros de distancia, con la frente gacha y los ojos clavados en los muñones de sus rodillas.

—Vayámonos a dormir entonces —responde finalmente, sonriendo, mientras él también empuja todas sus ganancias hacia el centro del tapete.

Los presentes estallan de júbilo. Alguien descorcha una botella de champán y varios hombres ríen ante la similitud del sonido al de un disparo.

Romano coloca las cartas sobre la mesa y las voltea una a una, despacio, como en una especie de procesión o de coreografía ensayada. Al hacerlo se descubre que había lanzado un farol intentando intimidar a Hueso para que no se atreviera a apostar todas sus ganancias. En su mano solo hay una pareja de cuatros.

Hueso mantiene la compostura. Se pasa la lengua por los labios; están resecos, pero su vaso está vacío. Con los dientes se arranca un trozo de piel muerta y la escupe a un lado.

Después se atusa con teatralidad el mechón blanco antes de revelar su mano: dobles parejas de ases y ochos.

El silencio vuelve a reinar y todos los ojos se fijan en la mesa, en el hombre que ha organizado la timba, en el jefe de la mayoría de los presentes, que acaba de perder una partida de casi medio millón.

El rostro de Romano permanece impasible durante unos segundos eternos. Despacio, retira las manos de la mesa y las coloca sobre sus rodillas, bajo el tapete, fuera de la vista. Caruso hace girar las ruedas de su silla para acercarse, temiendo que cuando Romano saque las manos lo haga empuñando un arma.

Nada de eso ocurre. La reacción de Romano es imprevisible, casi infantil: prorrumpe en una escandalosa carcajada que deja a la vista una dentadura nacarada.

—¡Bebida para todos! —ordena.

Su risa resuena en las paredes de la fábrica, volviéndose contagiosa.

La tensión acumulada es tal que a Hueso le cuesta levantar la copa que Romano le ofrece para brindar. Con el paso de los minutos, el ambiente se distiende y Caruso y él comienzan a relajarse. Han vencido.

Uno de los hombres de Romano se encarga de juntar todo el dinero en varios fajos y guardarlo en una bolsa de papel que le entrega al ganador. Todo parece haber terminado, pero cuando Hueso y Caruso se disponen a abandonar la fábrica, Romano decide alargar el momento de la despedida, transformando su sonrisa en un gesto inquietante.

—Antes de que os vayáis, una última formalidad —dice con voz suave, extendiendo su mano y dejándola en el aire—. Hay que saludar al ganador de la contienda.

Hueso estrecha la mano que le tiende su oponente, un apretón que se alarga más de lo deseado, porque cuando intenta zafarse, Romano le aprieta con fuerza los dedos, impidiéndoselo.

—¿De verdad creías que podrías engañarme? —pregunta Romano sin soltarlo—. No eres más que un buscavidas, un muerto de hambre como tu socio tullido. ¡Sujetadle! —les ordena a sus sicarios.

Rápidamente, uno de los matones se sitúa a su espalda y le apunta a la cabeza con una escopeta lupara que había ocultado hasta ese momento bajo la chaqueta.

—Bonito anillo —le dice Romano a Hueso tras soltarle la mano—. ¿Me dejas verlo?

Hueso, muy despacio, se lo quita y se lo ofrece. Romano repasa la joya con la yema de los dedos y siente las pequeñas púas, imperceptibles a la vista, con las que ha ido marcando las cartas durante el transcurso de la partida, lo que le ha servido para saber la mano que tenía en cada momento cada uno de sus oponentes solo observando sus dorsos. Lo guarda en el bolsillo y recoge la baraja, pasando uno a uno los naipes entre sus dedos. Las marcas en las esquinas son inconfundibles.

—Eres muy bueno —le confiesa—. Es una lástima que vaya a tener que volarte la cabeza.

—¡Espera! —grita de pronto Caruso—. No lo hagas, todo esto tiene una explicación, déjame que te cuente lo que ha ocurrido... —continúa, como si pudiera justificar lo que ha pasado.

A continuación, agarra una botella de whisky de la mesa y la lanza con todas sus fuerzas contra la cabeza del matón que apunta a Hueso, logrando que el vidrio estalle en pedazos y que el arma se le caiga de las manos.

—¡Corre! —grita con desesperación.

Hueso le obedece. Sale disparado hacia el baño mientras el caos se desata a su espalda. Varios guardaespaldas lo persiguen; no tiene tiempo de girarse, pero oye sus pasos retumbando en el pasillo. Un disparo resuena, seguido del estallido de cristales al romperse. Hueso se lanza sobre el lavabo, se sube con ambos pies y se intenta precipitar al exterior a través de la ventana que ha dejado abierta; su cuerpo queda encajado en la estrecha abertura, se ayuda de las manos haciendo palanca contra la fachada y logra que su cintura atraviese el marco. Se ha hecho una aparatosa herida en la cadera que, tras caer al otro lado e incorporarse, le impide correr tan rápido como le gustaría.

El aire frío lo golpea mientras avanza torpemente por el callejón. Corre sin mirar atrás; el corazón le late con fuerza. Sus perseguidores tampoco se detienen. Sus gritos reverberan en la oscuridad, le indican que están cerca. Más de lo que le gustaría.

Hueso acelera, le produce tanto dolor aumentar la velocidad que debe llevarse una de las manos hacia la herida para presionarla. Nota la piel caliente y palpitante a través del pantalón, empapada en sangre.

En su desesperación, resbala en el pavimento y cae al

suelo, se raspa las manos al evitar caer a plomo sobre el asfalto. Se levanta jadeando y sigue corriendo hasta llegar a unos contenedores. Se detiene junto a ellos y se esconde entre los desperdicios.

Silencio.

Está agotado y dolorido. Se agacha y apoya ambas manos en las rodillas mientras trata de recuperar el aliento.

Se mantiene la quietud. Solo escucha su propia respiración agitada, que poco a poco se va calmando.

Piensa que los ha perdido, que han pasado de largo, que no le han visto girar hacia los contenedores.

Está a punto de sonreír de satisfacción, cuando un fuerte golpe por la espalda le provoca un latigazo en la nuca que le hace perder el conocimiento y le sumerge en una profunda oscuridad.

8

Hueso despierta gradualmente con el cuerpo entumecido por la incómoda posición en la que se encuentra. La oscuridad es total y le falta el aire. Tarda unos segundos en darse cuenta de que está en el maletero de un coche.

Le cuesta respirar. Imagina que le han cubierto la cabeza con un saco de arpillera, porque nota la aspereza del tejido en la piel y no logra hacer que el oxígeno lo atraviese. Sin embargo, lo que le ha despertado no ha sido la falta de aire sino el agudo dolor de las muñecas. Las tiene atadas con una soga que le han ajustado tanto que puede sentir cómo va desgarrando su piel. Se retuerce para aflojar el nudo y aliviar el dolor, pero algo desagradable sucede al intentarlo. La cuerda que inmoviliza sus manos está conectada de alguna forma a sus tobillos y a su cuello y al intentar zafarse lo único que consigue es apretarla alrededor de su garganta.

Está nervioso. Procura controlarse y permanecer quieto, pero no lo consigue y la presión de la soga aumenta. Cada vez les llega menos oxígeno a los pulmones. Tiene arcadas.

Teme acabar ahogándose con su propio vómito dentro del saco. Tampoco quiere perder el conocimiento, sabe que si lo hace, probablemente no logre volver a despertar.

Justo cuando siente que no puede más, el vehículo se detiene y escucha unos pasos; después, un segundo de silencio y, finalmente, el portón del maletero se abre. Una mano le quita el saco y, aunque es de noche, la luz lo ciega momentáneamente.

Se cierne sobre él un hombre de un tamaño inusual, todo lo grande que una persona puede ser sin perder el apelativo de humano. El gigante mira a Hueso y sonríe. Sus encías tienen más huecos que dientes.

—Buenos días —dice sin dejar de sonreír.

Luego le propina un puñetazo en la cara. Su mano es tan desproporcionada que los nudillos impactan en el pómulo, el ojo y hasta en la parte inferior de la frente de Hueso.

Cuando recupera el conocimiento, descubre que lo han liberado, pero no es eso lo que más le sorprende, sino que lo han sentado en la silla de Caruso. Está en una playa, frente al mar, con las ruedas hundidas en la arena. Le duele el cuerpo y se siente mareado; a pesar de ello, su primer instinto es huir. Apoya las manos en los reposabrazos de la silla de ruedas e intenta incorporarse, pero entonces siente el frío metálico del cañón de una Beretta M34 en su sien.

—Ni lo intentes.

Vuelve la cabeza y ve a su lado al tipo enorme y desdentado que le ha hecho perder el conocimiento.

—¡Jefe! —grita el gigante en dirección a la orilla.

A una decena de pasos se encuentra Romano Ferraro, que se gira hacia ellos tras escuchar el grito.

—Por fin se despertó el mago de las cartas —dice sonriendo—. Te estábamos esperando.

El plural hace que Hueso se ponga alerta y barra los alrededores con la mirada. Romano se ha descalzado y se ha remangado el pantalón para no mancharse con la arena húmeda. Junto a sus pies se encuentra Caruso. Está tumbado boca abajo; han debido de golpearle, pues la arena más cercana a su cabeza se ha oscurecido por la sangre derramada.

—Este viejo es duro —dice Romano señalando a Caruso con el mentón—. Los hombres de antes no son como los críos de ahora; han luchado en dos guerras, han matado y han visto morir a sus amigos y familiares. Demuéstraselo, viejo, levanta las manos para que pueda vértelas.

Caruso, con mucha dificultad, obedece la orden y alza los brazos tanto como puede. Sus dedos parecen las hojas de una planta a la que alguien ha olvidado regar por un largo tiempo. Algunos le caen sobre la palma y otros sobre el dorso.

—Diez dedos rotos y no ha perdido el conocimiento ni una sola vez. En cambio tú, un simple puñetazo y te quedas dormido como una damisela.

—No lo mates —le pide Hueso.

Romano, sorprendido por la petición, da varios pasos al frente para situarse más cerca de él.

—¿Cómo dices?

—No lo mates, es un pobre anciano, él no es culpable de nada.

La carcajada de Romano retumba por la playa desierta.

—¿Lo has oído? —le pregunta a su guardaespaldas—. Ahora resulta que él es el jefe.

Sin parar de reír continúa avanzando, pasa de largo y camina hasta llegar a un Alfa Romeo 1900 de color negro que se encuentra estacionado a unos pocos metros de distancia, sobre la propia arena, como si toda la playa fuese una propiedad privada de Romano. Abre el maletero y Hueso imagina que ha sido allí dentro donde ha estado maniatado momentos antes. Del interior, Romano saca una garrafa de gasolina.

—¿Sabes qué? Te voy a hacer caso —dice mientras desenrosca el tapón—. ¡Te daré una oportunidad, viejo! —le grita a Caruso mientras se acerca a él.

Romano vuelve sobre sus pasos y vacía sobre el cuerpo de Caruso todo el contenido de la lata. El anciano intenta resistirse, pero a causa de la paliza que le han dado apenas puede moverse y acaba empapado en gasolina.

Romano camina hacia el agua contando en voz alta los pasos que le separan de la orilla:

—Uno, dos, tres, cuatro y cinco.

Se detiene justo en el momento en que el mar moja uno de sus pies.

—Cinco pasos, viejo. Solo tienes que recorrer cinco pasos para llegar al agua y salvarte. —Saca una caja de cerillas del bolsillo del pantalón y enciende una—. Suerte —dice mientras se la arroja.

El cuerpo de Caruso se envuelve en llamas y comienza a gritar desesperado. Romano camina hasta situarse junto a Hueso sin mirarlo siquiera.

—¿No te parece que se ve precioso el faro con esta luz? —le pregunta.

A lo lejos puede observarse el faro de Capo Zafferano iluminado por la llamarada. El aire sopla ligeramente llevándoles el olor a carne quemada, lo que obliga a los tres hombres a taparse la nariz para evitar inhalar el desagradable hedor. Caruso se retuerce, trata de impulsarse con las manos destrozadas y los muñones hacia la orilla, sin embargo solo consigue dar pequeños saltos con los que apenas logra desplazarse. Muere sin haber recorrido siquiera la mitad de la distancia que lo separa del mar.

—Es insaciable el fuego, ¿no crees? —le pregunta Romano a Hueso cuando el espectáculo termina—. Cuanto más devora, más hambre tiene.

Hueso no responde. En silencio, contempla las llamas que continúan engullendo el cuerpo ya sin vida de Caruso, y llora de rabia y de miedo.

—Ahora vamos contigo —dice Romano, rompiendo la solemnidad del momento.

—No me mates, por favor. No lo hagas, te lo suplico —ruega Hueso, aterrado y con los ojos llenos de lágrimas.

—Eso mismo pediste para él. —Romano señala el cuerpo de Caruso—. Y mira cómo ha terminado. Claro que voy a matarte, estúpido, pero antes nos vamos a divertir un poco. —Se dirige a su guardaespaldas—: Vuélale una rodilla.

—¡No, no, no! —grita Hueso—. No quería engañarte, solo soy un tramposo, no volveré a hacerlo, te lo prometo. —Junta sus manos como si estuviera en medio de una oración—. Tengo dinero —dice de pronto, desesperado—, puedo pagarte por mi vida.

La nueva carcajada de Romano es más sonora que las anteriores. Ríe de forma tan ostentosa que hasta se lleva las manos a la cintura y se dobla hacia delante.

—Dice que tiene dinero —le repite al gigante mellado, que ya ha amartillado el arma y apunta con ella hacia las piernas de Hueso—. Mi padre controla el dinero en esta isla, ¿de verdad crees que puedes comprar tu vida? ¿Qué tienes tú que yo pueda desear?

Nervioso, Hueso se palpa los bolsillos, parece buscar algo con desesperación.

—Esto —dice mostrándole el camafeo—. Es de oro macizo y está tallado a mano. Es tuyo, te lo regalo. —Mientras habla, no para de alargar el brazo ofreciéndoselo.

La risa de Romano de pronto se congela. Su rostro cambia, se pone pálido al observar el colgante que se mueve entre los dedos de Hueso de un lado a otro como un péndulo.

—¿De dónde has sacado eso?

—Es mío —se apresura a responder Hueso.

Romano le arrebata la Beretta a su sicario y la empuña apuntando directamente hacia la frente de Hueso.

—Solo te lo preguntaré una vez más —le amenaza—, ¿de dónde demonios has sacado eso?

—De mis padres. En realidad, no estoy seguro —responde Hueso entre lágrimas, fuera de control—. Me lo dieron las monjas del orfanato. Dijeron que fue lo único que encontraron dentro del capazo en el que me dejaron. Eso y una nota en la que pedían que me cuidaran y que me lo entregaran. Es mi única herencia.

Romano vuelve a sonreír, pero su risa es ahora diferente. Tan macabra como tenebrosa.

—Ve al coche —le ordena a su esbirro—, conduce hasta la gasolinera y llama desde allí a mi padre. Dile que se ponga en contacto con el *caporegime* de Luciano para que organice una reunión. Mi familia tiene un regalo para él que le encantará recibir. Parece que hemos perdido la partida de cartas, pero nos ha tocado la lotería.

—¿Quiere que me marche? —pregunta el gigante, que no parece haber comprendido la orden.

—Eso es lo que acabo de pedirte. Hazlo. Y date prisa. Después vuelve aquí para ayudarme a limpiar todo esto. ¡A qué esperas!

El grandullón se gira y echa a correr hacia el Alfa Romeo, le cuesta avanzar sobre la arena y sus zancadas se ven torpes. Arranca el motor, rompiendo el silencio y la quietud de la noche, y se marcha dejando tras de sí un reguero de polvo y humo blanco.

—No tienes ni la menor idea de quién eres, ¿verdad? —le pregunta Romano ahora que están solos.

Hueso mueve la cabeza, negando entre hipos, lágrimas y mocos.

—No soy nadie. No sé qué es lo que piensas, pero se trata de un error.

—Cuando mi padre me hablaba de ti creía que no eras más que un mito, como la Befana. Pero aquí estás. En cuanto mueras, tu leyenda habrá terminado para dar paso a la mía.

Romano vuelve a levantar el brazo para que el arma quede otra vez a la altura de la cara de Hueso, que se aferra con fuerza a los reposabrazos de la silla de ruedas de Caruso y cierra los ojos, esperando su trágico desenlace.

Escucha una detonación. Acto seguido, la sangre caliente y espesa comienza a recorrer su rostro y su mentón. No siente dolor. Ya no está asustado. No puede evitar pensar que si la muerte es esto, no es tan dolorosa como había imaginado.

Año 1496, Guadamur, Toledo, reino de Castilla

Osso espera de pie, en silencio, con las manos entrelazadas y el cuerpo tan tenso como la cuerda de una ballesta. El aposento en el que aguarda es amplio, con muros gruesos revestidos de tapices que representan escenas de caza. El olor a hierro y a hollín que trae impregnado en la ropa contrasta con el aroma dulce que lo rodea, a jazmín, tal vez madreselva. Al caminar de un lado a otro, sus botas van dejando un reguero de barro seco. No sabe qué hacer con las manos, agrietadas y ennegrecidas por el trabajo en la forja; las mueve de un lado a otro durante su paseo zigzagueante. Tiene la mirada perdida en el suelo.

Tras unos minutos que él siente pesados como una eternidad, una figura ataviada de librea se asoma por el portón lateral. Con una leve inclinación de cabeza y un gesto comedido de su mano izquierda, le indica que puede pasar. Osso asiente con respeto y camina en silencio hacia el despacho de su señor. Aunque lleva prácticamente toda su vida al servicio de la familia, es la primera vez que solicita una audiencia formal.

Don Pedro López de Ayala permanece sentado tras un escritorio de nogal. Está ocupado redactando un documento con la pluma y no se inmuta ante la llegada de Osso. Solo al introducir la punta en el tintero pronuncia una primera frase.

—Dejadnos solos, por favor —le pide a su secretario personal, que es la única persona que se encuentra en la habitación junto a ellos.

—Estaré en la sala contigua, mi señor, si requerís algo —responde su secretario antes de retirarse.

Durante unos segundos, el silencio vuelve a reinar en la estancia, hasta que López de Ayala se pone en pie y se acerca a Osso. Una vez frente a él, coloca ambas manos sobre sus hombros con solemnidad.

—Siento vuestra pérdida como si fuera propia —murmura.

Osso intenta responder, pero la garganta se le cierra. Tiembla de pena y dolor y, como si algo se le quebrase por dentro, cae de rodillas sobre el suelo.

—Era tan solo una niña, mi señor... Ningún mal le causó jamás a nadie.

Las palabras le brotan rotas, como vidrio agrietado. Don Pedro López de Ayala, conmovido por la situación, le toma el rostro y le obliga a alzar la mirada.

—Lo sé, Osso. Dios es testigo de que lo sé... y también del dolor que me produce su pérdida.

Osso siente que su señor lo toma del brazo para que se incorpore.

—Ella era todo cuanto mis hermanos y yo teníamos. Desde que murieron nuestros padres, Elia fue la luz que nos guio.

—La cuidasteis siempre, y ella lo supo —asiente López de Ayala.

—¡No siempre! —le interrumpe Osso—. ¡Soy el mayor de mis hermanos! Era mi deber protegerla y le he fallado.

—No habléis así —le detiene su señor—. Hicisteis cuanto estuvo en vuestra mano.

López de Ayala guarda silencio unos instantes, y luego añade con pesar:

—Había oído historias sobre don Diego de Guzmán. Muchas veces me hablaron de su impunidad, de su despiadada crueldad. Mas jamás creí... —calla de repente, como si no se atreviera a verbalizar lo que está pensando—. Jamás lo hubiera imaginado. No en mi casa. No bajo mi techo.

Camina unos pasos hacia su escritorio, meditando.

—El cuerpo de vuestra hermana recibirá los honores que merece. No será tratada como una mera criada o una campesina.

—Os lo agradezco, mi señor —responde Osso, que ya se ha enjugado las lágrimas—, mas no he venido a solicitar honores.

—¿Qué deseáis?

—Era tan solo una niña —vuelve a decir el joven herrero—. Su crimen no puede quedar impune.

López de Ayala niega con la cabeza, apesadumbrado.

—Sabéis tan bien como yo que don Diego de Guzmán no es un hombre cualquiera. Goza del amparo de Su Alteza la Reina y del favor de sus secretarios. Es intocable. Cualquier acción contra él desataría la furia de la Corte.

—¿Qué me estáis pidiendo entonces? ¿Que callemos? ¿Que enterremos a Elia y hagamos como si jamás hubiese existido?

—Sé que es doloroso, pero, creedme, es lo más prudente que podéis hacer.

—¡Siempre hemos sido leales a vos y a vuestra casa!

La voz de Osso resuena con fuerza, más alta incluso que la de su señor. Tras pronunciar estas palabras, baja la mirada, sorprendido por su propio arrebato.

A modo de respuesta, don Pedro López de Ayala vuelve a tomar asiento tras su escritorio de nogal y extrae una bolsa de cuero atada con un cordel del interior de una caja pequeña que hay sobre el mismo.

—Tenéis razón —dice, y mientras le ofrece la bolsa se oye el tintineo metálico de su contenido—, pero esto es todo cuanto puedo hacer por vos.

Osso duda, no se atreve a tomarla.

—Es oro castellano —añade el noble—. Cogedlo. Con él podréis pagar lo que está más allá de la ley.

Osso la toma y la aprieta contra su pecho.

—¿Qué queréis que haga con esto?

López de Ayala lanza una mirada cautelosa hacia la puerta por la que ha salido su secretario, como si temiera que pudiera estar escuchándolos.

—¿Habéis oído hablar alguna vez de la Garduña?

—En las tabernas se cuentan historias, mi señor —responde Osso, desconcertado—. Hablan de una hermandad de ladrones y asesinos, pero siempre creí que eran fábulas.

—No lo son. Los hombres de la Garduña son tan reales como nosotros. Es una cofradía secreta, sin ley ni señor. Soldados del silencio, del acero... y del oro.

—¿Mercenarios?

—Hombres que actúan donde la justicia no alcanza. Si decidís tomar venganza, usad el oro que os entrego para que ellos os ayuden a huir.

—¿Cómo los hallaremos?

—Dirigíos a Polán, a una legua de aquí. Allí, junto al Camino Real, hallaréis una cantina. Preguntad por Mateo Sarmiento y entregadle la bolsa.

—¿Y después?

—Él sabrá qué hacer. Os guiará hasta Cartagena, lo cual os llevará al menos cinco jornadas a caballo. Una vez en el puerto, os hará embarcar como polizones en un navío mercante. Tras eso, estaréis a merced del mar. Si llegáis a tierra firme, deberéis comenzar una nueva vida.

Osso se acerca al escritorio y envuelve entre sus manos las de don Pedro.

—Gracias, mi señor —le dice, besándole los nudillos.

—No me las deis. Es lo menos que puedo ofrecer a quien siempre me fue fiel. Pero debéis prometerme algo.

—Lo que deseéis.

—Vuestro crimen no quedará impune. Seréis perseguidos por tierra y por mar, y si os encuentran, os darán muerte. Juradme que si eso ocurriese, no pronunciaréis jamás mi nombre. Prometedme que vuestra lealtad será más fuerte que vuestro miedo.

—Desde que el Altísimo nos dejó huérfanos, vos habéis sido lo más parecido a un padre que hemos tenido. Jamás os traicionaríamos. Jamás traicionaríamos a nuestra familia.

Don Pedro López de Ayala le sostiene la mirada con intensidad, y al ver sinceridad en sus ojos, sentencia:

—Don Diego de Guzmán partirá mañana al alba. Esta será la última noche que duerma bajo mi techo. Lo que decidáis hacer es cosa vuestra. No deseo ser informado. —Hace una pausa antes de concluir—: Si mañana, al despuntar el día, os veo trabajando en la herrería, entenderé que habéis elegido no mancharos las manos con sangre ajena, y nunca más se hablará de lo ocurrido. En cambio, si al amanecer encuentro la forja vacía, desearé que el mar os lleve lejos, que halléis sosiego y que nunca olvidéis por qué lo habéis hecho. Que nunca olvidéis que ha sido por el honor de vuestra hermana Elia, por honrar vuestro linaje.

Ambos hombres se estrechan la mano con fuerza una última vez, luego se separan.

Osso abandona la sala sin mirar atrás. A medida que avanza hacia la salida del castillo, aprieta con fuerza la parte del jubón donde esconde la bolsa de monedas.

Su paso es firme.

La decisión está tomada.

SEGUNDA PARTE

1942, Palermo, región de Sicilia

9

La primera vez que vio morir a un hombre, Hueso decidió no volver a morderse las uñas.

Sucedió tras comprobar que los dedos del difunto estaban llenos de heridas y durezas. Los del asesino, aunque solo los había visto desde la distancia, le habían parecido mucho más estilizados, eran los dedos que imaginaba en las manos de un pianista o de un mafioso. Hueso comprendió de inmediato que si no cambiaba de hábitos, lo más probable era que terminase recibiendo un disparo en el pecho en un callejón cualquiera, porque ese era el destino de quienes se mordían las uñas, de los pobres, de los desheredados... y de los traidores. A los trece años, Hueso tenía claro que quería convertirse en un hombre elegante, vestir trajes hechos a medida, quitarse el sombrero para saludar a las damas o al entrar en lugares cerrados, y tener unas manos perfectas, como las de un pianista o, mejor aún, como las de un mafioso.

En el orfanato les tenían prohibido salir a la calle cuando se ponía el sol, por eso él esperaba a que todo el mundo estuviera dormido para escaparse. Las monjas cerraban las puertas de los barracones y se quedaban haciendo turnos de vigilancia en los pasillos durante la noche para que nadie pudiera salir, pero Hueso había encontrado la forma de descender los dos pisos de altura que le separaban de la calle sin que lo vieran, deslizándose por el canalón de lluvia. Le gustaba pasear por Palermo al amanecer.

Para Hueso, la madrugada era el momento idóneo para caminar; para la mafia, lo era para cobrar deudas y para ajusticiar a los traidores.

El sonido de la detonación del arma y el olor a pólvora quemada perduraron en el ambiente el mismo tiempo que Hueso permaneció agazapado entre dos montañas de basura que lo superaban en tamaño y lo ocultaban por completo. Finalmente, se armó de valor y caminó hacia el cadáver. Por un instante pensó que todavía respiraba y estuvo a punto de darse la vuelta para regresar corriendo al hospicio, pero al comprobar que se trataba de la sangre que aún manaba como un hilo fino y continuo del agujero que le atravesaba el pulmón se acercó más.

La ropa y los zapatos no eran de su talla y, aunque lo hubieran sido, no hubiese podido llevárselos, puesto que en el orfanato descubrirían que no eran suyos y sabrían que se había escapado en mitad de la noche. Se quedó un rato de pie sin saber muy bien qué hacer, hasta que se tranquilizó y entonces pudo contemplar el cadáver con más curiosidad que miedo, hasta tal punto que se atrevió a subirle la manga de la camisa y descubrió su reloj. La esfera era negra, envuelta en una caja dorada; el cristal tenía una raja horizontal. Quizá se había roto al caer la víctima tras recibir el impacto de la bala o tal vez ya estaba así. No había forma de saberlo.

Se inclinó sobre el cadáver y le quitó el reloj con cuidado, como si temiera que el hombre fuera a despertarse de un momento a otro. La correa era de cuero marrón y estaba muy ajada. Lo giró entre sus dedos, observándolo con interés. No solía prestar atención a las monjas durante las clases porque pensaba que leer y escribir no le serviría de nada cuando fuese mayor, pero aunque solo conocía algunas normas gramaticales básicas, consiguió leer la marca y el modelo; lo tuvo que hacer despacio, casi deletreando: «Panerai Radiomir», pronunció en voz alta. No sabía nada de relojes, pero le parecía caro, y pensó que al muerto ya no le hacía falta y que, llegado el momento, él podría cambiarlo por algo de valor.

Se lo ajustó a la muñeca e, incluso en el último agujero, el reloj le bailaba, como si le estuviera recordando que era para un hombre más grande que él, para alguien más importante.

Se giró y echó a correr, dejando atrás el callejón mientras el cielo comenzaba a aclararse.

Cuando llegó al orfanato, era casi de día. Hueso trepó tan rápido como pudo por el canalón de lluvia. Sus dedos, magullados de morderse las uñas, se movían con agilidad. Alcanzó la ventana que había dejado entornada y se deslizó dentro. El dormitorio estaba en penumbra, lleno del aliento pesado de los niños que dormían en literas amontonadas unas junto a otras sin que hubiera apenas espacio entre ellas.

Se tumbó en su catre y cerró los ojos, pero no consiguió

dormir. La oscuridad le recordó sus primeros años allí, cuando temía las noches porque le parecían largas y desoladoras. Solía pasarlas en vela, llorando. Anhelaba una familia, una madre a la que apenas recordaba, una mujer sin rostro que lo acunaba y lo besaba en la frente.

—Hueso —susurró una voz desde abajo, sacándolo de su ensoñación.

Era Federico, el chico de la litera inferior, que siempre parecía despierto y se valía de cualquier excusa para entablar conversación.

—¿Adónde has ido?

—A tomar el aire —contestó Hueso tajantemente.

—Un día las monjas te van a descubrir —le advirtió Federico, hablando aún más bajo—, y cuando lo hagan, se lo dirán al padre Edoardo, y ya sabes lo que él hará si te descubren.

Pronunciar en voz alta el nombre del director del hospicio era suficiente para que muchos niños comenzaran a temblar. Se trataba de un hombre alto, con el cabello cortado a cepillo y unas gafas redondas y diminutas, de montura dorada, que se colocaba en la punta de la nariz. Aunque su sotana rozaba el suelo, cubriéndole por completo los zapatos y haciendo que pareciese que se desplazaba levitando, siempre estaba limpia. En aquel lugar en el que todo y todos estaban sucios, el padre Edoardo siempre lucía impecable.

—Cállate de una vez y vuelve a dormirte si no quieres que te pegue un puñetazo —le advirtió Hueso a Federico.

—No te enfades, solo te avisaba. —El crío hizo una pausa, como si dudara—. He oído a las monjas —dijo finalmente—. Dicen que van a poner más literas. Seguro que esta semana llegan chicos nuevos.

Hueso no respondió. Se quitó el reloj y se quedó mirándolo en silencio durante un rato. Pasó la yema del dedo por la raja del cristal. Era bonito, aunque estuviera roto. A decir verdad, eran sus imperfecciones las que lo hacían único.

Lo escondió debajo del colchón, entre el somier y la tela desgastada, y volvió a intentar dormir los minutos que quedaban antes de que las monjas abrieran la puerta, pero tampoco lo logró. Cada vez que cerraba los ojos, una imagen lo atenazaba. No era el cadáver, ni la sangre manchando su camisa. Ni siquiera el agujero del pecho. Era el pájaro muerto. Por algún motivo que no alcanzaba a comprender, el asesino había abierto la boca de su víctima y le había introducido un pájaro. Esa imagen, la de las plumas sucias de sangre asomando entre los dientes y los labios rígidos del cadáver, fue la que hizo que Hueso se llevase la mano a la boca para morderse las uñas.

10

Federico estaba en lo cierto: un par de días más tarde apareció un convoy con nueve chicos que venían a instalarse en la Casa delle Figlie della Carità. Fue el motor del camión resonando en el patio de adoquines lo que despertó a los muchachos, que se arremolinaron junto a las ventanas. Hueso se quedó sentado sobre el colchón, con los brazos cruzados, mirando cómo los más pequeños se empujaban y forcejeaban tratando de encontrar un hueco.

La llegada de nuevos compañeros siempre rompía la rutina. El primer paso consistía en clasificar a los recién llegados. Había que identificar a los más fuertes y peligrosos para dejarles claro desde el principio quiénes mandaban allí, y había que darse prisa con los más débiles para quitarles los objetos de valor que trajeran antes de que otros se adelantaran.

El orfanato constaba de tres edificios colindantes que compartían un mismo patio. En uno de ellos dormían los huérfanos, en el otro se ubicaban los espacios comunes y en el tercero estaba el despacho del padre Edoardo y las habitaciones de las monjas. Eran construcciones de cemento carcomidas por la humedad, con tejados inclinados y ventanas con marcos de hierro forjado. Desde lejos parecía más una cárcel en miniatura que un recinto de orfandad. Dentro el aire estaba corrompido, olía a encierro y desolación, las camas tenían las sábanas desgastadas y los colchones repletos de sarna y piojos en sus costuras.

La comida se servía en un cuarto de aspecto cavernoso, con mesas alargadas y bancos de madera, y el menú nunca variaba: sopa y un mendrugo de pan. Solo algunos días el caldo venía acompañado de legumbres.

De entre los nuevos, los más esperados eran a los que llamaban «hijos de la guerra». Esos no eran como los demás: no llevaban años vagando por las calles, no habían crecido impregnados de miseria. Los hijos de la guerra venían de hogares modestos que, no obstante, disponían de las comodidades necesarias para una vida digna. Eran niños a los que la guerra les había arrebatado todo: un padre muerto en el campo de batalla, una madre enferma o demasiado pobre para sacar adelante a sus hijos. Las suyas eran familias que un día fueron convencionales, pero que habían sido destruidas por la violencia y el infortunio.

Los hijos de la guerra eran diferentes a los huérfanos de nacimiento. Traían consigo objetos de valor, de los que el resto de los niños carecían: ropa más nueva, zapatos de mejor calidad, relojes, medallas o cualquier otro vestigio de una vida pasada a la que ya no podrían regresar.

La primera vez que lo vio, Hueso estaba en el patio jugando a la *palla avvelenata* con una pelota improvisada hecha de cuerdas, papel y restos de tela.

—Se llama Tommaso —le dijo Federico, señalando con la barbilla a un chico delgado de cabello castaño que trataba de esconderse en su abrigo de lana merino con botones dorados mientras la fila de los nuevos cruzaba el patio—. Es el único que merece la pena; el resto solo nos traerán problemas. Míralo —insistió—. Seguro que todo lo que lleva encima no le dura ni un día.

Hueso estuvo observándolo en silencio durante un rato. Tommaso tenía la mirada perdida, unos ojos carentes de vida que no miraban nada, que no miraban a nadie. Llevaba un pequeño saco de tela con un cordón ajustable colgado del hombro en el que debían encontrarse sus escasas pertenencias. Las monjas guiaban a los recién llegados y les mostraban el espacio en el que vivirían. Él no decía nada, solo asentía en silencio y a la vez parecía suplicar a gritos que lo sacasen de allí, que ese no era su lugar, que él no pertenecía a ese mundo.

En el comedor, Tommaso se sentó en uno de los extremos de la mesa, apartado del resto. No probó la sopa, y cuando una de las monjas reprendió su actitud, él simplemente bajó la cabeza, hundiendo aún más su mirada en la nada. Los demás chicos susurraban y lo señalaban entre risas.

Hueso sabía lo que eso significaba. Sabía que debía actuar rápido si no quería quedarse sin nada.

Cada uno de los nueve huérfanos fue llamado al despacho del padre Edoardo. Era el protocolo habitual para los recién llegados: conocer al director y recibir las instrucciones directamente de él. Tommaso fue uno de los últimos.

Eso se lo ponía más fácil a Hueso, puesto que la tarde ya estaba cayendo y apenas había luz. Tommaso debería realizar solo el camino de regreso a la habitación, así que decidió esperarlo agazapado junto a unos arbustos. Mientras aguardaba a su presa, no dejaba de imaginar cómo le quedaría el abrigo de lana merino con botones dorados.

Hueso divisó a lo lejos la pose cabizbaja del niño y se preparó para abordarlo, pero algo lo detuvo. Los zapatos y el abrigo del chico habían desaparecido y de una de sus fosas nasales goteaba una sangre oscura y espesa que manchaba su camiseta de algodón. Alguien había sido más rápido que él.

Al descubrirlo escondido, Tommaso se asustó y abrazó con fuerza su propio cuerpo, como si quisiera protegerse del frío o de los golpes.

—No has durado ni una tarde —le dijo Hueso en tono socarrón.

El chico no respondió, dio un paso atrás atemorizado y apretó todavía más la mano con la que se cubría el pecho. Entonces Hueso comprendió que no se estaba resguardando, sino que estaba ocultando algo.

11

Se llamaba Amaranta y tenía dos años menos que él.

Eso fue lo primero que le dijo Tommaso a Hueso cuando este le arrancó de los dedos lo que intentaba ocultar con miedo y desesperación. Se trataba de una fotografía pequeña, rectangular, con los bordes dentados y un poco arrugada. En ella se veía a una niña de ojos grandes y cabello rizado con un abrigo de lana merino con botones dorados que parecía quedarle grande, el abrigo que acababan de robarle a Tommaso.

—Es Amaranta —susurró el chico—. Mi hermana —aclaró un instante después con la voz entrecortada, consciente de que solo con el nombre Hueso no podría saber a quién se estaba refiriendo.

Cuando terminó de hablar, se llevó la mano a la cara de forma torpe y se cubrió los ojos. Más que ocultar su llanto, parecía como si estuviera jugando al escondite. De pronto, la tristeza lo desbordó. Apretó los labios e intentó controlarse, pero no pudo, las lágrimas comenzaron a deslizarse por sus mejillas. Lloraba de rabia y de miedo. Lloraba por los golpes que acababa de recibir. Lloraba por el frío. Pero por encima de todas esas cosas, lloraba por la distancia que lo separaba de su hermana.

Hueso no dijo nada. Lo miró sollozar en silencio y también lo escuchó cuando Tommaso, entre gimoteos, le habló de su familia.

Su padre se llamaba Filippo y había sido soldado. Murió defendiendo Italia en los desiertos de Libia. Las tropas británicas atraparon a su batallón en Bardia y ninguno de los hombres que lo integraban tuvo escapatoria. Semanas después llegó a casa de Tommaso una notificación. Estaba escrita a máquina con tal formalismo que casi convertía el duelo en un proceso burocrático.

Su madre no pudo soportarlo. Los días posteriores a la noticia los pasó en la cama, sin comer, sin bañarse, sin hablar, sin moverse. Cuando se levantó de nuevo, comenzaron las divagaciones. Mantenía largas conversaciones con Filippo como si estuviera vivo, le preparaba la ropa para el trabajo y ponía un plato de comida en la mesa que no dejaba que nadie tocara.

Durante semanas, Tommaso y Amaranta vagaron por el barrio buscando la forma de ganar dinero para comprar comida. Ocultaban la verdad cuando los vecinos o los comerciantes les preguntaban por sus padres, hasta que una tarde se presentó en su casa un médico vestido con traje y corbata, acompañado de dos enfermeros.

Encontraron a su madre en el suelo. Balbuceaba frases sin sentido y tenía las uñas quebradas, algunas a medio desprender de la piel, como si hubiera estado arañando las paredes o el suelo.

Los enfermeros la subieron a un camión y el médico les dijo a los niños que se la llevaban al Ospedale Psichiatrico Pietro Pisani. No forcejeó, no gritó, tampoco se resistió. Se dejó llevar con la docilidad de un animal herido.

Fue la última vez que la vieron.

Amaranta no lograba controlar el llanto, así que Tommaso la abrazó con tanta fuerza que las lágrimas de la chiquilla le humedecieron el abrigo.

—No me dejes sola —le pidió ella.

—Nunca nos separaremos —le aseguró él, sin imaginar que solo unos minutos después tendría que incumplir su promesa.

A él lo enviaron al orfanato a la espera de convertirse en carne de fábrica, sin futuro alguno. A ella, como ocurría en la mayoría de las ocasiones con las niñas, la destinaron a la casa de una familia burguesa donde, a cambio de su trabajo en la cocina o haciéndose cargo de niños más pequeños, le daban techo y comida.

—Pero está enferma —aseguró Tommaso al finalizar su narración—. Siempre lo ha estado. Se cansa cuando camina, no puede correr. Es por sus pulmones —dijo, señalándose el pecho—. Necesita hacer sus vahos y reposo.

Se pasó el dorso de la mano por la nariz, tragándose el llanto y los mocos.

Aquella no era en absoluto la historia más trágica que Hueso había escuchado en el orfanato. Cada niño cargaba con su propio drama. Pero, por alguna extraña razón, la narración de Tommaso y su llanto desconsolado lo conmovieron, lo cual le resultó inusual ya que solía sentir indiferencia por todo lo que le rodeaba.

—¿Sabes dónde está? —preguntó Hueso.

Tommaso negó con la cabeza.

—No. No lo sé. —Bajó la voz—. Tampoco sé si está bien.

—Vámonos —dijo Hueso, cambiando de tema—. Hace frío aquí para estar sin chaqueta. Además, es tarde.

Se dirigieron al dormitorio y, al llegar, Hueso le pidió a Tommaso que lo acompañara hasta su litera.

—Cambia de cama —le ordenó a Federico, que ya estaba tumbado en su catre.

—¿Qué? —preguntó arqueando una ceja.

—Ya me has oído. A partir de ahora, Tommaso duerme aquí y tú en su litera.

—¡Ni hablar! —protestó Federico, cruzándose de brazos—. Esa es la zona de los nuevos. No pienso cambiarme.

En un movimiento rápido, Hueso pinzó la nariz del chico, atrapándola entre sus dedos pulgar e índice, y giró con fuerza hacia un lado.

—¿Quieres que te la rompa?

Federico ni siquiera intentó forcejear. Asustado, golpeó sin fuerza la muñeca de Hueso, como suplicándole que rebajara la presión. Cuando lo soltó, recogió sus cosas en silencio y se marchó, mascullando entre dientes.

Esa misma noche, cuando ya estaban a oscuras, Tommaso rompió el silencio con un susurro:

—¿Sabes lo que significa Amaranta?

Hueso parpadeó en la oscuridad.

—No.

—Es una planta.

—¿Y qué tiene de especial?

—Que nunca se marchita. Es una planta que nunca muere.

La voz de Tommaso sonaba lejana, como si estuviera atrapado dentro de una caja o de una botella.

—Duérmete. Es tarde.

Aunque Tommaso le obedeció, Hueso oía el sonido tembloroso de su respiración, el esfuerzo ingente del chico por intentar contener el llanto.

12

—¿Quién te robó el abrigo y los zapatos?

Hueso le hizo la pregunta mientras caminaban por el patio.

Tommaso no respondió, bajó la mirada y le pegó una patada a una piedra. Hacía frío y él llevaba dos pares de calcetines y unas sandalias de verano, el único calzado del que disponía.

Aunque no delató a nadie, a Hueso no le costó mucho averiguarlo por su cuenta. El abrigo de lana merino con botones dorados de Tommaso lo llevaba puesto un chico de pelo rojo y piel picada por la viruela. Se llamaba Niccolò y no era un ladrón más; era el chico más peligroso del orfanato, alguien que había sobrevivido tanto tiempo allí que había creado su propia leyenda. Cuando pasaron a su lado, Tommaso se estremeció.

—No te preocupes —le susurró Hueso—. Ya no tienes nada de valor, así que te dejarán tranquilo.

Tommaso seguía asustado, pero alzó ligeramente la mirada como muestra de agradecimiento por la compañía y los comentarios de Hueso. Se sentía más seguro a su lado, y además llevaba allí tanto tiempo que conocía el funcionamiento del lugar mejor que nadie.

—Quédate aquí. Voy a recuperar tu abrigo y tus zapatos —le dijo de pronto.

Se acercó hasta el lugar en el que estaba Niccolò junto al grupo de críos que siempre lo secundaban.

—Ese abrigo no es tuyo —dijo a modo de saludo, mirándolo directamente a los ojos.

Niccolò sonrió con desdén. Le faltaban algunos dientes que había perdido en diferentes peleas y sus encías tenían un tono extraño; en lugar de ser rosadas, mostraban un color entre el verde y el negro, como un embalse de agua estancada.

—Ya sabes cómo funcionan las cosas aquí, Hueso —le respondió sin mirarlo directamente, hablando con sus compañeros para evidenciar que no lo respetaba y no merecía su atención—. Los nuevos traen cosas y los demás las cogemos. Tú también lo haces. Si las quieres, tendrás que ganártelas.

El círculo de chicos que los rodeaba se cerró un poco más, formando un cuadrilátero improvisado.

—Entonces peleemos —propuso Hueso.

Niccolò no esperó. Le lanzó un directo a la mandíbula que Hueso logró esquivar. También evitó el segundo puñetazo, pero no el tercero. Tampoco vio venir que los amigos de Niccolò intervendrían, así que de repente se vio zarandeado por un enjambre de chavales que lo tiraron al suelo y le estuvieron dando patadas hasta que los gritos de las monjas interrumpieron la pelea.

—¡Parad! ¡Parad! ¡Al barracón! ¡Castigados ahora mismo!

Intentaban disolver la melé que se había formado sobre el suelo embarrado sin llegar a tocarlos. Señalaban y gritaban, pero desde una distancia prudencial, como si los chicos fueran perros enfermos de rabia.

Los castigaron encerrándolos en su habitación y sin dejarlos regresar al patio, aunque no los delataron ante el padre Edoardo.

A las monjas no les importaba la violencia. Aquellos críos iban a sufrirla tarde o temprano, la mayoría ya estaban condenados. Lo único que querían era que las peleas no interfirieran en la imagen de orden que trataba de dar el orfanato, así que las monjas castigaban los golpes de manera ligera y guardaban silencio. Lo hacían porque sabían que si el padre Edoardo se enteraba de lo ocurrido, el castigo sería mucho más severo.

Esa misma noche, en el comedor, Hueso miraba fijamente la sopa humeante sin probarla.

Tenía el labio hinchado, le dolía la mandíbula y en las costillas sentía un ardor persistente, como si cada respiración fuera una cuchillada entre los huesos. Cuando se decidió a levantar la cuchara notó que Tommaso lo observaba.

—Tu dedo —murmuró el chico.

El meñique de su mano izquierda, algo más rígido que los demás, parecía ajeno a los movimientos de los otros. Hueso sonrió ante la preocupación de Tommaso y alzó la mano frente a la cara de su amigo para que pudiera mirársela desde más cerca; acto seguido, abrió y cerró el puño varias veces sin dejar de sonreír, evidenciando que no sentía ningún dolor.

—Por esto me llaman Hueso —le aclaró—. No ha sido en la pelea con Niccolò, me lo rompí hará dos o tres años al darle un puñetazo a un niño que tenía la frente muy dura —sonrió con su propia broma—. Ya no duele, es solo que se curó mal —añadió sin dar la menor importancia a la situación.

Tommaso lo escuchó en silencio y después, con la cabeza gacha, removió el caldo aguado sin atreverse a contestar ni a levantar la vista.

—Espérame aquí —le pidió Hueso cuando faltaban pocos minutos para que las monjas los obligaran a regresar a su cuarto.

Tommaso lo miró inquieto.

—No vayas —susurró, intuyendo lo que estaba a punto de ocurrir—. No hace falta.

Pero Hueso ya se había levantado. Atravesó el comedor con paso lento, sintiendo cómo el murmullo de las conversaciones se apagaba a su alrededor. Nadie se enfrentaba a Niccolò, y desde luego a nadie se le ocurriría intentarlo una segunda vez. Sin embargo, Hueso no tenía intención de iniciar otra pelea.

Se sentó frente a él sin pedir permiso. Niccolò lo recibió con una sonrisa burlona, masticando un trozo de pan negro duro.

—¿No has tenido bastante? —preguntó—. ¿Vienes a por más?

—Vengo a negociar —contestó Hueso en un tono severo impropio de un chico de trece años.

Niccolò arqueó una ceja y se inclinó sobre la mesa, como si no hubiera oído bien.

—¿Negociar? —repitió divertido.

Al hacerlo, el enjambre de muchachos que lo rodeaban comenzaron a reír.

—El abrigo y los zapatos ya no son de Tommaso —dijo Hueso—. Lo acepto. Pero quiero comprártelos.

El pelirrojo dejó escapar una carcajada.

—¿Y con qué vas a pagarme?

Hueso deslizó la mano al bolsillo y sacó el reloj. La esfera negra. La caja dorada. La grieta que lo cruzaba como una herida. Su Panerai Radiomir. La luz de la lámpara del techo reflejó un brillo ávido en los ojos de Niccolò.

—¿Es bueno? —preguntó con voz ilusionada.

—Mucho mejor que el abrigo.

Hubo un breve silencio. Luego, Niccolò volvió a sonreír.

—Trato hecho —dijo.

Se quitó el abrigo y lo dejó sobre la mesa.

—Los zapatos están bajo mi litera. Id y cogedlos.

Hueso agarró el abrigo sin decir nada más y volvió junto a Tommaso. Se lo dejó sobre el regazo sin ceremonia. El chico lo tocó durante unos segundos, dudando.

—Gracias —dijo por fin.

En un arrebato, se levantó y lo abrazó con fuerza, con un gesto torpe, infantil.

Hueso lo apartó de un empujón seco y lo señaló con el dedo índice.

—No seas idiota —le advirtió—. Si sigues comportándote así, no van a dejar de partirte la cara nunca.

13

La mañana del 23 de diciembre de 1942 ocurrió un milagro en la Casa delle Figlie della Carità de Palermo: nevó.

Cuando los chicos se despertaron, descubrieron los marcos de las ventanas congelados y un manto blanco que cubría el suelo del patio. Al principio, las monjas intentaron contenerlos, pero ante la algarabía generalizada, desistieron y terminaron dejándolos salir a jugar en la nieve.

El patio se convirtió en un campo de batalla improvisado. Los niños formaron dos bandos emulando el conflicto bélico que cercaba sus vidas. Entre gritos y carcajadas, comenzaron a tirarse bolas de nieve, corrían y se escondían tras los árboles y las fachadas del claustro e ideaban estrategias de contraataque.

Hueso y Tommaso se alejaron del bullicio para jugar a su propio juego. Primero fueron hasta la parte de atrás de la cocina a buscar latas de conserva vacías; luego salieron al patio de nuevo y las distribuyeron por el suelo y sobre algunos escalones; por último, se alejaron, formaron una montaña de bolas de nieve muy compactas y se turnaron para lanzarlas.

El objetivo era derribar las latas, pero Tommaso no era demasiado habilidoso. Todos sus lanzamientos iban desviados y las bolas pasaban sin rozar las latas siquiera. Hueso, en cambio, derribaba una lata con cada lanzamiento.

—¡Eres muy bueno! —exclamó Tommaso, frotándose las manos heladas. No quedaba ninguna lata en pie y él no había derribado ni una.

—Vivir aquí afina la puntería —respondió Hueso sonriendo; después apretó una nueva bola de nieve entre los dedos y la lanzó contra la cabeza de su amigo.

Durante un rato estuvieron arrojándose bolas de nieve el uno al otro hasta que decidieron colocar las latas de nuevo y continuar con la clase de tiro al blanco. Al agarrar una de ellas, Hueso la notó más pesada que el resto. La levantó y la agitó junto a su oído, lo que le permitió comprobar que algo golpeaba las paredes metálicas.

—¡Hay algo dentro! —gritó para que Tommaso lo oyera desde el lugar en el que se encontraba.

Metió la mano y sacó lo que había: era una rata de pelo gris y un rabo tan largo y tan fino como la vara que solía usar el padre Edoardo para castigarlos. Estaba muerta. Más que eso, el frío la había congelado convirtiéndola en una piedra.

Hueso la sujetó por el rabo, golpeándola suavemente contra la lata, lo que produjo un sonido seco, como si fuera un muñeco de madera en lugar de un animal muerto.

Tommaso, que ya se había acercado hasta donde estaba su amigo, dio un paso atrás frunciendo el ceño.

—¡Qué asco! —exclamó.

—¡No digas eso! —lo corrigió Hueso—. Esta rata tiene más en común con nosotros de lo que puedas imaginar.

Tommaso lo miró sin comprender, no sabía si hablaba en serio o si bromeaba, pero tampoco tuvo tiempo de averiguarlo porque el tañido de la campana dio por finalizado el juego. Debían regresar.

Las monjas les dieron órdenes de asearse poniendo especial atención a las manos y la cara, luego los hicieron formar filas para anunciarles que esa misma tarde recibirían la visita de uno de sus más generosos benefactores, una de las personas que hacía posible la subsistencia del hospicio. Terminaron su intervención advirtiéndoles que debían comportarse bien, con respeto y gratitud, y que bajo ningún concepto debían molestar ni dirigirse directamente a don Lorenzo Andolini.

Mientras esperaban en el salón de actos, que también habían limpiado a conciencia, Hueso entrevió por las cortinas que habían puesto para la ocasión a una niña de cabello oscuro jugando con la nieve. No parecía divertirse, simplemente estaba allí, con la mirada perdida, como si su mente se encontrara en otro lugar. Por su aspecto, supo de inmediato que no tenía la menor relación con el hospicio, por lo que intuyó que debía tratarse de la hija de don Lorenzo Andolini.

Aunque sabía que escaparse podría ocasionarle problemas si le descubrían, sintió una atracción incontrolable hacia ella, algo que nunca le había ocurrido, por lo que sin pensarlo demasiado se escabulló entre la multitud y salió sin que las monjas lo notaran. Pensó en cómo podría impresionarla, pero lo único que se le ocurrió fue regresar a la zona en la que había estado jugando con Tommaso y confiar en que las latas continuaran allí.

Cuando llegó al lugar en el que se encontraba la niña, la descubrió de espaldas a él.

—No te asustes —le dijo—. Tengo un regalo para ti.

Ella se giró bruscamente y lo miró desafiante. Era más pequeña que él, pero no demasiado; dos años, quizá tres, los separaban.

—¿Y por qué tendría que asustarme de un niño sucio y en los huesos como tú? —contestó con desdén.

Hueso estalló en una risa nerviosa. No estaba acostumbrado a estar con niñas, y las que conocía no se parecían en nada a esa.

—Me llaman Hueso.

—Menudo nombre —repuso ella—. Yo soy Ginevra.

—Lo sé —se apresuró a responder Hueso, aunque lo que realmente quiso decir fue que sabía quién era su padre, uno de los hombres más temidos y poderosos de Palermo.

Ella extendió su mano, oculta en un guante, y estrechó la de Hueso, repleta de sabañones y llagas.

—¿Ese es mi regalo? —preguntó Ginevra, señalando con la barbilla la lata que Hueso sujetaba con su otra mano.

—Así es, pero antes déjame hacerte un truco de magia —le pidió.

—No me gusta la magia.

—Eso es porque nunca has conocido a un mago como yo.

Sacó del bolsillo trasero de su pantalón una baraja de cartas raída, con los bordes doblados y desgastada por el uso. Formó un abanico con ellas y le pidió que sacara una. Ginevra obedeció. Entonces le indicó que pusiera una mano sobre otra, atrapando el naipe por completo entre ambas.

—Ahora mira esto —dijo Hueso.

Golpeó levemente con su índice el dorso de la mano de la niña, como si estuviera usando una varita mágica, y cuando Ginevra separó los dedos, el naipe había desaparecido.

—¿Cómo lo has hecho? —quiso saber.

Hueso se encogió de hombros.

—Magia. Ya te lo he dicho.

Después le ofreció la lata. Ella la observó con recelo, pero su curiosidad pudo más y la abrió con cuidado. Cuando miró dentro, descubrió a la rata congelada. Ginevra lanzó un grito y dejó caer la lata al suelo. El animal rodó alejándose de ellos. Furiosa, Ginevra se quitó un guante y le propinó una bofetada tan sonora que Hueso sintió que le zumbaba el oído.

Cuando regresó al salón de actos y tomó asiento junto a Tommaso, este lo miró perplejo.

—¿Qué te ha pasado? —le preguntó al descubrir la marca roja en su cara.

Hueso no contestó. Se llevó la yema de los dedos al lugar donde habían impactado los de Ginevra y, pese al dolor, notar dónde lo había tocado le hizo sonreír.

Lorenzo Andolini hizo su aparición acompañado del padre Edoardo y rodeado por varios hombres vestidos con trajes oscuros. Un silencio sepulcral se apoderó del salón de actos. Caminó por el pasillo central con paso firme, mientras las monjas lo observaban con reverencia. Le habían colocado un atril para dirigirse a los niños.

Comenzó su discurso de manera protocolaria, agradeciendo al padre Edoardo y a las hermanas su trabajo al frente de la institución, después guardó un segundo de silencio y, cuando retomó la palabra, lo hizo dirigiéndose a los chicos, que lo observaban mudos desde los asientos.

—Es Navidad —les dijo—. Este año la festividad viene acompañada de tiempos difíciles. Sicilia sufre por su pueblo. Sicilia sufre por vosotros, por el hambre que pasáis, por el frío que os cala los huesos y por esta guerra que os lo ha arrebatado todo.

»Muchos habéis perdido padres o hermanos en el frente y creéis que la guerra también os ha arrebatado vuestro futuro. Pero no es así. Todo esto pasará, y cuando eso ocurra, os pido que os convirtáis en hombres de bien, que forméis una familia y que honréis vuestro legado.

El padre Edoardo aplaudió con entusiasmo el discurso de don Lorenzo, una ovación que fue secundada primero por las monjas y luego por los niños. El acto terminó con un reparto de regalos por parte del señor Andolini y sus hombres, que caminaron entre los chicos entregándoles presentes envueltos en papel de estraza.

Cuando don Lorenzo pasó junto a Tommaso y Hueso, este último, incumpliendo la orden que les habían dado previamente, le habló:

—Señor, ¿puedo hacerle una pregunta?

La algarabía de los muchachos abriendo sus regalos se detuvo. El padre Edoardo fulminó con la mirada a Hueso, pero don Lorenzo levantó la mano para calmarlo.

—Por supuesto —respondió.

Hueso lo miró fijamente. Sabía quién era el hombre que tenía delante. Sabía que la familia Andolini era una de las más poderosas de todo Palermo, pero no sentía miedo. Él sentía admiración ante el poder que representaba un clan mafioso.

—¿Por qué a algunos muertos les meten un pájaro en la boca? —preguntó.

El silencio se hizo aún más pesado; sin embargo, don Lorenzo reaccionó luciendo una amplia sonrisa y arrodillándose a la altura del chico, que seguía sentado en la silla.

—¿Qué hacen los pájaros?

—Volar —contestó Hueso.

—Es cierto, vuelan. Pero ¿qué más hacen cuando no están volando, cuando están posados en la rama de un árbol o incluso dentro de una jaula?

Hueso pensó la respuesta durante un momento.

—¿Cantan?

—Exacto. Cantar es una parte esencial de su naturaleza. Pero nosotros no somos pájaros, ¿verdad?

Hueso negó con la cabeza.

—Por eso mismo, entre los hombres se valora que sepamos guardar silencio. Al hacerlo estamos protegiendo a nuestras familias. Imagina por un momento que yo conociera un secreto tuyo. Si lo contase, te estaría poniendo en peligro. Te estaría traicionando. Pero si no le digo nada a nadie, te estoy protegiendo.

Dio una palmada sobre la rodilla de Hueso. Parecía que daba por concluida la conversación y que estaba a punto de levantarse, pero de pronto continuó hablando:

—No todo el mundo es así. Algunos hombres se confunden y creen que son pájaros y les gusta ir contando a quien no deben aquello que han visto o han oído —le explicó—. Cuando una de esas personas muere, le nace un pájaro en la boca, para que todo el que vea el cadáver sepa que ese hombre murió por traicionar a los suyos.

Sin incorporarse aún, don Lorenzo metió la mano en el bolsillo y, al sacarla, estrechó la de Hueso deslizándole un billete.

—Estoy seguro de que tú no eres un traidor y de que sabrás guardar un secreto entre nosotros.

Hueso sintió el contacto del papel en su palma y apretó los dedos contra él.

—No, no lo soy, señor. No soy un traidor. Yo nunca le traicionaría —respondió con una solemnidad impropia de su edad.

Don Lorenzo le revolvió el cabello con una sonrisa y se puso de pie.

Antes de continuar con el reparto de regalos, lo miró una última vez.

—Créeme, lo sé —dijo con convicción.

14

La mañana de Navidad, el hospicio olía distinto. Olía a pan caliente, a especias, a ajo y a carne guisada. Los chicos sabían que ese día les esperaba algo diferente a la sopa aguada y al pan duro y negro habituales. Habían desayunado leche caliente con azúcar, pero en los pasillos, en el patio y en las habitaciones solo había un tema de conversación: qué manjares les prepararían las monjas por Navidad.

Cuando sonó la campana, formaron una única fila, respetando el turno y guardando silencio. Sabían que si alguien intentaba colarse o generaba problemas, sería castigado sin comer. Hueso y Tommaso ocupaban una posición intermedia, así que no tuvieron que esperar demasiado. Sin embargo, cuando llegó su turno de entrar al comedor, una de las monjas extendió el brazo para impedirles el paso.

—¡Tú no! —dijo señalando con el dedo índice el rostro de Hueso.

El chico se quedó quieto, sin entender nada. En un acto

reflejo, miró a Tommaso, pero en su rostro solo encontró la misma confusión que sentía él.

—¡Ve al comedor! —le ordenó la monja a Tommaso, sin apartar el brazo con el que bloqueaba la entrada a Hueso.

Tommaso vaciló, pero finalmente obedeció y entró al salón sin replicar. Hueso guardó silencio.

—El padre Edoardo te espera en su despacho —dijo la monja con severidad.

—¿Ahora? —preguntó Hueso.

—Ahora —confirmó ella.

El chico se giró sobre sus talones y se dirigió al despacho. El trayecto que tantas veces había recorrido le pareció más largo que de costumbre. Cuando llegó frente a la puerta de madera, golpeó dos veces con los nudillos y esperó. Mientras lo hacía, se fijó en que la zona donde sus dedos habían golpeado era más clara que el resto.

—Adelante —dijo la voz del padre Edoardo desde el interior.

El despacho era un lugar desangelado: las paredes eran de piedra desnuda y solo tenía una pequeña ventana que dejaba pasar una luz grisácea. La estancia desprendía un olor extraño, una mezcla de desinfectante, humedad y tiempo estancado. Todo estaba limpio y pulcramente ordenado.

El padre Edoardo estaba de espaldas. Junto a su escritorio había una jaula de hierro dorado, con barrotes finos y descascarillados en las curvas, que albergaba un pájaro de plumaje azul cobalto. Hueso nunca había visto un color tan vibrante en un animal.

—Siéntate —ordenó sin mirarlo.

Hueso acató la orden en silencio. Ya sentado, vio que el sacerdote estaba desmenuzando un mendrugo de pan, luego mojaba las migas en un pocillo de porcelana lleno de agua para ablandarlas y, por último, las introducía delicadamente en la jaula.

—Es bonito, ¿verdad? —preguntó finalmente.

—Sí, padre. Lo es —se apresuró a responder Hueso.

Don Edoardo esbozó una sonrisa leve y deslizó otra miga humedecida entre los barrotes.

—Se llama Pennatus. ¿Sabes lo que significa?

Hueso negó con la cabeza.

—«Alado» —explicó el sacerdote—. Un nombre curioso para un animal que ha pasado toda su vida encerrado sin poder volar en libertad, ¿no crees?

Hueso no respondió. Aquella era la conversación más larga que había mantenido con el padre Edoardo, un hombre al que todos los niños temían y al que apenas escuchaban hablar. Solo le oían dar órdenes y castigar a quienes consideraba merecedores de ello con su vara.

El sacerdote se sacudió las manos cuando ya no le quedaba más pan y por fin se giró hacia Hueso. Al hacerlo, la suela de sus zapatos chirrió sobre el suelo de linóleo.

—Dime, hijo —continuó con calma, en un tono que contrastaba con la frialdad de su mirada—, ¿acaso no os explicaron las monjas que estaba prohibido hablar con don Lorenzo?

Hueso tragó saliva. Tal y como sospechaba, había sido su inoportuna pregunta lo que le había llevado hasta allí.

—Sí, padre —se apresuró a responder—, pero... se me olvidó. Lo siento. No lo hice con mala intención, es solo que... —las palabras salían atropelladas de sus labios—, es solo que pensé que él era la única persona que podía responder a mi pregunta.

Don Edoardo asintió en silencio. Su expresión no cambió, pero en sus ojos había algo que helaba la sangre.

—Lo siento —repitió Hueso—, pero don Lorenzo no se molestó. Me respondió amablemente, sin enfadarse.

El sacerdote no pareció sorprendido ni enojado. Volvió a acercarse a la jaula, abrió la portezuela y sacó al pájaro con cuidado. Lo apresó entre las manos y se lo acercó a Hueso.

—¿Quieres cogerlo?

El chico dudó.

—No te hará nada, de verdad. Es muy dócil —insistió el padre Edoardo—. No aprietes demasiado o se pondrá nervioso, pero tampoco abras los dedos o echará a volar.

—Sí, padre —respondió Hueso, formando un cuenco con las manos.

El cura acercó despacio al animal hasta los dedos de Hueso, que, cuando sintió su contacto, cumplió a rajatabla las órdenes que le había dado el padre Edoardo. Lo sujetó con la suficiente firmeza como para que no escapara, pero sin oprimirlo.

—¿Sabes por qué este pájaro no se escapa cuando abro la jaula? ¿Sabes por qué se queda quieto entre tus dedos en lugar de forcejear para alcanzar la ventana?

Hueso levantó la mirada. No sabía qué responder. Ni siquiera estaba seguro de que el padre Edoardo quisiera escuchar la respuesta; parecía una pregunta retórica.

El sacerdote recuperó al animal, agarrándolo firmemente entre los dedos de la mano izquierda.

—En muchas ocasiones he olvidado cerrar la jaula después de darle de comer, pero nunca se ha ido. Podría haberse marchado, no le habría costado nada llegar a la ventana y ser libre, pero nunca lo ha hecho.

Hueso frunció el ceño. No le gustaba el giro que estaba tomando la conversación.

—No lo hace porque no conoce otra cosa que no sea esta jaula. Para él, yo soy su dios. Yo le doy de comer, yo limpio el lugar en el que vive, yo le permito sobrevivir, y él lo sabe. Sabe que si alguna vez hiciera algo en mi contra, si se rebelara, si intentara desafiarme, estaría en mi derecho de castigarlo.

El sacerdote acarició la cabeza del pájaro con el pulgar de su mano derecha. Lo hizo con cuidado, sin presionar en exceso.

—El miedo es un buen maestro, es la mejor herramienta para asegurarnos de que quien está bajo nuestra potestad nunca nos traicionará.

Don Edoardo cerró los dedos sobre el animal. Hueso se tensó en su silla, apretando las piernas contra las patas de madera.

El sacerdote extendió un ala del animal sobre su escritorio y sacó de un cajón un abrecartas dorado con la hoja tan afilada como un cuchillo. Sin vacilar, de un solo movimiento, se la cortó.

El pájaro chilló, aleteó e intentó escapar, sin éxito.

Acto seguido, el padre Edoardo repitió la acción con la otra ala. Después empujó con desdén al pájaro, que cayó al suelo con un sonido sordo. El ave intentó moverse, pero solo logró revolcarse torpemente en su propio dolor.

Hueso sintió náuseas. Por instinto, giró la cabeza y estuvo a punto de levantarse. Fue un acto reflejo: no quería enfrentarse al padre Edoardo, pero tampoco podía permanecer quieto.

De pronto sintió un golpe lacerante en la cara que lo sacudió en el asiento. Don Edoardo le había golpeado con su vara y le había hecho un corte en la mejilla. La sangre caliente empezó a resbalar por la piel hasta llegar a la comisura de los labios.

La brusquedad del impacto le había abierto su maltrecha camisa, dejando a la vista el camafeo dorado que siempre llevaba pegado al pecho. Los ojos del sacerdote se fijaron en la joya. Al instante, se inclinó, agarró la cadena y tiró de ella con fuerza hasta romper el cierre.

—¡No! —imploró Hueso.

Demasiado tarde. El camafeo estaba entre los dedos del sacerdote.

—¡Devuélvamelo, por favor! —le suplicó.

El padre Edoardo lo sostuvo en el aire, haciéndolo girar, observando el delicado tallado en bajorrelieve del perfil de un árbol solitario, de copa ancha y ramas abiertas. Tenía una sonrisa macabra en los labios.

—Es el único recuerdo que tengo de mi familia —dijo Hueso, intentando conmover al cura. Lo único que logró fue que el sacerdote prorrumpiera en una sonora carcajada.

—¿Familia? —repitió con desprecio—. Si tuvieras familia, no estarías aquí.

Sin dejar de reír, guardó el camafeo en el bolsillo de su sotana y después miró fijamente al niño. Al hacerlo, su rostro se volvió serio, maquiavélico.

—Tu familia somos nosotros. Las monjas que te dan de comer y que limpian la habitación en la que duermes. Nosotros te protegemos, nosotros te mantenemos con vida. —Se inclinó un poco más hacia delante, de tal forma que su rostro quedó a la altura del niño—. Pero si lo olvidas, si desobedeces, si no escuchas o no sigues nuestras reglas...

Dejó de hablar y, en lugar de finalizar su amenaza con una frase, señaló al pájaro, que seguía revolcándose en el suelo, sacudiendo torpemente los muñones en los que se habían convertido sus alas amputadas.

—Algunas veces, la única forma de impedirle a un pájaro volar es cortándole las alas —concluyó.

Hueso sintió que le faltaba el aire. Ya no le dolía el corte de la mejilla ni le importaba la sangre. Tenía los ojos abiertos de par en par, incapaz de encontrar el coraje suficiente para parpadear.

—Hoy no habrá comida de Navidad para ti. —El sacerdote volvió a sonreír—. Ahora vuelve a tu habitación.

Hueso no se movió.

El padre Edoardo alzó la vara en un gesto de advertencia.

—No me obligues a repetirlo. ¡Largo de aquí! —le ordenó, señalando la salida con la punta de su vara.

Sin decir nada, Hueso se levantó y caminó hasta la puerta. Notaba la ropa húmeda, pero no entendía cómo podía haber llegado la sangre de su rostro hasta sus pantalones. Al bajar la mirada, comprendió que se había orinado encima.

Antes de abandonar el despacho del padre Edoardo se llevó la mano al cuello y, por primera vez desde que tenía uso de razón, no encontró allí su camafeo.

15

Con la llegada de la primavera, el patio del hospicio comenzó una lenta transformación. Entre los muros de piedra y las grietas de los caminos de tierra empezaron a brotar pequeños arbustos de romero y espliego. Los naranjos, que crecían junto a la fachada principal, desplegaron una floración blanca que inundaba el aire a su alrededor de un aroma fresco y cítrico. Incluso la glicina, que cubría parte del claustro y a la que las monjas no prestaban mucha atención, había florecido, tiñendo de lila la sombra de la galería.

Pese a la belleza del entorno y la explosión de la primavera, la guerra continuaba avanzando, y el miedo y la miseria se propagaban por las calles de Palermo. En la radio del orfanato, que solía transmitir música sacra y sermones religiosos, cada vez eran más habituales las interrupciones en las que anunciaban nuevas ofensivas. La última, un brutal bombardeo sobre la ciudad de Grosseto, que había dejado más de un centenar de civiles muertos.

Contribuía a la inquietud del ambiente la llegada constante de nuevos niños al centro. La primavera trajo consigo un nuevo camión abarrotado de huérfanos. Venían apretujados en el suelo de la caja del vehículo, con la ropa hecha jirones, la cara cubierta de polvo, asustados, algunos enfermos y desnutridos. Cuando descendieron, las monjas entregaron a cada uno un juego de sábanas y un pijama gris.

El espacio en el dormitorio cada vez era más reducido. Ni siquiera había colchones de paja para todos, por lo que algunos se veían obligados a dormir en tablas de madera desnudas, colocadas sobre el somier.

De entre los recién llegados hubo un chico que llamó la atención de Hueso y Tommaso desde el primer día. No porque fuera más grande o más fuerte que los demás, sino por todo lo contrario: era pequeño y enclenque, tenía el cabello alborotado y la cara llena de pecas, como un dibujo animado.

Nada más ocupar su litera, anunció al resto de los huérfanos que era su cumpleaños, pero que, desgraciadamente, no había podido encargar una tarta para celebrarlo con todos ellos. En ese momento, Hueso comprendió que aquel muchacho tenía algo de lo que carecían los demás: una risa fácil y una lengua afilada para las bromas.

Se llamaba Corrado.

Con el paso de los días, Corrado se fue convirtiendo en el centro de atención. Siempre tenía algo divertido que contar. Por las noches, su voz se elevaba por encima del murmullo de los demás cuando imitaba a las monjas, exagerando sus gestos y provocando carcajadas.

—Yo no nací para trabajar —le confesó una noche a Hueso tumbado sobre su catre, con los brazos detrás de la cabeza—. Por eso acabé aquí.

—¿Por qué dices eso? —preguntó Hueso sentándose en el suelo al lado de la litera de Corrado.

Este se incorporó para que le oyera mejor.

—Antes de venir aquí servía en la casa de un hombre muy rico. Mi madre me dejó allí cuando mi padre murió en la guerra. Él había trabajado en su cuadra, cuidaba de sus caballos, y cuando se fue al frente, el patrón nos ayudó durante un tiempo. Después mi padre murió y él le dijo a mi madre que podría quedarme en su casa a cambio de hacer las tareas que mi padre había hecho para él. —Su habitual tono ligero se volvió algo más sombrío—. Un día mi madre desapareció y no volvimos a saber de ella. El patrón dijo que lo más probable era que hubiese muerto o que se hubiera fugado con un hombre. También dijo que cualquiera de las dos opciones significaba lo mismo para mí, porque querían decir que me había quedado solo, que no tenía a nadie en el mundo. Me dejó vivir allí por un tiempo, pero yo no soy como mi padre, a mí no se me daba bien hacer las cosas que me pedían.

—¿Y qué hacías? —preguntó Hueso con curiosidad.

—De todo un poco: limpiaba los establos, les llevaba agua a los animales, barría el suelo o recogía la mesa después de las comidas. El problema era que me distraía todo el tiempo. Me ponía a hablar con las criadas o a jugar con los perros. Sobre todo me gustaba estar con los perros. Les tiraba una piedra o un palo y me lo traían de vuelta. El problema llegó cuando uno de los caballos se lesionó. Era un corcel negro, de carreras. Se llamaba Fontane y era el caballo favorito del hijo del patrón, que había ido a combatir a la guerra. Yo tenía que cuidarlo hasta que regresara. Un día el animal se tropezó mientras trotaba y se lastimó una pata. El patrón dijo que fue porque yo le había puesto mal una herradura, pero no era cierto. —Se detuvo un momento y suspiró—. El problema era que él pensaba que quizá su hijo no volvería nunca, que moriría en la guerra, como mi padre, y eso lo llenaba de tristeza y de odio. Por eso se había convertido en una persona así: seria, triste, violenta. Creo que, en cierta forma, la guerra ha ido volviendo así a todos los hombres.

Tommaso se había sentado junto a Hueso. Ambos guardaban silencio. No estaban acostumbrados a que Corrado se pusiera tan serio.

—El patrón dijo que no quería inútiles en su casa y me echó a la calle. Yo lloré, le supliqué que no lo hiciera, le dije que no tenía adónde ir, pero le dio igual. Cuando salí de allí anduve durante semanas. Vagaba sin descanso hasta caer rendido en cualquier esquina, donde me quedaba dormido. Alguna vez escuché a mi madre hablar de un tío suyo que regentaba una zapatería en Palermo, un hombre respetado que trabajaba el cuero con habilidad y cuyos clientes llegaban de toda Sicilia. Pensé que si lograba encontrarlo, tal vez pudiera ayudarme. No sabía mucho de él, tan solo su nombre y el barrio en el que estaba su negocio. Pero cuando al fin llegué, nadie parecía conocerlo. No había ni rastro del tío de mi madre ni de su zapatería. Quizá llevaba años muerto, o tal vez nunca existió. Lo más probable es que mi madre se inventase aquella historia para presumir ante las vecinas.

Qué más da —concluyó, extendiendo las manos, lo que lo hizo parecer un cura dando un sermón.

De pronto, Corrado rompió a reír. Una carcajada sonora e inesperada que no parecía encajar con la historia que estaba narrando.

—Pero no os preocupéis —les dijo—. Al menos ahora estoy aquí con vosotros y no tengo que cuidar caballos. Además, cada día puedo disfrutar de una excelente sopa.

La risa de los tres chicos inundó el espacio. Cuando se detuvo la risa, Corrado continuó hablándoles de la casa donde había trabajado. De los banquetes que allí se preparaban para las visitas. De las alfombras, que eran tan mullidas que parecían nubes. De las lámparas de cristal que colgaban de los techos. De los uniformes que llevaban los empleados. Pero, sobre todo, les habló de la comida.

—Había una niña en la cocina —les dijo—. Era la única buena persona que vivía en aquella casa.

—¿Por qué? —preguntó Tommaso.

—Porque cuando los demás no miraban, me daba comida. —Corrado se detuvo y se sentó en el catre. Los pies no le llegaban al suelo—. Yo dormía en la cuadra, en un cuarto pequeño de madera con goteras y un olor insoportable. Me daban las sobras, como si fuera otro animal. Pero ella... —Corrado sonrió al recordarla—. Ella me traía comida de verdad. Unas veces, pan fresco; otras, un trozo de queso pecorino envuelto en un pañuelo. Se lo guardaba en el mandil y, cuando nadie la veía, me lo llevaba.

—¿Y los otros sirvientes? —preguntó Hueso.

—Ellos no se atrevían ni siquiera a mirarme, yo era problemático, el patrón siempre estaba castigándome por mi comportamiento y creían que si los veían relacionándose conmigo, a ellos también los podrían castigar. Todos tenían miedo. Los niños que vivían en la casa habían crecido como sirvientes. Sabían que si hacían algo mal, los echarían y acabarían en un lugar como este. Pero ella no. Ella era diferente.

Hueso y Tommaso lo instaron sin palabras a que les aclarara por qué aquella niña era distinta. Antes de continuar, Corrado apoyó la cabeza en la pared y suspiró, un gesto teatral más propio de un adulto que de un niño.

—Ella no tenía miedo, seguía comportándose como un ser humano a pesar de todo. —Su voz cambió, como si ya no estuviera contando una historia para entretener a los demás—. Era muy delgada y estaba enferma, muy enferma. Tenía tos. Algunas noches no paraba de toser y ni siquiera podía dormir. Aun así, sonreía todo el tiempo. —Hizo una pausa antes de añadir—: Ella también había perdido a su padre en la guerra.

Cuando Tommaso le escuchó hablar de una niña enferma que no paraba de toser y cuyo padre había muerto en el frente, sintió un escalofrío recorriéndole la columna vertebral, como si una mano invisible le estuviera pasando el filo de una navaja por la espalda.

—¿Recuerdas su nombre? —dijo en voz baja, casi avergonzado de formular la pregunta.

Corrado lo miró con sorpresa. Le pareció un comentario extraño, pero aun así sonrió y respondió:

—Claro que lo recuerdo.

Se irguió un poco y miró a Hueso y a Tommaso con un brillo especial en los ojos.

—Nunca lo olvidaré, porque tenía el nombre más bonito que he escuchado nunca.

Hizo una pausa, disfrutando del efecto hipnótico que tenía sobre ellos, y finalmente dijo:

—Se llamaba Amaranta.

16

Después de una vida sobreviviendo sin más propósito que despertar a la mañana siguiente, con un presente desolador y un futuro incierto, de pronto Hueso encontró un sentido a su existencia: lograr que Tommaso cumpliera la promesa que le había hecho a su hermana.

Su amigo no pudo dormir en toda la noche: necesitaba que fueran a buscarla, de pronto sentía que no todo estaba perdido. La posibilidad de reencontrarse con Amaranta le impidió conciliar el sueño. Quiso escapar en ese mismo momento, fugarse del orfanato de madrugada y salir en su busca. Hueso intentó contener su efusividad; le aseguró que lo ayudaría, pero también le explicó que, para lograrlo, necesitaban que Corrado se uniera al plan. Sin él, nunca llegarían hasta ella. Al final, Hueso consiguió convencer a Tommaso de que le dejara a él la negociación, pues el éxito o el fracaso de su propuesta dependía de la decisión que tomara Corrado, y se sabía más persuasivo que su amigo.

—¿Recuerdas dónde estaba la casa en la que trabajabas? —le preguntó a la mañana siguiente, durante el almuerzo.

Corrado volvió los ojos sin mover la cabeza para mirarlo. Tenía en la mano un trozo de pan duro y negro y, antes de responder, se lo llevó a la boca y lo mordisqueó lentamente.

—Claro —dijo al tragar—. No es fácil olvidarse de un lugar en el que te han tratado como a un perro.

Hueso asintió antes de formular la segunda cuestión, que pronunció en voz baja:

—¿Estarías dispuesto a escaparte con Tommaso y conmigo para llevarnos hasta allí y buscar a su hermana?

El pan dejó de crujir entre los dientes de Corrado.

—Si logramos escapar y no nos descubren —dijo Hueso tras un breve silencio—, estaremos en la calle, muertos de hambre, hasta que logremos llegar. Y si nos descubren antes de conseguirlo, nos traerán de vuelta y será el padre Edoardo quien nos mate —afirmó—. Pero Tommaso le prometió a Amaranta que la protegería, y yo me he propuesto ayudarle a cumplir su promesa. ¿Qué dices tú? —le inquirió con solemnidad.

Durante unos segundos no ocurrió nada. Ambos chicos se miraron directamente a los ojos. De pronto, como ya era habitual en los momentos de tensión, Corrado estalló en una carcajada.

—¡Me apunto! —dijo sin parar de reír.

Después le contó a Hueso que la casa en la que había trabajado, donde vivía Amaranta, estaba en Taormina, al otro lado de la isla. Un lugar próspero, ajeno a la miseria de Palermo, donde las villas se extendían sobre la ladera con vistas al mar Jónico, con sus jardines cuidados y sus calles empedradas. También le aclaró que no les resultaría sencillo a tres chicos huérfanos llegar hasta allí, puesto que él mismo había realizado el viaje a la inversa y había estado a punto de morir de hambre o de agotamiento en el intento.

Lo que sí les resultaría sencillo sería escapar.

Hueso les explicó a Corrado y a Tommaso cómo se escabullía muchas noches: solo debían deslizarse por el canalón de agua y saltar la verja del patio trasero. El momento perfecto para la huida sería de madrugada, cuando las monjas durmieran y el hospicio estuviera en completo silencio.

Se rumoreaba que en unos días llegaría un nuevo camión con huérfanos, por lo que era importante darse prisa. Las jornadas posteriores a su llegada serían complicadas. Los nuevos solían despertarse asustados en mitad de la noche, llorando, y eso podía poner en riesgo su fuga.

Todo estaba listo, pero antes de partir rumbo a Taormina, Hueso debía hacer algo: tenía que recuperar su camafeo.

Durante los siguientes dos días, observó con atención al padre Edoardo, fijándose en cada detalle. No lo llevaba colgado al cuello, por lo que lo más probable era que lo hubiese guardado en su despacho.

Esperó a la noche anterior a la huida. Se levantó de madrugada y se deslizó por los pasillos con la seguridad de quien conoce el camino que está recorriendo. Se detuvo frente a la puerta del despacho del sacerdote y apoyó la oreja contra la madera, justo a la altura del círculo desgastado por los golpes repetidos de los nudillos. No se escuchaba nada. Estaba vacío.

Con cuidado, intentando hacer el menor ruido posible, giró el picaporte y empujó lentamente la puerta. No estaba cerrada con llave. Entró. El frío de la estancia le erizó la piel. No había rastro de la jaula dorada. Se acercó al escritorio y abrió el primer cajón. Solo encontró un rosario de marfil y varios papeles con anotaciones manuscritas.

Le pareció escuchar un susurro y entró en pánico. Asustado, se escondió bajo el escritorio y se abrazó las rodillas mientras un sudor frío le recorría la espalda. Cerró los ojos y contuvo la respiración. Los segundos pasaron con una lentitud insoportable, pero poco a poco recuperó la calma. Se incorporó y abrió el segundo cajón. Allí estaba su camafeo. Lo tomó con manos temblorosas y lo apretó contra su pecho. Sintió el corazón latiendo a toda velocidad, sin poder identificar si era miedo o alivio el sentimiento que lo provocaba.

Cuando se disponía a cerrar el cajón, algo más llamó su atención. Era el abrecartas dorado. Lo miró fijamente y, aunque no estaba seguro de por qué lo hacía, pasó la yema del pulgar por la hoja afilada con la que el padre Edoardo le había amputado las alas a Pennatus.

Sin pensarlo dos veces, lo agarró y se lo metió en el bolsillo.

Salió del despacho sin poder evitar sonreír.

Todo estaba listo para que comenzara su viaje.

17

Durante cena previa a la huida, los tres chicos apenas probaron bocado. Se miraban de reojo, con los músculos tensos; sabían que en unas pocas horas sus vidas cambiarían para siempre.

De pronto, la puerta del comedor se abrió con violencia y la figura del padre Edoardo atravesó el umbral con pasos firmes. A Hueso se le heló la sangre al verlo. El sacerdote se detuvo en el centro de la sala, con los brazos en jarras, y recorrió el espacio con la mirada.

—¡Alguien ha entrado en mi despacho! —anunció con voz grave—. Si el culpable no se entrega de inmediato, todos seréis castigados.

Hueso sabía que su acción había sido arriesgada, por eso no les había contado nada a Tommaso ni a Corrado. Intuía que no la aprobarían. Estaba convencido de que Edoardo no descubriría el hurto hasta que no se hubieran ido. Por ese motivo había esperado hasta la noche antes; creía que en un solo día el sacerdote no tendría tiempo de descubrirlo.

De pronto, todo el plan se tambaleaba por su culpa.

Tras las palabras del cura, el silencio en la estancia fue absoluto. Las cucharas dejaron de chocar contra los platos, los murmullos cesaron. Ni siquiera se oían las respiraciones de los niños.

Hueso sabía que el padre Edoardo no bromeaba y también sabía de lo que era capaz. Aun así, podía guardar silencio, ya que las monjas no encontrarían el camafeo ni el abrecartas: había ocultado ambos objetos a conciencia dentro del colchón de paja. No obstante, también sabía que si no hablaba, todos los demás pagarían las consecuencias. Tragó saliva y, apoyando ambas manos sobre la mesa, se dispuso a levantarse para confesar su delito.

No lo logró. Tommaso se le adelantó, sujetándolo del brazo y tirando de él hacia abajo para obligarlo a volver a sentarse, mientras él se ponía de pie.

—¡Fui yo! —dijo en voz alta, por sorpresa.

El padre Edoardo caminó hacia él y lo miró entornando los ojos.

—¿Tú? —preguntó con incredulidad.

Tommaso asintió sosteniéndole la mirada. El cura lo observó durante unos segundos, como si no se creyera del todo su confesión. Pero, aun así, lo agarró del brazo con fuerza y lo arrastró fuera del comedor. Tiraba de él con tanta violencia que, aunque Tommaso intentaba caminar, sus pies apenas rozaban el suelo, solo las puntas de sus zapatos se arrastraban sobre las baldosas.

Corrado y Hueso lo esperaron en la habitación sin atreverse a hablar siquiera. Los minutos transcurrían con una lentitud insoportable cuando, finalmente, la puerta del cuarto se abrió.

Tommaso entró con pasos tambaleantes. Caminaba con tanta dificultad que parecía llevar pesadas argollas en los tobillos. En su rostro no había marcas visibles de heridas, pero todo su cuerpo parecía estar quebrado.

Los otros chicos lo miraron entre cuchicheos. Hueso y Corrado se apresuraron a ayudarlo. Con cuidado, le quitaron la camisa y el pantalón para ponerle el pijama. Fue entonces cuando descubrieron las marcas.

Tenía la espalda y las piernas cubiertas de cortes. Decenas de heridas. Algunas más superficiales, otras más profundas. De la mayoría aún manaba sangre.

Tommaso dejó escapar un sollozo de dolor y de vergüenza.

—Tranquilo, no pasa nada —murmuró Hueso. No estaba seguro de a quién intentaba tranquilizar más: si a Tommaso o a sí mismo.

Corrado guardó silencio y miró a Hueso. Ambos sabían lo que las heridas significaban: si los atrapaban en la calle tras la fuga y los devolvían al hospicio, el castigo del padre Edoardo sería aún peor.

—¿Por qué lo hiciste? —le preguntó entonces Hueso.

—Porque debemos proteger a nuestra familia —contestó Tommaso, haciendo suyas las palabras de Lorenzo Andolini. Tras pronunciar la frase intentó sonreír, pero el dolor se lo impidió.

Hueso respiró hondo. La expresión de su rostro cambió.

En aquel mismo instante dejó de ser un chiquillo frágil e indefenso para convertirse en un hombre.

—Quédate aquí con él —le pidió a Corrado—. Preparad las cosas, el plan sigue en pie.

—Pero... —empezó a decir el chico, pero no pudo acabar su frase. Hueso se lo impidió, dirigiéndose en esta ocasión a Tommaso.

—¿Puedes andar? —le preguntó.

—Me cuesta —contestó con voz queda—, pero por Amaranta, claro que lo haré.

Tras escuchar su respuesta, Hueso se arrodilló y rebuscó dentro del colchón. Cuando encontró lo que buscaba, volvió a incorporarse y se dirigió a sus amigos:

—Esperadme aquí. Nos marcharemos cuando vuelva.

Les dio la espalda y caminó hacia la puerta sin mirar atrás.

Colgando de su cuello volvía a encontrarse el camafeo.

En el interior de su bolsillo, el abrecartas.

18

Supo que no estaba solo en la habitación cuando extendió la mano para encender la luz y, antes de que sus dedos pudieran tocar el cordel de la lámpara de la mesilla de noche, la estancia se iluminó.

Estaban a tan corta distancia que no era necesario, pero, aun así, el padre Edoardo se puso sus gafas de concha antes de dirigirse a Hueso, que se encontraba sentado a su lado sobre un taburete de mimbre.

—¿Cómo has entrado aquí? —preguntó el sacerdote, tratando de parecer enfadado, pero sin poder ocultar el tono de preocupación en sus palabras.

—Como el viento de la noche —respondió Hueso, y señaló con la barbilla la ventana entreabierta del cuarto. Intentó que su voz sonara solemne, no quería que el cura descubriera lo atemorizado que estaba.

El padre Edoardo se quitó las gafas y se frotó los ojos con fuerza, como si le molestara la luz anaranjada de la bombilla o como si creyera que todo aquello era un mal sueño y que, al volver a abrirlos, el niño habría desaparecido.

Hueso aprovechó ese tiempo para recorrer el cuarto con la vista. Era la primera vez que estaba allí; sin embargo, nada le resultaba extraño. El dormitorio era tal y como se lo había imaginado. Las paredes blancas necesitaban una mano de pintura, y en la parte inferior se hinchaban barrigas de diferentes tamaños debido a la humedad. Sobre el cabecero había un crucifijo de madera. A los pies de la cama, un pequeño diván sobre el que descansaban la sotana doblada y los zapatos negros del cura.

Fue al ver su ropa cuando Hueso cayó en la cuenta de que el hombre estaba en pijama.

—Te has metido en un buen lío, chico —le amenazó don Edoardo, recuperando su habitual tono.

—Lo sé —respondió Hueso sin altanería.

El clérigo se fijó en el cuello del muchacho, donde podía verse el camafeo.

—Sabía que fuiste tú. Debería darte vergüenza dejar que otro cargue con la culpa por ti. Pídele a Dios que sea misericordioso y te perdone por ser un mentiroso y un pecador.

—Usted me lo quitó, yo solo quería recuperar lo que me pertenecía —le explicó—. No soy un ladrón, por eso estoy aquí.

—¿Te has colado en mitad de la noche en mi cuarto para decirme eso?

—No, lo he hecho para devolverle esto.

Hueso extendió el brazo ofreciéndole el abrecartas. Durante un instante, el hombre y el niño se miraron en silencio, como si hubieran olvidado los papeles que les tocaba interpretar en mitad de una obra.

Debajo de las sábanas y con la marca de la almohada en la mejilla, a Hueso le pareció que el sacerdote no era más que un anciano indefenso. Entonces comprendió que había un mundo fuera de aquellos muros en el que el padre Edoardo no tenía el menor poder.

—Todos sois escoria.

Tras pronunciar la frase, en lugar de coger el abrecartas que Hueso le ofrecía, se volvió y agarró su vara, que estaba sobre la mesilla de noche junto a la lámpara encendida. No le dio tiempo a blandirla porque Hueso se lo impidió apresándole rápidamente la muñeca con su mano libre. A pesar de que solo era poco más que un niño y de que sus dedos no lograban envolver por completo la muñeca del cura, la fuerza con la que apretaba era considerable.

Entonces, en su cabeza resonaron las palabras del padre Edoardo: «Algunas veces, la única forma de impedirle a un pájaro volar es cortándole las alas». Sin pararse a pensar en lo que hacía, le cortó uno a uno los tendones de la mano del cura pasando la afilada hoja del abrecartas por encima de los nudillos.

El padre Edoardo gritó de dolor y de pánico, pero no consiguió zafarse de la presión de Hueso. Cuando al fin lo logró, se llevó la mano ensangrentada al pecho, tiñendo de rojo las sábanas.

Hueso se quedó mirando al hombre. Estaba aterrorizado por lo que acababa de hacer, como si hubiera sido otra persona la que empuñara el abrecartas. Sintió que la violencia lo acechaba siempre, que de nada servía que intentara hacer las cosas bien.

Salió corriendo de la habitación sin mirar atrás ni una sola vez.

Los gritos desesperados del cura despertaron a las monjas, pero a Hueso ya no le importaba. Tommaso y Corrado, ya preparados, lo esperaban. Se acercó hasta ellos y, con un movimiento de cabeza, les indicó que lo siguieran.

El resto de los chicos los miraban sin comprender qué estaba ocurriendo. Las monjas, al comprobar que Hueso tenía un abrecartas y la ropa llena de sangre, decidieron no intervenir.

En la calle corría aire, pero ni Hueso, ni Tommaso ni Corrado sentían frío. Percibían un aroma de libertad que procedía de un mundo ajeno a su vida anterior.

Al principio no hablaron, Hueso estaba avergonzado por lo que acababa de hacer y caminaba con la cabeza gacha, hasta que Corrado rompió a reír. Para cuando los otros dos chicos lo secundaron, las carcajadas eran tan ruidosas que resonaban en las calles desiertas de la madrugada de Palermo.

Año 1496, Guadamur, Toledo, reino de Castilla

La sangre tiñe la piedra del suelo del castillo, ha mudado su color del gris a un rojo oscuro, casi negro. Primero, una línea fina, apenas un hilo resbalando lentamente por la hoja de acero. Después, un río espeso que brota de un cuello abierto, derramándose como aceite denso sobre las losas.

Es Carcagnosso quien sostiene el puñal con una mano. Luego lo hunde en la garganta del guardia. Al hacerlo, siente bajo sus dedos el último estertor del hombre, cuya mirada se nubla mientras su boca se abre en un intento desesperado de tragar aire. Lo único que logra es exhalar un gorgoteo de saliva.

Alrededor de los tres hermanos la escena es dantesca. Los guardias personales de don Diego de Guzmán yacen sin vida, algunos con las gargantas abiertas, como sonrisas macabras de encías desdentadas; otros, con las entrañas sobresaliendo de sus armaduras destrozadas. No parece una batalla, sino una ejecución meticulosa y despiadada.

Acompañados por la luz del fuego de las antorchas incrustadas en los muros, los tres hombres cruzan el pasillo y abren de una patada la puerta de los aposentos privados. Al hacerlo, encuentran a don Diego de Guzmán en ropa de cama, un atuendo ridículamente delicado, tejido en lino y encajes. Visto así, aturdido y recostado en la cama, poco parece quedar del hombre impecablemente vestido y de aspecto soberbio que había llegado días atrás al castillo de Guadamur con su séquito privado.

—¿Quién provoca semejante escándalo? —pregunta. Quiere mostrarse irritado, pero su voz delata el desconcierto que siente.

Osso avanza hacia él, se acerca lo suficiente como para que se hagan evidentes las manchas de sangre en sus manos, su rostro y sus ropajes.

—No os preocupéis, mi señor. El ruido está a punto de cesar —le asegura.

Tras él entran Mastrosso y Carcagnosso y cierran la puerta tras de sí con un golpe seco. Guzmán retrocede, consciente del peligro de la situación. Su cuerpo se encoge como un ovillo en el lugar que debería ocupar la almohada.

—¿Quiénes sois? ¿Quién os ha dado permiso para entrar en mis aposentos? ¡Salid de inmediato! —ordena en un intento desesperado de imponer su autoridad.

—No se enerve, don Diego. Solo queríamos saber si os agradó la daga —dice Osso, señalando la mesa donde descansa la hoja brillante sobre un lienzo de terciopelo—. ¿Es de vuestro agrado el obsequio del señor López de Ayala?

Guzmán, presa del pánico, se lanza hacia la mesa para

tomar el arma, pero Mastrosso es más rápido y lo empuja violentamente, haciéndole perder el equilibrio. En la caída se golpea la rodilla y al incorporarse cojea de forma ostensible.

Osso camina despacio, como si anduviera por un hermoso jardín repleto de flores silvestres digno de contemplar. Cuando llega a la altura de la mesa, toma la daga y la examina con atención. Diego de Guzmán lo mira agazapado en una de las esquinas de la estancia. Ya no parece cruel ni arrogante, ahora no es más que un hombre humillado e indefenso.

—Es una hermosa pieza, ¿no os parece? —pregunta Osso—. Yo mismo la forjé. La hice especialmente para vos, ¿lo sabíais?

Los ojos de Guzmán se abren tanto que parece como si estuviesen a punto de salírsele de las cuencas. Acaba de comprender que se encuentra frente a los hermanos de la criada a la que violó y estranguló.

—¿Sabéis cómo se forja una daga, mi señor? —continúa Osso, dando pequeños pasos para acercarse a su presa—. Se comienza con un pedazo tosco y frío de acero. Después se calienta en una fragua hasta que su color cambia, se vuelve rojo como la sangre que estáis a punto de derramar. Entonces hay que colocarlo sobre un yunque y golpearlo de manera violenta. Un golpe, y luego otro, y otro más. Hay que hacerlo con fuerza, con rabia —le explica y simula que sostiene un martillo por encima de su cabeza y lo descarga una y otra vez—. Por último, se afila con sumo cuidado y paciencia y se pule con cuero para obtener un filo perfecto, capaz de atravesar la piel y los tendones; capaz incluso de partir en dos los huesos de un hombre. Es un proceso arduo, agotador, violento, mas con un final hermoso. Como la venganza.

—Por favor —suplica Guzmán, tembloroso, extendiendo una mano—. Tened piedad de mí.

Osso se agacha, su cabeza queda a la altura de la del verdugo de su hermana.

—Miradme a los ojos —le ordena con voz firme.

El noble obedece, confía en que, cumpliendo con sus exigencias, tal vez pueda salvar la vida.

—Esto es por Elia —le susurra Osso al oído mientras clava con parsimonia la daga en el corazón del hombre, empujándola hasta la empuñadura—. Esto es por nuestra hermana, por nuestra familia.

El cuerpo de don Diego de Guzmán se estremece antes de desplomarse sobre el suelo, como un niño que no pudiera contener el sueño. Mastrosso y Carcagnosso permanecen en silencio, contemplando la escena con la solemnidad que requiere el momento.

A lo lejos se oyen gritos y pasos acelerados. Alguien los ha descubierto.

—¡Debemos irnos! —urge Mastrosso a sus hermanos—. Pronto vendrán más soldados.

Osso no parece escucharlo: busca frenéticamente entre cajones, mantas y ropas dispersas. Los otros lo observan sin comprender.

—¡Osso! —le grita Carcagnosso—. ¡No hay tiempo! ¡Debemos partir!

—¡No podemos marcharnos aún! —responde Osso, que parece escuchar por primera vez los gritos de sus hermanos—. ¡Tenemos que encontrarlo! Es nuestro. Es por eso por lo que estamos aquí.

Continúa con su búsqueda hasta que, finalmente, del interior de un baúl ornamentado, entre las sedas y los terciopelos del noble asesinado, halla lo que busca: el camafeo familiar. Lo toma entre los dedos con reverencia y se lo muestra a Carcagnosso y a Mastrosso.

—Esto es lo que vinimos a buscar. Elia vivirá eternamente en este símbolo. Este camafeo es nuestro escudo, nuestro blasón. Este camafeo representa nuestro honor. Jamás lo olvidemos. Es por Elia, por nuestra familia y por nuestro linaje por lo que hoy tomamos venganza.

Mastrosso y Carcagnosso atienden con gravedad, calla en ellos la verdad que encierra la oración pronunciada por Osso.

Sin necesidad de decir nada más, los tres hermanos salen de la habitación, atraviesan el corredor ensangrentado y emergen a la fría noche. Caminan rápido, decididos, conscientes de que atrás queda la vida que conocían y que por delante les espera un futuro incierto.

La luna los acompaña en su huida como un testigo mudo. Ellos tampoco hablan, miran al frente, su paso es firme y decidido.

Su destino ya está sellado.

TERCERA PARTE

1957, Palermo, región de Sicilia

19

—No me lo puedo creer, se ha meado encima.

—Se habrá mojado con el agua del mar.

—Claro, y por eso tiene los pies secos. Se empapó el pantalón, pero no los zapatos. Tiene sentido.

—No seas así. Tú también te habrías meado si te hubieran pegado un tiro en la cara.

—Nadie le ha disparado.

—Pero eso él no lo sabe.

—¿De verdad no lo sabes? ¿Crees que estás muerto? ¿Puedes oírnos? Abre los ojos, no tenemos toda la noche.

Hueso obedece a la voz que le está hablando y lo primero que ve es una capa acuosa de tono rojizo que le impide enfocar. Se frota la cara con la palma de la mano para limpiarse la sangre. Al hacerlo, nota que tiene mechones de cabello pegados en la frente y en el cuello y que se le enredan entre los dedos. Los mira con atención, sin saber si son suyos.

—¿Vais a matarme? —pregunta con un hilo de voz apenas audible.

Frente a él hay dos personas: un hombre y una mujer de una edad similar a la suya. Él lleva una camisa blanca con los primeros botones desabrochados y se ha enrollado las mangas hasta los codos. Lo que más le sorprende es el aspecto de ella: lleva el pelo cortísimo y viste completamente de negro, con unos pantalones capri que no le tapan los tobillos y un jersey fino de cuello redondo. Hueso nunca ha visto a una mujer con el cabello más corto que él y vestida como un hombre. A pesar de ello, la imagen de la mujer le resulta vagamente familiar.

—Creo que se ha enamorado —le dice él a ella con una sonrisa burlona al descubrir que Hueso la está mirando fijamente.

—Así es, hemos venido a matarte —dice ella, obviando la broma y respondiendo a la pregunta de Hueso—. Primero lo matamos a él, que te iba a matar a ti, para matarte nosotros. Tiene sentido —vuelve a decir, entregada a la chanza.

Tras escucharla, Hueso baja la vista y ve a sus pies el cadáver de Romano. Antes de que todo desapareciera tenía el cañón del arma del mafioso apuntando directamente contra su cabeza, pero es él quien ha acabado con un tiro en la cabeza.

—¿Lo habéis hecho vosotros?

—A decir verdad, lo hizo él —responde el hombre, señalando con el índice hacia la oscuridad, donde se puede ver un Lancia Aurelia estacionado con las luces de posición encendidas y un hombre apoyado en uno de sus faros—. Se llama Domenico, trabaja para mi padre... para nuestro padre —se corrige señalando a su hermana—. Yo soy Matteo y ella es

Ginevra. Mi padre nos ha enviado para buscarte. Debemos protegerte. Levántate y acompáñanos, te llevaremos a casa para que lo conozcas.

A Hueso le suena vagamente el nombre de Ginevra, pero no logra atar cabos. Todo le resulta demasiado confuso. Hace un esfuerzo por ponerse de pie, apoya las manos en los reposabrazos de la silla de ruedas de Caruso y se incorpora, pero al instante cae en la arena justo al lado del cadáver de Romano. Se siente débil y las piernas no le responden. No comprende nada. Le invade un miedo irracional. Matteo se agacha, lo agarra por las axilas y lo ayuda a levantarse. Hueso sabe que sigue vivo gracias a ellos, pero algo en su interior le hace desconfiar.

—No puedo... no puedo irme con vosotros —murmura alejándose de las dos figuras que tiene frente a él.

—No seas estúpido —responde Ginevra con una mezcla de impaciencia y preocupación—. ¿Quieres quedarte aquí? Está bien, entonces te diré lo que está a punto de ocurrir: nosotros nos vamos a montar en ese coche y desapareceremos, y en unos minutos el gigante que trabaja para Romano regresará y encontrará a su jefe con los sesos esparcidos por la playa. ¿Qué crees que hará? ¿Crees que se pondrá a darte explicaciones como estamos haciendo nosotros?

Hueso duda, pero la urgencia en la voz de Ginevra lo empuja a tomar una decisión. Acorralado, asiente y se dirige hacia el coche con la ayuda de Matteo. Le cuesta avanzar. Más que caminar, arrastra los pies por la arena.

Matteo deja a Hueso atrás y se sienta delante, mientras Ginevra se acomoda junto a su maltrecho invitado en la parte trasera. Domenico arranca el motor y se alejan de la playa. La madrugada ha vaciado las calles de Palermo y el silencio se adueña tanto del exterior como del interior del vehículo. Hueso no puede dejar de pensar en Caruso, en su cuerpo envuelto en llamas. En su cabeza sigue escuchando los gritos desgarradores del anciano.

—¿Por qué me habéis salvado? —pregunta abandonando al fin su mutismo.

Matteo se gira antes de responder y apoya el codo en el respaldo del asiento.

—Aunque aún no lo sepas, Hueso —le dice, pronunciando su nombre por primera vez—, no somos nosotros los que te hemos salvado a ti; eres tú el que tiene que salvarnos a nosotros.

20

Cuando el Lancia Aurelia se interna en el barrio de Politeama, el paisaje urbano cambia, las callejuelas empedradas dan paso a amplias avenidas con frondosos árboles a ambos lados. Hueso apoya la frente en la ventanilla y contempla el exterior, descubriendo una Palermo distinta; una Palermo alejada del caos y de la pobreza que dejó la posguerra, una Palermo reservada a unos pocos privilegiados.

El vehículo se detiene en la via Notarbartolo, frente a una vivienda de tres alturas con la fachada de estuco y dos cipreses como centinelas junto a la valla que da acceso al recinto.

Matteo es el primero en bajar, Ginevra y Hueso lo siguen. Domenico permanece en el coche con el motor encendido, observa la escena con atención, se asegura de que los tres recorren el sendero de grava que los lleva hasta la puerta principal sin correr ningún peligro.

Hueso ya ha recuperado la movilidad y avanza junto a Matteo y Ginevra, pero no resiste la tentación de aminorar el paso. La penumbra apenas ilumina el jardín, y sin embargo, en cuanto se demora, las formas comienzan a revelarse ante sus ojos: los ventanales enmarcados en mármol, los balcones con delicadas forjas de hierro, los rosales amarillos, blancos y rojos que bordean los senderos, y en medio, una fuente de piedra que murmura con el agua en movimiento. Todo cuanto ve lo sobrecoge. Es, sin duda, la casa con la que siempre había soñado.

—Aquí no encontrarás ratas congeladas —le susurra Ginevra en tono burlón. Acto seguido, le da un ligero empujoncito con el hombro para que retome la marcha.

Es en ese instante cuando Hueso recuerda el momento en el que conoció a la chica que camina a su lado y comprende que se encuentra en la casa de don Lorenzo Andolini.

La puerta principal se abre y aparece bajo el umbral una mujer voluminosa con un vestido oscuro que le cubre las rodillas. Su cabello, recogido en un moño bajo, está salpicado de hebras plateadas. Un mandil blanco tapa parcialmente su indumentaria. La prenda no le resta ni un ápice de presencia a su porte.

—¡Matteo, Ginevra! —saluda con voz grave pero cálida, y acto seguido se acerca a ellos y los besa sonoramente en las mejillas—. Y tú debes ser el famoso Hueso —dice girándose hacia él—. Soy Isabella, es un honor conocerte.

Hueso la mira en silencio, desconcertado. Isabella se acerca aún más a él y lo escruta con detenimiento. Sus ojos, negros y profundos como dos saltos al vacío, irradian una sinceridad que le hace sentir más cómodo.

—*Mamma mia!* —exclama dirigiéndose a Matteo y a Ginevra—. ¿Qué educación les he dado a mis hijos para que te traigan a casa sucio y herido como un pordiosero? ¿No podíais haberle dado una toalla, al menos, para que se limpiara la cara? —los reprende sin verdadero enfado—. Bienvenido, Hueso —dice volviéndose hacia el recién llegado—. Pasa y ocúpate de esa herida, después descansa. Ya habrá tiempo para que Lorenzo te lo explique todo.

Isabella los conduce al interior de la vivienda por un vestíbulo de paredes decoradas con pinturas al óleo de paisajes sicilianos. Hueso se dirige a la puerta que la anfitriona le indica y, en el cuarto de baño, no solo se lava la cara y las manos, sino que también se ocupa de su costado con cuidado: limpia la herida, la desinfecta con el alcohol que encuentra en un botiquín bajo el lavabo y la venda intentando no apretar demasiado. El escozor lo hace encogerse, pero se siente algo más seguro al ver la sangre contenida.

Cuando termina, Isabella lo conduce hasta una habitación amplia, con una cama cubierta por un edredón bordado. Hueso apenas logra dar las gracias antes de dejarse caer rendido sobre el colchón. Se queda dormido al instante y no despierta hasta el mediodía siguiente, cuando el olor a comida le recuerda que lleva largas horas sin probar bocado.

Al entrar en el comedor, se sorprende por la opulencia del lugar: vajilla de porcelana, mantel de lino y un aroma tentador que anuncia el manjar. Matteo y Ginevra están sentados a la mesa; Isabella, de pie, se encarga de servir el primer plato: *pasta alla Norma*.

Lorenzo no aparece hasta que todos han comenzado a comer. Aunque es más alto y corpulento que su mujer y que sus dos hijos, a Hueso le sorprende lo envejecido que está y que no resulta tan imponente como recordaba. No lleva traje ni corbata; en su lugar, viste una bata de chenilla de color verde atada a la cintura. El aspecto del patriarca, ataviado con un pijama, le resta solemnidad al momento.

Durante la comida, Lorenzo no habla casi; se limita a tomar asiento y a comer en silencio. Cuando Isabella sirve el segundo plato, un pescado fresco asado con limón y tomillo, Hueso le agradece la preparación del menú asegurándole que nunca ha probado algo tan sabroso. Después trata de mantener la calma, aunque la situación lo inquieta y siente la presión constante de los ojos de Lorenzo, grises como los de un gato, que se clavan fijamente en él. No es hasta que Isabella ha retirado los platos y servido un *espresso* a cada uno que Lorenzo decide romper su silencio.

—Hueso, ¿te importaría acompañarme a mi despacho? Creo que allí estaremos más cómodos —dice, y sin esperar una respuesta, se pone de pie y abandona el salón.

Hueso se queda sentado durante unos segundos, sin saber muy bien cómo actuar. Mira a su alrededor, esperando una señal.

—Yo, si fuese tú, me llevaría el café —le recomienda Ginevra con un rastro de ironía—. A mi padre le encanta hablar, así que si no lo haces, para cuando termine contigo se habrá quedado frío.

21

El despacho de Lorenzo es una habitación oscura, la única ventana de la estancia está cubierta por una tupida cortina que no permite la entrada de luz natural y la iluminación procede de una lámpara dorada de mesa con una pantalla verde de vidrio, lo que le da al lugar el aspecto de la oficina de un banco. Tiene incluso un sillón de cuero marrón para las visitas.

—Siéntate, por favor —le pide Lorenzo, señalando una de las sillas colocadas frente a la suya al otro lado del escritorio de caoba.

Hueso obedece y Lorenzo toma asiento frente a él.

—¿Puedo verlo? —pregunta de pronto.

El tono de su voz, casi suplicante, confunde a Hueso, que no sabe qué le está pidiendo.

—El camafeo —le aclara Lorenzo—. ¿Te importaría prestármelo un segundo?

—¿Es por eso por lo que estoy aquí? ¿Es por eso por lo que habéis matado a Romano? No sé qué significa todo esto, pero yo...

Deja la frase inconclusa y se palpa los bolsillos del pantalón hasta que da con la joya. Antes de volver a hablar, se la ofrece.

—Quédeselo —le dice—. No significa nada para mí, no tiene ningún valor. Solo quiero regresar a casa. Soy un timador, solo eso. Yo no soy nadie. Quédeselo —le repite—. No quiero tener problemas con...

Sus palabras se pierden en el aire.

—Con la mafia —Lorenzo termina la oración por él—. ¿Eso es lo que ibas a decir? —le pregunta mientras toma el camafeo y se lo acerca a los ojos para observarlo con mayor detenimiento—. Es tan bonito como lo recordaba —le asegura, y después continúa hablando sin devolvérselo—: La mafia no es como muchos piensan. La mafia no es solo un negocio. La mafia no es solo poder. La mafia no es solo violencia. También es historia. Y tradición. Y lealtad. Y honor.

Abre uno de los cajones de su escritorio y saca una caja de nogal de la que extrae dos cigarrillos y un encendedor de plata. Prende uno y le ofrece el otro a Hueso. Después se pone de pie y abre la ventana del despacho.

—Isabella cree que no es bueno fumar, dice que es malo para los dientes, que los vuelve amarillos. Debe de haberlo leído en una revista.

Antes de volver a tomar asiento frente a Hueso, se dirige hasta una estantería y toma con decisión un libro con las tapas de cuero marrón, desgastadas por los bordes y el lomo. Lo coloca sobre el escritorio y lo abre dejando a la vista unas láminas con grabados que representan un barco y el retrato de tres hombres. Hueso observa los dibujos con atención pero desconcertado.

—No tengo demasiado claro que estés preparado para escuchar lo que voy a contarte, Hueso, pero las cosas han ido así y ya no podemos hacer nada para cambiarlo. La vida que has tenido hasta ahora no es tu verdadera vida. Ponte cómodo —le pide—, hay algo que debes saber sobre tu origen.

Año 1496, aguas del mar Tirreno, isla de Favignana, Sicilia

El primero en vomitar es Carcagnosso. No se incorpora para hacerlo, se limita a separar las rodillas y un líquido espeso y viscoso brota de sus labios. Hace días que no ingieren nada y lo único que consigue expulsar es una bilis amarillenta. El hedor del vómito se mezcla con el olor a salitre y madera húmeda del navío.

Mastrosso, de pie a varios pasos de distancia, se aproxima al lugar en el que se encuentra su hermano y se arrodilla junto a él. La luz de una vela de sebo, colocada precariamente sobre una caja de madera, titila con el vaivén de la nave.

—¿Os encontráis bien? —le pregunta; su voz es apenas un susurro por temor a ser descubiertos.

Mastrosso apoya la palma de la mano derecha, callosa y áspera, sobre el hombro de Carcagnosso. Este lo mira con ternura y está a punto de responder, pero Osso le interrumpe:

—Será mejor que guardemos silencio. Si nos descubren, estamos muertos.

Carcagnosso desvía la mirada hacia él y esboza una sonrisa, una mueca repleta de rabia y sarcasmo.

—¿Acaso no ves que ya lo estamos? —le recrimina—. Es solo cuestión de tiempo que alguien ponga fin a esta agonía.

Mastrosso aprieta el hombro de su hermano, como rogándole que no discuta.

Osso se dirige al lugar en el que ambos se encuentran y, aunque no se inclina, continúa la conversación en voz baja para evitar ser oído por el resto de la tripulación:

—Dime, hermano, ¿te arrepientes de lo que hemos hecho?

Una fuerte ráfaga de viento nocturno sacude la embarcación y Osso está a punto de perder el equilibrio. Para no caer, ha de apoyarse en una de las cajas de madera sobre las que descansa la espalda de Carcagnosso. El repentino movimiento en busca de asidero está a punto de apagar la vela que les proporciona la única luz de la estancia.

Los tablones de madera crujen bajo sus pies y los tres hermanos desvían instintivamente la mirada hacia el suelo. Para ellos, que nunca habían abandonado tierra firme, los sonidos procedentes de las profundidades resultan aterradores, como si el mar fuera una bestia que quisiera tragárselos.

Carcagnosso extiende las palmas de las manos frente a su rostro y las contempla en silencio. Le cuesta creer que con ellas haya degollado a los guardias de don Diego de Guzmán antes de embarcar.

—No —responde finalmente—, no me arrepiento de nada. Volvería a hacerlo —afirma—. Y lo haría todas las veces que fueran menester. Es lo mínimo que exige el honor de Elia.

Se produce un silencio denso y pesado tras las palabras de Carcagnosso, como si tras pronunciar el nombre de su hermana ninguno de los tres tuviese nada que añadir. Durante unos minutos se sucede la quietud, solo sienten el oleaje del mar que los mece suavemente.

Finalmente, Mastrosso se incorpora. Tiene náuseas y, aunque pareciera que él también fuese a vomitar, logra controlarlas.

—¿Qué ocurrirá cuando toquemos tierra? —pregunta ya en pie.

—Continuaremos huyendo —replica Carcagnosso, y acto seguido se limpia con la manga de la camisa los restos de bilis de la comisura de los labios.

—Nos separaremos —le corrige Osso con la autoridad que le confiere ser el mayor de los tres.

Mastrosso lo mira perplejo y, con un movimiento de su cabeza, le invita a seguir explicándose.

—Hemos asesinado a un noble —prosigue—, un hombre poderoso e influyente, y a un buen número de sus guardias. El crimen no quedará impune. Si permanecemos juntos, nuestras posibilidades de supervivencia se verán menguadas. Buscan a tres hombres, a tres hermanos. Sería un error darles facilidades. Cuando arribemos a puerto, nuestros caminos se dividirán. Nunca volveremos a vernos —sentencia.

Un nuevo golpe del oleaje hace crujir la madera y, esta

vez sí, Mastrosso ha de ocultarse entre dos cajas para vaciar su estómago.

—Entonces, ¿no ha servido de nada cuanto hemos hecho? —protesta Carcagnosso desde el suelo.

—Erras, hermano —vuelve a corregirle Osso—. Hemos defendido el honor de nuestra hermana.

—¿De qué nos sirve si ella ha muerto? ¿De qué sirve lo que hemos hecho si no volveremos a vernos? ¿Qué honor es ese que nos hace huir?

—¡El de nuestra familia! —Nada más pronunciar la frase, Osso mira a su alrededor, confiando en que nadie haya escuchado su exabrupto—. Que nuestros caminos se separen no altera lo que somos. Solo nos tenemos los unos a los otros. La familia todo lo puede y todo lo merece. Es lo único que perdura cuando todo lo demás desaparece. Aunque no volvamos a vernos, yo siempre caminaré a vuestro lado. Siempre seré vuestro hermano, y vosotros los míos. Elia, allá donde esté, guiará nuestros pasos.

Carcagnosso, ante la hondura del discurso, intenta levantarse pese a que aún sigue mareado. Mastrosso, tras regresar junto a sus hermanos, le ayuda a incorporarse, sujetándolo por la cintura.

—La muerte de Elia y nuestra huida cobrarán sentido si no olvidamos lo que somos —continúa Osso—. Todo cobrará sentido si no olvidamos la familia que formamos. Este sentimiento de pertenencia será el que transmitiremos a nuestro linaje. Así se lo haremos saber a nuestros hijos, y ellos harán lo propio con sus descendientes. No hay Dios, ni ley ni castigo que esté por encima del honor de la familia.

Osso tiende la mano a Carcagnosso, que no duda en estrechársela. Finalmente, Mastrosso coloca la suya sobre las de ellos. Las tres manos se funden en un único puño cerrado.

En ese instante, una ola rompe contra la proa de la nave y el violento movimiento extingue el fuego de la vela y deja a los tres hombres sumidos en la penumbra.

CUARTA PARTE

1957, Palermo, región de Sicilia

22

—Se marcharon sabiendo que su crimen no sería perdonado y que nunca podrían regresar a España —continúa Lorenzo—. Cruzaron el mar Tirreno y desembarcaron trayendo consigo un código de honor y lealtad que hoy conocemos como *omertà*, la ley por la que se ha regido durante cientos de años la mafia. Una ley que ha sido respetada durante generaciones, una ley que castiga al traidor y que protege el honor y el linaje de la familia. Los tres hombres se separaron al pisar tierra firme, tras prometer transmitir su legado a sus descendientes. Carcagnosso se marchó a Calabria, Mastrosso a Nápoles y Osso comenzó una nueva vida aquí, en Sicilia. Cada uno de ellos fundó una de las tres familias que dieron pie a lo que hoy son los tres grandes clanes mafiosos en Italia: la 'Ndrangheta calabresa, la Camorra napolitana y la Cosa Nostra siciliana.

Lorenzo apaga su cigarrillo y aparta el humo con la mano derecha. Se levanta y se acerca con solemnidad hasta Hueso. A continuación, le pone una mano sobre el hombro.

—Por tus venas corre la sangre de Osso —le dice muy serio—. Eres el único descendiente vivo de uno de los tres fundadores. Por eso, aunque no lo sepas, eres el legítimo heredero de este legado. Está a punto de iniciarse una guerra, Hueso, y ahora que otros intentan acabar con la verdadera esencia de la Cosa Nostra, solo tú puedes evitarlo.

Hueso gira levemente la cabeza y eleva la mirada hacia Lorenzo, que le clava sus ojos grises hasta que casi los siente atravesándole la piel. Un escalofrío recorre su espalda. No sabe qué responder. Todo parece un sueño. O una pesadilla.

—Estos últimos dos días han sido muy intensos, sobre todo para ti —dice Lorenzo, cerrando el libro y volviendo a colocarlo en la estantería—. No es fácil asimilar lo que acabas de escuchar, pero ya tendrás tiempo de hacerlo. Mañana quiero que me acompañes a un lugar.

Lorenzo se dirige a la puerta y la abre. Hueso lo sigue en silencio, sintiendo que cada paso lo aleja un poco más de la vida que ha conocido. Los dos hombres salen juntos al pasillo. Mientras caminan el uno al lado del otro, Lorenzo le devuelve el camafeo.

—Estabas equivocado en eso que dijiste antes —le asegura—. Sí tiene valor. Y sí es importante para ti.

23

Ha llovido de madrugada. Cuando llegan ha parado, pero el drenaje en mal estado de los caminos empedrados del cementerio de Sant'Orsola hace que los zapatos de Lorenzo y Hueso se llenen de barro. Cada pocos pasos, Lorenzo utiliza la punta de su paraguas para quitarse restos de tierra mojada de la suela.

Lorenzo se detiene frente a una lápida, se quita el sombrero y lo apoya en su pecho. Hueso lo mira sorprendido y acto seguido lo imita. Sobre la piedra hay tallada una inscripción:

VANAGLIA TOTTI (1929-1956)
El destino quiso que nos abandonaras demasiado
pronto, pero tu familia nunca te olvidará. Eres eterno.

Tras unos segundos de silencio, retoman la marcha, aunque no por mucho tiempo. Una docena de pasos después se vuelven a detener frente a otra lápida.

Giuseppe Mora (1925-1956)
El recuerdo de tu sonrisa iluminará nuestro camino.
Nunca te olvidaremos.

Lorenzo se persigna antes de continuar.

—¿Sabes quiénes eran estos chicos? —pregunta mientras vuelve a ponerse el sombrero.

Hueso niega con la cabeza.

—Eran buenos muchachos —responde Lorenzo en tono paternal—. Yo los conocí de niños. Los dos eran *antonegra* de la familia Lucchese. No es un trabajo sencillo, hay que cobrar muchas deudas y no todo el mundo está dispuesto a pagar. Los asesinaron en una gasolinera de la via Messina Marine, ¿has estado allí alguna vez? —pregunta Lorenzo mirando a Hueso a los ojos, quien niega con un chasquido—. Es el sitio perfecto para un ajuste de cuentas. Está en una zona desierta a las afueras de Palermo. Es una gasolinera pequeña con dos viejos surtidores pintados de rojo y blanco, una oficina de ladrillos con una ventana sucia que apenas deja ver el interior y un letrero de neón con la palabra «Benzina». Había cuatro hombres agazapados, esperándolos. Cuando el coche se detuvo, se incorporaron y los acribillaron. Solo en el rostro de Vanaglia encontraron más de veinte proyectiles. Su cabeza parecía una sandía arrojada al vacío desde lo alto de un edificio. Pero ¿quieres saber lo más curioso de todo?

—¿Qué? —pregunta Hueso, intrigado.

—Que para sus familias nada de esto ocurrió. Saben cómo murieron sus hijos; sin embargo, en ninguna de las lápidas que hay a nuestro alrededor verás una sola referencia a la mafia. La Cosa Nostra en Sicilia no existe, y así debe seguir siendo. Nuestro mayor poder radica en ejercer el control desde la sombra. Quienes trabajan para nosotros lo saben. Y quienes vienen a pedirnos ayuda, también. Es una cuestión de historia y de honor, Hueso. La familia Lucchese se ocupa ahora de los padres de ambos chicos. No les falta nada, ni a ellos ni al resto de sus hijos. Es el agradecimiento por guardar silencio. Ese respeto es el que ha existido siempre. Luciano quiere cambiarlo todo porque sabe de negocios, pero no de lealtad. Déjame que te cuente algo.

Lorenzo se aparta del sendero principal y se dirige a un banco de piedra ubicado junto a una hilera de cipreses. Para evitar mojarse, extrae un pañuelo del bolsillo de su chaqueta y lo extiende sobre el granito. Hueso, en cambio, se queda de pie con los brazos a la espalda, agarrando con la mano izquierda el puño de la derecha. Se siente intimidado por la presencia de Lorenzo y no sabe cómo debe actuar.

—Mi padre era panadero. —Lorenzo hace una pausa y mira a Hueso—. ¿No quieres sentarte?

—Estoy bien así, gracias.

—Tenía un horno en el centro de Palermo —continúa—, no muy lejos del mercado de Vucciria. La vida no era fácil en aquellos tiempos. Las calles estaban llenas de gente que intentaba ganarse la vida, pero las oportunidades eran pocas. Los mercados estaban vacíos y la inflación hacía que el pan fuera un lujo. Un día se presentó en su negocio un hombre y le ofreció un trato. Mi padre no lo había visto nunca, nadie lo conocía. Dijo que era comerciante y que disponía de un centenar de garrafas de aceite de oliva que iban a llegarle en un carguero durante los próximos días. Él no tenía contactos en la isla, por lo que se las ofrecía a mitad de precio para que pudiera venderlas en su local. Mi padre era tan bueno como incauto. Pensó que estaba ante la oportunidad de su vida para sacar a su familia de la miseria. En Sicilia en ese momento escaseaba el aceite de oliva y creyó que podría venderlo sin dificultad. —Detiene su narración para humedecerse los labios con la punta de la lengua—. Perdimos los pocos ahorros que teníamos. Lo engañaron, le entregaron cien garrafas de agua tintada. Aquel estafador nos dejó en la ruina.

—¿Y qué hizo tu padre? —pregunta Hueso ante el dilatado silencio de Lorenzo.

—Él no hizo nada, pero yo sí. Fui a ver a uno de los *capifamiglia* del barrio, don Marcello. Era un hombre muy temido y respetado, pero a mí siempre me había tratado bien. Por aquel entonces yo tenía unos diez años; aunque era solo un niño, me presenté en su casa y él me recibió en su despacho. Le conté lo que había ocurrido. Recuerdo que no me interrumpió ni una sola vez. Estaba sentado en un sillón negro y tenía los codos apoyados en el reposabrazos. Cuando terminé de hablar, rompí a llorar. Entonces él me preguntó si mi padre sabía que había ido a pedirle ayuda y le confesé que no. Don Marcello me pidió que regresara a casa y que dejara de preocuparme, él se encargaría de todo. Y así lo hizo. Encontró al hombre que nos había engañado y le obligó a devolvernos hasta la última lira.

—¿Así fue como empezaste a trabajar para él?

—No. —El banco no tiene respaldo y a Lorenzo parece

que comienza a molestarle la espalda, se remueve en el asiento intentando aliviar la tensión muscular—. Mi padre se puso furioso. No quería recibir ningún tipo de ayuda de don Marcello, decía que si lo aceptábamos, acabaríamos siendo delincuentes como él.

—¿Qué ocurrió entonces?

—Hice lo único que podía hacer: regresé a casa de don Marcello para darle el dinero que nos había devuelto el estafador y que mi padre rechazaba. Le dije lo avergonzado que estaba por la situación y lo mucho que sentía haberle hecho perder el tiempo. También le aseguré que yo no estaba de acuerdo con lo sucedido, pero era mi padre y debía respetarlo. Don Marcello lo comprendió. Más que eso, afirmó que estaba haciendo lo correcto, que no importaba si mi padre tenía o no razón, que lo único realmente importante era que se trataba de mi padre y que debía respetarlo.

Lorenzo hace una pausa y mira a Hueso, que decide tomar asiento junto a él. Lo hace porque el interés por la historia que está escuchando es mayor que el respeto que le impone ese hombre.

—Así fue como comenzó mi relación con don Marcello. Él vio en mí una lealtad y un sentido del honor que valoraba, y aunque yo renunciase a formar parte de su clan por respeto a mi padre, él quiso tenerme cerca y transmitirme los valores por los que su familia vivía.

—¿Y qué pensaba tu padre de tu relación con don Marcello? —quiere saber Hueso.

—Nunca se enteró, para él nuestra relación terminó el día que le devolví el dinero que había recuperado para nosotros. Años más tarde, me alisté en el ejército y combatí en la Gran Guerra —prosigue, cambiando de tema—. Mientras estaba en el frente, mi padre murió. Me enteré al regresar. No pude despedirme de él. Cuando volví de la guerra, Palermo estaba en ruinas. Las calles de mi infancia eran irreconocibles. La gente estaba desesperada, sin trabajo, sin comida. Don Marcello no solo se encargó de mi familia, también ayudó a reconstruir la vida de muchas otras. Su influencia se extendía más allá de la mera protección; él era un pilar en una ciudad devastada. Descubrí que había cubierto los gastos del entierro de mi padre y se había encargado de darle dinero a mi madre para que pudiera vivir dignamente. —Lorenzo se abstrae contemplando la alargada sombra de un ciprés. Con la punta del paraguas toca la línea que separa el sol de la zona oscurecida—. Estuve en el frente de Isonzo. Nunca olvidaré lo que vivimos allí. Luché en la batalla de Caporetto. Fue un infierno. Vi morir a miles de hombres en esos montes, muchos eran chicos aún más jóvenes que yo. Fui uno de los pocos afortunados que regresó, pero cuando volví, mi padre ya no estaba. Lo perdí todo, menos la lealtad y el respeto de don Marcello.

Hueso asiente solemne.

—Había estado a punto de morir por mi país y mi país no me ayudó en nada cuando regresé. Solo don Marcello se ocupó de mi familia. Fue entonces cuando decidí trabajar para él.

El silencio, roto solo por el susurro del viento entre los cipreses, se cierne sobre los dos hombres.

—El primer trabajo que realicé para don Marcello fue

ayudar a un chiquillo que le pidió ayuda en una situación desesperada similar a la que me hizo a mí acudir a él. Su padre vendía material textil y otro comerciante había rebajado el precio de su mercancía, robándole la mayoría de los clientes. El padre del chico estaba abatido, no podía abaratar más su material. Fui a visitar al otro vendedor e intenté hacerle entrar en razón; le dije que debía subir los precios para que la clientela se repartiera como hasta entonces. Él ganaría menos, pero seguiría siendo suficiente para vivir dignamente y no arruinaría a otra familia. No quiso escucharme, se indignó y me echó de su almacén a empujones, me gritó que no le tenía miedo a un matón de poca monta como yo. Por la noche prendí fuego a su negocio. A la mañana siguiente volví a visitarlo. Le dije lo mucho que lamentaba lo ocurrido y que don Marcello estaba dispuesto a hacerse cargo de la reconstrucción de su almacén si él cambiaba de parecer y aceptaba nuestras condiciones.

—¿Aceptó? —quiere saber Hueso.

—Por supuesto. Fue la mejor decisión posible, porque si se hubiese negado, lo siguiente en arder hubiera sido su propia casa. Han pasado más de tres décadas y ambas familias siguen en el negocio. De hecho, ahora trabajan juntas, tienen la mejor fábrica de lana de todo Palermo. Mina, la hija del chico que vino a pedirnos ayuda, es la jefa del taller de costura. —Lorenzo estira el brazo mostrándole a Hueso la manga de su abrigo—. Me lo regaló ella misma hace un mes. ¿Te gusta?

Hueso asiente.

—Tócalo —le pide Lorenzo—. Es de cachemira. Suave y abrigado.

Hueso pasa la yema de los dedos por el tejido.

—Un día iremos a visitarla y le pediré que te haga uno para ti —le dice Lorenzo sonriendo—. Don Marcello me enseñó que la lealtad y el honor están por encima de todo y que la familia, la de sangre y la que nos protege, es lo más valioso que tenemos. Por eso estamos aquí, Hueso —le dice señalando las lápidas que los rodean—. Para que entiendas cuál es tu lugar en todo esto. Si Luciano logra el apoyo de Nápoles y de Calabria para negociar con los Bonanno y el resto de las familias de Nueva York, hará desaparecer todo lo que representa la mafia. Se convertirá en el *capo di tutti capi* y no me cabe ninguna duda de que su primera decisión será eliminar a todos los que, como yo, defendemos la tradición. Para él, la organización no es más que un negocio que quiere modernizar a la americana, pero para nosotros es una cuestión de honor y lealtad. La mayoría de los que están enterrados aquí murieron creyendo en esos valores. —Lorenzo se pone de pie para conferir solemnidad a sus palabras—. No es solo una cuestión de poder o dinero, es una forma de vida que viene de siglos atrás. De tus antepasados. Lo que somos, nuestra historia y nuestros principios, nacen de tres hermanos españoles que lo abandonaron todo para defender el honor de familia. Para dignificar a su hermana Elia. Llegaron a un lugar que no conocían y nos legaron una manera de entender el honor que ha perdurado hasta hoy.

Hueso lo escucha sin decir nada; en su rostro, serio y concentrado, se percibe cómo cada palabra de Lorenzo añade peso sobre sus hombros, un manto de responsabilidad que empieza a cubrirle por completo.

—Tú eres el último eslabón de la cadena, Hueso —dice Lorenzo, posando una mano en su hombro—. Eres la clave para que podamos mantener nuestra identidad y nuestra forma de vida. Luciano es un asesino despiadado y un hombre muy poderoso, por eso quienes defienden los mismos principios que nosotros lo temen, y por ese mismo motivo necesitan creer en alguien que pueda unirnos contra la amenaza que él representa.

El viento vuelve a soplar entre los cipreses, ululando alrededor de los dos hombres.

—No se trata solo de ganar una guerra contra Luciano. Se trata de preservar lo que somos, de proteger nuestra familia y nuestros valores. Tú eres nuestra única esperanza.

24

Hueso piensa que la visita ya ha terminado y se dirige con paso decidido hacia la salida del camposanto. Lorenzo camina a su lado, aunque le cuesta seguirle el ritmo al joven. La lluvia de esa mañana ha dejado un aire fresco y húmedo que perdura horas después. Lorenzo se lleva una mano a la parte baja de su espalda y se detiene. Hueso se queda a su lado.

—Esta maldita lluvia —murmura frunciendo el ceño—. Siempre me da dolor de espalda. Cuando eres joven nadie te habla del reúma.

Aunque Lorenzo sonríe al decirlo, Hueso le observa con preocupación. Tardan unos segundos en retomar la marcha; cuando lo hacen, Lorenzo agarra del codo al joven y lo lleva a uno de los caminos laterales, que los aleja de la salida.

—Quiero enseñarte una última cosa.

Continúan andando hasta una lápida sencilla y sobria. Hueso mira la inscripción en la piedra y lee el nombre en voz alta:

—Giovanna Russo.

Lorenzo gira ligeramente la cabeza para ver la expresión de su rostro.

—Es tu madre.

Hueso siente que se le cierra la garganta, como si unas manos invisibles le estuvieran envolviendo el cuello. Todo queda en silencio y puede escuchar su corazón latiendo a ritmo acelerado.

—Lucky Luciano llegó a Estados Unidos siendo solo un niño —dice de pronto Lorenzo, y aunque parece estar cambiando de tema al pronunciar la frase, mantiene la mirada fija en la lápida, como queriéndole asegurar a Hueso que lo que está a punto de contarle tiene una relación directa con su madre—. Todo apuntaba a que su destino sería el mismo de su padre, una vida de sacrificios y estrecheces como minero de azufre en un barrio deprimido, pero él tenía otros planes. Formó una banda criminal y pronto se hizo un nombre en los barrios más peligrosos de Nueva York. Su talento para el crimen le llevó a trabajar para Joe Masseria, el capo más poderoso de la ciudad, que estaba en guerra con Salvatore Maranzano por el control del juego y el contrabando de alcohol. Luciano negoció en secreto con Maranzano y traicionó a Masseria. Mientras su supuesto jefe jugaba a las cartas, Luciano se excusó para ir al baño y, en su ausencia, cuatro pistoleros irrumpieron en la sala y lo ejecutaron. Pero Lucky Luciano no se detuvo ahí. Poco después hizo lo mismo con Maranzano: le envió tres sicarios disfrazados de policías para liquidarlo. Con ambos fuera del tablero, Luciano quedó al mando de la organización criminal más poderosa del mundo.

Lorenzo hace una pausa, le tiende a Hueso su paraguas para que se lo sujete y, con el mismo pañuelo que ha usado para sentarse, limpia la lápida de Giovanna. Solo cuando termina, retoma su discurso:

—Luciano no solo quería poder, quería cambiar las reglas del juego. Hizo alianzas con mafias que no eran italianas, algo impensable para los antiguos capos. Trabajó con la mafia judía, con gánsteres irlandeses, incluso con bandas afroamericanas. La única cultura en la que creía era la del dinero. Transformó la organización en una multinacional del crimen y obligó a todas las familias a acatar sus decisiones.

Lorenzo alza la vista.

—Cuando tuvo Nueva York bajo control, quiso extender su poder a Sicilia porque anhelaba ser respetado en su tierra natal. —Lorenzo hace una pausa y su tono de voz cambia—. Tu padre era el único descendiente vivo de los tres fundadores españoles. Luciano lo sabía, y en su afán por borrar cualquier rastro del origen de la mafia, ordenó que lo mataran. El golpe fue rápido y brutal. Ni siquiera encontramos su cadáver. Cuando lo asesinaron, tu madre supo de inmediato que si permanecías a su lado, tu vida corría peligro.

Hueso escucha la referencia a su madre y siente un golpe seco en el pecho.

—Tú tendrías alrededor de un año y medio. Giovanna sabía que tu simple existencia representaba aquello que Luciano quería erradicar. Así que me pidió que te pusiera a salvo y que no le dijera dónde estabas. Si, como imaginaba, llegaban hasta ella, no podrían hacerte nada si ya no estabas a su lado.

Lorenzo se agacha y comienza a arrancar los hierbajos que han crecido alrededor de la lápida. Hueso, en silencio, lo observa arrodillado frente a la lápida de su madre.

—Yo te dejé en el hospicio —prosigue Lorenzo—. Debías crecer sin saber tu origen y sin tener contacto con la organización; nadie debía saber tu verdadera identidad. Tenerte cerca y que no supieras nada era la mejor manera de protegerte. Cuando se despidió de ti, tu madre me hizo prometerle que tú tendrías el camafeo que había pertenecido a Elia. Era su forma de asegurarse de que siempre llevaras contigo un pedazo de tu historia, de tu linaje.

Lorenzo termina y arroja las hierbas a un lado. Después se incorpora con algo menos de dificultad de la que ha tenido para agacharse y se sacude las manos golpeando la palma de una contra la otra.

—Parece una tórtola, ¿no crees? —pregunta llevándose el dedo índice al oído.

Un instante después se escucha con mayor claridad el canto del pájaro. Hueso no atina a decir nada.

—Ocurrió lo que tu madre temía: fueron a por ella —prosigue Lorenzo, al tiempo que recupera su paraguas de la mano de Hueso—. Luciano quiso asegurarse de que el trabajo se hacía bien, así que contrató a Canino. He conocido a muchos sicarios a lo largo de mi vida, pero créeme si te digo que a ninguno como él. No era un gánster; era un hombre elegante que regentaba una consulta dental cerca de viale della Libertà. Era sicario porque disfrutaba torturando. Canino encontró a tu madre y no tuvo la menor piedad con ella: creyendo que sabía el lugar en el que te encontrabas, la torturó hasta la muerte. —Lorenzo se acerca y mira a los ojos a Hueso—. Tu madre no te abandonó. Tu madre murió para salvarte la vida.

El hombre le pasa el brazo por el hombro al joven de forma cariñosa y con un gesto le indica que ha llegado el momento de marcharse.

—De no haber acabado en la cárcel en Estados Unidos, lo más probable es que Lucky Luciano y sus secuaces te hubieran encontrado y nos hubieran matado a todos por oponernos a su manera de hacer las cosas.

A lo lejos ya se ve la puerta de hierro forjado que da acceso al cementerio y el Lancia Aurelia estacionado, donde Domenico los espera de pie apoyado en uno de los faros.

—Durante la guerra con los alemanes, Luciano negoció con el Gobierno estadounidense para facilitar su desembarco en Sicilia, una operación que fue clave en la derrota de Mussolini. A cambio, cuando la contienda terminó, su condena fue anulada y lo pusieron en libertad. Ahora ha regresado a Italia y quiere recuperar el poder que perdió estando entre rejas, pero para ello debe acabar con el único cabo suelto que le quedó antes de ser detenido: tú.

Lorenzo deja escapar un suspiro y mira a Hueso con una intensidad que hace que el joven se estremezca.

—No estás solo, Hueso. Nosotros estamos contigo. Y no somos los únicos; los Vernengo y los Fidanzati siempre nos han sido fieles. Estoy seguro de que si decides hacerle frente a Luciano, muchas otras familias se pondrán de nuestro lado.

Cuando ya solo una docena de pasos les separan del vehículo que los espera, Hueso se detiene.

—¿Qué fue del asesino de mi madre?

—¿Canino? —pregunta Lorenzo, pero se trata de una pregunta retórica puesto que sabe perfectamente que se está refiriendo a él; parece más bien una manera de ganar tiempo, como si le costara hablar del sicario de Luciano—. Nadie lo sabe. Colaboró con el ejército de Mussolini durante los primeros años de la guerra. Se dedicaba a torturar a los prisioneros. Era infalible en su trabajo, lograba que todos confesaran antes de morir. Cuando los aliados desembarcaron en Sicilia, desapareció sin dejar rastro. Lo más probable es que muriera en combate.

Lentamente, los dos hombres reanudan la marcha hasta abandonar el cementerio, dejando atrás la lápida de Giovanna, pero llevándose con ellos el peso de su sacrificio y la determinación de honrarla.

25

Las semanas transcurren de manera casi imperceptible para Hueso. El tiempo pasa rápido porque está atrapado en su nueva rutina en la casa de los Andolini. Cada día se aleja más de su pasado, deja atrás su identidad de estafador para asumir un papel que nunca imaginó y que le resulta extraño, pero en el que todos parecen identificarlo: el del heredero de la Cosa Nostra. No puede evitar pensar en Tommaso y Sofia; los imagina preocupados por él, convencidos de que su caótica vida lo ha llevado a un final trágico. Le encantaría poder hablar con ellos, regresar a la pensión aunque fuera una sola vez para abrazarlos y decirles que no deben inquietarse, que el tiempo en que se ganaba la vida engañando a incautos en la playa ha quedado atrás, que ahora es un hombre respetable, que por primera vez siente que su vida tiene un verdadero propósito. Cuando visualiza la escena, sonríe al imaginar que ellos no le creerían, que pensarían que es una fabulación propia de un embaucador. Pero sabe que ese encuentro no podrá darse; si algo le han dejado claro es que no puede tener el menor contacto con las personas que formaron parte de su pasado. Hacerlo le pondría en riesgo a él y a quienes se están encargando de protegerlo.

Desde el primer día, Lorenzo le explica la importancia de aprender correctamente las reglas del juego. No se trata solamente de manejar un arma o de gestionar dinero. Se trata de entender la estructura de poder, de lealtad y de honor por la que se rigen las familias. Hueso pasa largas horas en el despacho de Lorenzo, escuchando, observando, absorbiendo todo lo que el *capofamiglia* quiere transmitirle. A veces están solos y en otras ocasiones los acompañan Matteo o Domenico. Isabella y Ginevra, así como el resto de los hombres que trabajan para la familia, quedan al margen de estos encuentros.

Pese a que cada día se adentra más en la dinámica de la familia, Hueso sigue sin saber cómo hacer para ocupar el lugar que le han asignado. Toda su vida se ha sentido solo, un huérfano sin raíces, alguien que nunca ha pertenecido a ningún sitio, y ahora le cuesta asumir que los hombres que lo rodean lo vean como al futuro líder de una guerra cuya existencia desconocía hasta entonces.

Hay algo en esa vida que lo fascina, empezando por la solemnidad de los rituales, el peso de cada palabra y, sin duda, la certeza de que su destino está trazado con sangre. Siente miedo, por supuesto, pero también una extraña emoción: tiene la sensación de estar viviendo la vida que siempre imaginó cuando era niño, aquella en la que el poder y el respeto se convertían en algo real y al alcance de su mano.

Es noche cerrada, la silla en la que se encuentra Hueso está situada frente a la ventana del despacho, la cortina está corrida y no puede ver el exterior. Está cansado y le cuesta prestar atención, por lo que pierde el tiempo imaginando cómo el viento debe de agitar las ramas de los árboles en el jardín. El humo del tabaco los envuelve en una neblina grisácea. Lorenzo hace una pausa para dar una larga calada a su cigarrillo. Después lo apaga con meticulosidad en un cenicero de cristal. Tras hacerlo, se pone de pie y camina por la sala.

—En la mafia solo hay una cosa que corre más rápido que las balas: los rumores.

Hueso sale de su ensoñación y centra de nuevo su atención en él, presiente la importancia del discurso que está a punto de escuchar.

—Tras la muerte de Romano, todas las familias han comenzado a enterarse de tu aparición. Ya no eres un estafador sin pasado ni futuro. Ese hombre ya no existe. Ese hombre está muerto. Ahora eres el legítimo dueño de Palermo, y eso, mi querido Hueso —le asegura Lorenzo, sonriendo y golpeándole amablemente en el hombro—, no es algo que se pueda ocultar.

Matteo asiente recostado en un sillón de cuero marrón, mientras Domenico permanece de pie junto a la puerta, escuchando cada palabra que sale de los labios de su jefe.

—Nos conviene dejar que el rumor crezca. —Lorenzo hace una pausa para dar un sorbo de *grappa* del vaso que tiene sobre el escritorio—. Luciano ha convocado una reunión con los jefes de las tres grandes mafias italianas. Quiere convencerlos para que negocien con los Bonanno y con el resto de las familias neoyorquinas. Si logra su objetivo, será el final para quienes no acatamos sus normas. Quiere que toda Italia esté a las órdenes de Nueva York y, para lograrlo, no dudará en intentar liquidar a quienes representamos las antiguas reglas de la mafia. Sabe que muchos de nosotros nunca aceptaremos su propuesta y que la única forma de cumplir su propósito es eliminándonos.

—¿Y qué se supone que puedo hacer yo para cambiar eso? —pregunta Hueso, intentando descifrar el plan que Lorenzo tiene en mente.

—Ahora eres una piedra en el zapato de Luciano, algo que le molesta, pero que no le impide caminar. Tienes que convertirte en un muro infranqueable.

—¿Qué propones para conseguirlo? —interviene Matteo, que se ha incorporado al notar el cambio en la conversación.

—Las familias no manifestarán su oposición a Luciano a los *capifamiglia* solo por un rumor —responde Lorenzo—. No basta con que Hueso sea una leyenda, un fantasma. Tiene que ser un hombre real, el hombre que lidere la resistencia.

Lorenzo dirige la mirada a Hueso.

—Luciano tiene que verte con sus propios ojos, ha de saber que existes de verdad y que no le tienes miedo. Solo entonces él y quienes le apoyan sabrán que no pueden ignorarte. Tienes que declararle la guerra a Luciano para obligar a cada clan a posicionarse.

Hueso quiere intervenir, pero un nudo en la garganta se lo impide. Durante unos segundos, el despacho queda sumido en el silencio.

—Es un plan arriesgado —dice Domenico, que no ha intervenido en toda la reunión, sin moverse del lugar en el que se encuentra.

—Lo es, tan arriesgado como necesario. Luciano se registrará en el Grand Hotel et Des Palmes. Es allí donde tiene previsto reunirse con los jefes de las tres familias italianas —explica Lorenzo, para luego hacer una pausa—. Si bien es cierto que estará protegido por sus hombres, también lo es que no contará con encontrarte allí, y eso juega a nuestro favor. Tampoco se atreverá a asesinarte en el hotel en el que está previsto celebrar la reunión más importante en la historia de la mafia porque pondría en riesgo el encuentro.

Domenico escruta a Lorenzo, y este, que lo conoce desde que era un crío, sabe que está irritado. Detesta esa clase de peligros en las operaciones.

—Es la única forma —zanja el *capofamiglia* en tono severo—. Luciano debe saber que Hueso no le teme y que se enfrentará a él. Sin dar ese paso, nunca lograremos que las tres grandes familias italianas honren nuestras tradiciones y se opongan a la influencia y los cambios que quieren imponernos.

Hueso asiente, aunque lo cierto es que su gesto es más un acto reflejo que convicción. No cree estar listo para afrontar todo lo que se avecina, pero a nadie parece importarle su opinión, puesto que el plan se ha organizado sin tener en consideración su parecer.

—Dejadnos solos —les pide Lorenzo a Matteo y a Domenico, quienes obedecen de inmediato.

—¿Por qué yo? ¿Por qué ahora? —pregunta Hueso en

cuanto la puerta del despacho se cierra. Su voz es temblorosa.

—A veces el destino es caprichoso, Hueso —responde Lorenzo en tono condescendiente—. Durante todos estos años te hemos protegido, aunque tú no nos hayas visto. No estaba previsto que formaras parte de esto, o al menos no por ahora. Pensábamos mantenerte al margen de la guerra contra Luciano porque eso es lo que hubiera querido tu madre; sin embargo, cuando Romano descubrió tu verdadera identidad tras la partida de cartas, todo se precipitó. A veces las cosas ocurren así, pero créeme: todo tiene un motivo y hay que enfrentarse a las situaciones tal y como llegan.

Lorenzo hace una pausa y adopta una expresión más afable.

—Sé que ahora tienes miedo. Luciano es un asesino despiadado, pero las guerras no las ganan los más violentos, las guerras las ganan los mejores estrategas. Cada hombre tiene su propio destino, Hueso, y ha llegado el momento de que tú aceptes el tuyo.

26

Antes de presentarse frente a Luciano, hay un ritual crucial por el que Hueso debe pasar. No es solo un formalismo, sino una parte esencial de lo que significa ser miembro de la Cosa Nostra. Debe hacer el juramento de la *omertà*, el paso que sellará su destino como *uomo d'onore*, el vínculo que lo unirá de manera irrevocable a Lorenzo y al resto de los miembros de la familia Andolini. Al jurar fidelidad, se comprometerá a guardar silencio, a no traicionar la confianza de su clan bajo ningún concepto y, sobre todo, a ser leal el resto de sus días, a estar dispuesto a morir y a matar por su nueva familia.

Los días pasan a un ritmo implacable. Hueso continúa siendo sometido a un entrenamiento riguroso, no solo físico, también mental. Matteo y Domenico lo instruyen en las normas de la Cosa Nostra, en sus códigos de conducta, en la manera en que debe moverse y comportarse dentro de la estructura de la organización. Aprende a manejar un arma con precisión, a reconocer una traición antes de que se consume, a medir cada palabra antes de pronunciarla. Y, además, lo enseñan a comportarse con educación y aplomo, a estar a la altura de la opulencia que lo rodea, algo completamente nuevo para él, que se ha criado en las calles ásperas de Palermo. Cada semana se convierte en una prueba, en un desafío que debe superar sin titubear. Su cuerpo se acostumbra rápido a la dureza de las lecciones, en cambio su mente sigue resistiéndose a aceptar del todo el papel que le han asignado. Las dudas no le dan tregua.

La noche previa al juramento, Hueso no puede dormir. En su mente, las palabras de Lorenzo resuenan una y otra vez: «Cada hombre tiene su propio destino». Da vueltas sobre el colchón intentando encontrar una postura más cómoda, pero lo único que logra es hundirse en un mar de dudas y de preguntas sin respuesta.

¿Y si todo esto no es más que un error? ¿Y si lo están utilizando? Conoce a Lorenzo desde hace poco más de un mes y, aunque ha escuchado mucho sobre la importancia de la sangre y de la lealtad, no puede evitar sentir que le están arrastrando a algo mucho más grande que él. ¿Realmente quiere eso? ¿Realmente está preparado para morir por una causa que nunca buscó?

El cuarto está oscuro, pero la luz de la luna entra suavemente por la ventana e ilumina la figura de Hueso mientras se sienta en la cama, con la espalda encorvada y los codos apoyados en las rodillas. Se frota la cara con las palmas de las manos para intentar despejarse, pero su mente sigue nublada por la confusión y el miedo.

Todo lo que ha hecho siempre es huir. Se ha pasado la

vida escapando de un lugar a otro, evitando cualquier tipo de responsabilidad o compromiso. ¿Qué tiene de diferente esta situación? ¿Por qué no debería huir ahora?

Sin pensarlo mucho, se levanta de la cama, se viste con lo primero que encuentra y sale al jardín. Todavía se siente extraño con la ropa que le han comprado, las prendas caras y elegantes que ahora luce a diario le hacen parecer disfrazado. Corre más aire de lo que imaginaba y se arrepiente de no haber cogido una chaqueta, pero no quiere regresar. Necesita pensar. Necesita un respiro, un momento de claridad.

Camina entre los árboles hasta llegar a la fuente de piedra de la que quedó prendado el día de su llegada a la casa de los Andolini. Se sienta en un banco frente a ella y se enciende un cigarrillo con una cerilla que luego arroja al agua para que se apague. El humo del tabaco desaparece en el cielo oscuro, y él siente en lo más profundo de su interior que quiere desaparecer de esa misma forma. Continúa fumando convencido de haber tomado una decisión: cuando el cigarrillo se haya consumido, se marchará. «En cuanto lo apague, me voy. En cuanto lo apague, me voy», se repite varias veces en voz baja. Volverá a la pensión, recogerá sus pertenencias y desaparecerá. Palermo no es la única ciudad en Sicilia. Seguro que puede encontrar otro lugar donde empezar de nuevo.

Pero mientras fuma y el cigarrillo se consume entre sus dedos, algo en su interior se retuerce. Una parte de él no quiere seguir huyendo. Por primera vez en su vida siente que ha encontrado un lugar al que pertenece, y una causa que, aunque no es buscada, lo ha encontrado a él.

De pronto escucha unos pasos aproximándose. Ginevra aparece de entre las sombras, con su silueta menuda recortada por la luz de la farola que ilumina el banco. Está despeinada, como si todo el viento de la noche hubiera revuelto su cabello corto y negro. Viste una camisa blanca holgada y unos pantalones azules de talle alto. Desde que Hueso llegó a la casa de los Andolini, él y Ginevra se han cruzado varias veces, pero nunca a solas: siempre en espacios comunes de la vivienda, rodeados de otras personas. La observa acercándose a la fuente y le parece una estrella de Hollywood, una suerte de Audrey Hepburn perdida en Palermo. Camina despacio, con seguridad, hacia el banco y se detiene al llegar, aunque no toma asiento.

—¿El peso de la responsabilidad no te deja conciliar el sueño? —pregunta Ginevra, y acto seguido se enciende un cigarrillo, soltando el humo en una exhalación tranquila.

Hueso la mira de reojo y se toma unos segundos antes de responder. Durante esas semanas todavía no ha logrado descifrar a Ginevra. Han compartido mesa cada día en las comidas, y aun así, cada vez que ella le dirige la palabra, siente que las suyas se le quedan atrapadas en la garganta. Hay algo en la forma en que ella se oculta tras frases breves y cargadas de ironía que lo intriga. Ginevra parece rodeada por un velo invisible, inaccesible, y sin embargo su presencia irradia un magnetismo del que Hueso no puede apartarse.

—No lo sé —contesta finalmente—. A veces siento que todo es una locura. Nada tiene sentido. Las cosas ocurren a mi alrededor, pero es como si yo no tomara ninguna decisión. Simplemente, me dejo llevar.

Ginevra asiente con un gesto que parece estar a medio camino entre la comprensión y la resignación.

—Así es como funciona —le consuela al tiempo que se acerca un poco más a él y se sienta a su lado en el banco—. Nadie decide estar dentro. No importan los motivos que te hayan traído hasta la mafia. Se llega por accidente, por casualidad o por herencia, pero, una vez que formas parte de ella, ya no puedes salir.

Los pensamientos de Hueso siguen concentrados en el mismo lugar: la verja de la entrada. En cuanto termine el cigarrillo podrá largarse. Sin embargo, algo en la voz de Ginevra lo hace dudar. Quiere que se quede, le gusta estar junto a ella, así que decide continuar la conversación.

—¿Y tú? —pregunta mirándola de reojo—. ¿También te sientes atrapada?

Ella sonríe, una risa pequeña, casi insignificante, que no muestra la menor alegría, como la mueca que hacen los familiares de un difunto en su funeral cuando alguien les da el pésame.

—Mi padre cree que las mujeres no debemos meternos en los asuntos de la familia. La noche que te recogimos en la playa se enfadó conmigo porque acompañé a Matteo. Para él, mi madre y yo solo deberíamos cocinar y cuidar de la casa —se lamenta Ginevra con una nota de sarcasmo en la voz—. Él ha preparado a Matteo para que sea su heredero, pero mi hermano es un bruto, igual que Domenico. Ellos son sus hombres de confianza, aunque ninguno de los dos ve más allá de la empuñadura de sus pistolas.

—Eres distinta —dice Hueso de pronto. Está aturdido por la fuerza que emana Ginevra, por su manera de hablar.

Al terminar su frase comprende que sus palabras han sido mucho más íntimas de lo que esperaba. Baja la cabeza, avergonzado. Cuando vuelve a levantarla, Ginevra lo está mirando fijamente a los ojos y, por un momento, Hueso siente que puede ver a través de él.

—No es fácil vivir en un mundo de hombres sin dejarte intimidar por ellos —dice Ginevra, concluyendo su intervención.

Tras decir esto, se produce un silencio lleno de palabras no dichas cargado de una conexión que los une sin necesidad de explicaciones.

Ginevra da una última calada a su cigarrillo antes de dejarlo caer al suelo y apagarlo con la punta de su bailarina de charol. Se levanta y, antes de emprender la vuelta, se dirige a Hueso:

—Me gusta que estés aquí. Tú también eres distinto a ellos. Cualquiera en tu lugar habría salido corriendo, pero tú no, tú has decidido aceptar tu destino. Mi padre cree que podrás evitar que Luciano gane la guerra. ¿Quién sabe? —dice levantando los hombros al lanzar la pregunta retórica—. Quizá esté en lo cierto. Descansa. Lo necesitarás para enfrentarte a todo lo que está por venir.

Hueso asiente con la mirada perdida en el vacío; para cuando vuelve a girar la cabeza, ella ya ha desaparecido y algo dentro de él ha cambiado. No sabe qué le pasa; quizá sea la conexión que siente con ella o tal vez el cansancio de una vida entera huyendo. Al comprobar que su cigarrillo está en el suelo apagado hace rato, comprende que esta vez no escapará.

Se incorpora y mira hacia la verja de la entrada. Se queda unos segundos de pie, como si estuviera despidiéndose de su antigua vida. Finalmente, desanda el camino recorrido y regresa al interior del que ya considera su nuevo hogar.

27

Tal y como manda la tradición, Hueso se descalza y se pone de rodillas. Está en medio del despacho de Lorenzo, sobre una alfombra de pelo largo. A su alrededor, formando un semicírculo, se encuentran una docena de personas, entre ellas, Matteo y Domenico, junto a varios soldados de la familia Andolini. La lámpara de vidrio verde del escritorio está encendida; es la única iluminación de la estancia, aunque insuficiente. Nadie habla, y en el silencio de la noche Hueso siente el peso de las miradas que se ciernen sobre él.

Lorenzo se abre paso entre los presentes. Su figura parece más grande de lo habitual, como si el ritual le otorgara una autoridad aún mayor.

—Esta noche —comienza el *capofamiglia* con voz serena— morirás para renacer siendo otro hombre, un *uomo d'onore.*

Lorenzo avanza y coge una vela encendida y una estampa con la imagen del arcángel san Miguel de su escritorio. Regresa sobre sus pasos y deposita ambos objetos en el suelo frente a Hueso.

—San Miguel nos guía en la oscuridad, protegiendo a los fieles y castigando a los que nos traicionan. Hoy, Hueso —dice Lorenzo, arrodillándose junto a él—, nos juras lealtad ante todos los aquí presentes.

Matteo rompe el semicírculo, da un paso al frente y le entrega a su padre una daga de misericordia con una hoja fina y alargada, dividida en dos por un nervio central y un cabo de madera, con el pomo y la guarda dorados.

—Repite conmigo —le ordena Lorenzo a Hueso.

Las manos de este descansan sobre sus muslos, se percibe que los dedos le tiemblan.

—Juro lealtad a la familia Andolini. Juro guardar sus secretos hasta la muerte. Juro respetar las reglas, defender a mis hermanos y vengar cualquier ofensa contra mi nueva familia.

Con cada palabra que Hueso repite siente una presión que le atenaza las muñecas. Sabe que tras pronunciarlas ya no habrá vuelta atrás. Como le dijo Ginevra, no importan los motivos que te hayan traído hasta la mafia; lo realmente importante es saber que cuando estás dentro, ya no podrás salir nunca.

—No traicionaré a quienes aquí se encuentran ni a quienes, como yo, forman parte de esta familia y han tomado este juramento —continúa Lorenzo, y aunque lo hace en voz baja, sus palabras tienen la contundencia de un mazo—. Nunca hablaré con las autoridades, nunca desvelaré secretos. Resistiré si me torturan, si intentan destruirme, y no flaquearé aunque eso suponga que me quiten la vida. Si algún día no cumplo mi palabra, que mi alma arda en el infierno, como va a arder la imagen de este santo que ahora sostengo.

Lorenzo agarra la muñeca de Hueso, tira de ella hacia él y, sirviéndose de la daga, le hace un corte en la palma. Cuando la sangre comienza a brotar, Hueso cierra el puño con fuerza y deja que las gotas caigan sobre la imagen del arcángel san Miguel. Espera hasta que la estampa se encuentra completamente cubierta de rojo; entonces la acerca al fuego de la vela y la contempla mientras arde.

—Que este sea mi destino si traiciono a mi familia —implora Hueso.

Tras sus palabras, los aplausos de los presentes rompen el sepulcral silencio que ha acompañado todo el ritual.

—Bienvenido, Hueso —le dice Lorenzo, invitándole a ponerse en pie—. Desde hoy eres uno de los nuestros.

Los hombres de la sala deshacen el semicírculo y se acercan a Hueso para felicitarlo, dándole dos besos, uno en cada mejilla, un saludo cargado de un nuevo significado ahora que ya es un miembro más de la familia. Cuando las felicitaciones terminan, el despacho se vacía. Hueso y Lorenzo se han quedado solos. El *capofamiglia* le entrega una toalla para que se envuelva la mano con ella.

—Esta noche, ante los aquí presentes, ha nacido un nuevo Hueso —le asegura Lorenzo—. Mañana te presentarás ante el mundo. Mañana será el día en que Luciano te conozca.

28

Se levanta temprano y recorre el pasillo sigiloso, con la vaga esperanza de que no haya nadie en la cocina. Sin embargo, al atravesar la puerta, se encuentra a Isabella dentro, trabajando una masa en la encimera.

—En esta casa siempre hay demasiado trajín —dice ella, sonriendo nada más verlo—. Esta es la única hora a la que puedo cocinar tranquila. ¿Un café? —le propone.

Hueso asiente y responde a su sonrisa con una mueca ligera. Isabella sirve dos tazas y toma asiento frente a él. Todo el mundo duerme, por lo que solo se oye el ligero tictac del reloj de la cocina.

—Te pareces tanto a ella —dice de pronto Isabella, y acto seguido extrae una fotografía de uno de los bolsillos del delantal con el que cubre su vestido.

Las esquinas están dobladas y el papel, algo agrietado; aun así, Hueso descubre el retrato de una mujer cuyas facciones son tan parecidas a las suyas que es como si se encontrase frente a un espejo.

—Cuando asesinaron a Giovanna, Lorenzo mandó vaciar su casa y quemarlo todo. Nunca me lo ha confesado, ni a mí ni a nadie, pero yo sé que lo hizo porque se sentía culpable. Siempre se ha responsabilizado de su muerte, nunca ha dejado de pensar que pudo haber hecho algo más para protegerla.

Isabella envuelve la taza con ambas manos, dejando que el calor penetre en su piel.

—Esta es la única imagen que queda de tu madre. Logré rescatarla de la quema. Debieron de tomársela solo unos pocos meses antes de que Canino la matara.

Hueso vuelve a mirar la fotografía. Es pequeña y cuadrada. La contempla con atención y se sorprende de que la mujer que aparece en ella sea tan joven. Isabella se levanta y saca unas tijeras de un cajón. Después desanda sus propios pasos y las deja en la mesa junto al café que está tomando Hueso.

—Deberías conservarla tú —le dice—. Te pertenece.

Hueso mira las tijeras que Isabella acaba de dejar sin entender para qué son.

—Si la recortas puedes guardarla dentro del camafeo. No se me ocurre un mejor sitio para llevarla.

Acto seguido, como si quisiera dejarles un momento de intimidad a madre e hijo, se levanta y se dispone a abandonar la cocina.

—Regresaré en media hora, cuando la masa ya esté reposada —le dice—. Tómate el *espresso* antes de que se enfríe.

Sonríe y sale, dejándolo solo en la cocina con la fotografía y las tijeras sobre el mantel. Hueso se lleva las manos a la nuca para quitarse el camafeo.

Cae la noche. Domenico conduce. Matteo está en el asiento del copiloto y Hueso, detrás. Los tres hombres guardan silencio durante todo el trayecto, conscientes de la importancia de la misión que está a punto de tener lugar.

El Lancia Aurelia se detiene en el lugar indicado, a unas tres manzanas del Grand Hotel et Des Palmes. Domenico apaga el motor, pero deja la llave en el contacto.

—¿Estás listo? —pregunta Matteo.

Hueso no reacciona. Tiene la cabeza gacha, las manos sobre las rodillas y los ojos cerrados.

—Hueso, ¿me oyes? ¿Estás listo? —repite Matteo.

Es al escuchar la pregunta por segunda vez cuando Hueso reacciona. Abre los ojos y se mira fijamente las manos. Entre sus dedos descansa el camafeo. Lo abre con cuidado y ve la fotografía de su madre, que le devuelve la mirada, insuflándole la confianza que necesita.

—Lo estoy —responde finalmente.

A continuación, abre la puerta, se baja y se aleja con paso decidido.

Matteo y Domenico lo observan caminar desde el interior del coche. Están viendo a un hombre sin pasado que está a punto de escribir su propio futuro.

29

El mantel es blanco, de hilo, con una cenefa dorada bordada en la parte inferior. Hueso descubre ese detalle al retirar la silla para tomar asiento. Lucky Luciano lo observa en silencio, frente a él tiene un plato de postre con dos *cannoli di ricotta*. Un cuchillo y un tenedor aguardan a ambos lados del plato. Luciano tiene los codos apoyados en la mesa y reposa la barbilla sobre los nudillos. Mira fijamente el camafeo de oro que Hueso ha dejado sobre la mesa, junto a la servilleta.

La luz cálida de las lámparas de araña de cristal de Murano crea un ambiente acogedor. No hay más de una docena de comensales en el restaurante, la distancia entre ellos es considerable y por eso solo se percibe un ligero murmullo en la sala que se mezcla con la música que reproduce un gramófono.

En la mesa más cercana, situada a unos cuatro o cinco pasos de distancia, hay dos hombres sentados. Visten traje oscuro, camisa blanca y corbata. Ambos son corpulentos;

uno mantiene el sombrero puesto, el otro lo ha dejado sobre el mantel. No comen ni beben, se limitan a observar atentamente la escena de la mesa contigua con las manos sobre las rodillas, ocultas por el mantel. Siempre están preparados para desenfundar con rapidez para proteger a su jefe.

La bóveda que corona el restaurante está tallada con motivos florales, que parecen ir a juego con los del mantel y con las columnas doradas que rodean la estancia. Justo en el centro emerge una torre de vidrio que asciende hasta casi alcanzar el techo y hace las veces de bar, con baldas repletas de botellas.

—Hay que tener mucho coraje, o ser muy estúpido, para presentarse aquí —dice Luciano sin cambiar de postura.

—O ambas cosas —responde Hueso, y lo hace mostrando la misma sonrisa de seductor que luce al encontrar el naipe que busca en medio de una baraja mezclada.

Hueso se detiene junto a la silla de cuero del despacho de Lorenzo y, casi por reflejo de la educación que le estaban imponiendo, apoya una mano en el respaldo y mira al patriarca.

—¿Puedo sentarme? —pregunta con la voz contenida.

—Nadie declara una guerra pidiendo permiso —responde Lorenzo en seco—. Luciano no piensa respetarte; si por él fuera, te degollaría allí mismo. Si quieres intimidarlo, siéntate como si todo el hotel fuera tuyo. Nadie respeta a quien suplica permiso —le indica, dándole una instrucción precisa de cómo debe iniciarse el encuentro previsto para el día siguiente.

Hueso asiente, pero las dudas lo asaltan.

—¿Y si no me reconoce? —musita, la sombra del miedo trepando por su garganta—. ¿Y si Luciano no me toma en serio?

Lorenzo coloca ambas manos sobre el escritorio antes de responder.

—Estás muerto de miedo. Luciano es un asesino despiadado. Si ve terror en tu mirada, todo estará perdido —le explica—. Míralo a los ojos, toma asiento con descaro y deja el camafeo sobre la mesa. Eso bastará para que él sepa quién eres. No hay un solo mafioso en toda la isla que no conozca tu leyenda. Todos han oído hablar de tu colgante, de su forma ovalada y del tallado en bajorrelieve de un árbol solitario, de copa ancha y ramas abiertas. Te puedo asegurar algo —afirma con severidad Lorenzo—: si haces lo que te digo, tal y como te digo, Luciano no tendrá la menor duda de quién es la persona que se encuentra frente a él.

Hueso sigue las órdenes de Lorenzo al pie de la letra y se acomoda en la silla frente a él. De inmediato pone el camafeo en el centro de la mesa, lo deja a la vista como quien exhibe una bandera.

—Cuando te haya reconocido —prosigue Lorenzo—, haz algo banal. Comenta lo elegante que te parece el local, pregunta qué está tomando... Hazlo como si la conversación fuera lo más trivial del mundo. Eso le ofenderá. Eso le hará desesperar. Hazlo aunque te tiemblen las piernas. Hazlo aunque por dentro quieras salir corriendo.

—Es muy elegante este sitio —dice Hueso tras recorrer con la mirada el espacio y mientras acaricia con la yema de los dedos el terciopelo índigo de la silla en la que está sentado—. Elegante y caro —se reafirma.

Luciano no se ha movido desde su llegada, como si la presencia frente a él del hombre al que desea asesinar no le despertase el menor interés.

—Es un buen hotel —le confirma.

—¿Y qué tal la comida?

—Excelente.

—Por favor —le dice Hueso, haciendo un ligero movimiento con la barbilla para animarle a que no deje de disfrutar del postre solo por su presencia.

—La ocasión no lo merece —le asegura Luciano, impertérrito, con una frialdad que intenta demostrar que la presencia de Hueso no le perturba.

—Qué pena; he oído que aquí preparan los mejores *cannoli* de todo Palermo.

Por primera vez en la conversación, Lucky Luciano baja la vista hacia el plato.

—¿Quieres probarlos? —le ofrece.

—¿No te importa?

—Por favor —responde Luciano, y apartando los codos empuja ligeramente el postre hacia su interlocutor.

Con un movimiento veloz, Hueso alarga un brazo sobre el mantel y agarra con fuerza el cuchillo de postre de Luciano. Al percatarse de su acción, el guardaespaldas del sombrero se pone de pie casi de un salto y se lleva la mano hacia la axila dejando a la vista la culata de la Beretta metida en su funda.

—Pase lo que pase, no pierdas los nervios —le advierte Lorenzo—. Él intentará amedrentarte. No estará solo, nunca lo está. Varios de sus hombres permanecerán junto a él, es posible que te amenacen, pero créeme —le pide con solemnidad—, no te hará nada.

Hueso traga saliva ante la posibilidad de que Luciano o alguno de sus matones lo agredan.

—¿Por qué estás tan seguro?

—Porque en ese mismo hotel va a celebrarse una reunión entre las tres grandes familias italianas de la mafia y Joseph Bonanno, el capo más influyente de Nueva York. Luciano quiere ejercer de intermediario; si se produce un derramamiento de sangre, si en el mismo lugar en el que tiene previsto su encuentro te asesina delante de otros clientes y del personal del hotel, Bonanno nunca se subirá a un avión rumbo a Palermo y todo su plan se desmoronará.

—Son tan ruidosos estos matones —le recrimina Hueso irónicamente a Luciano en referencia a su guardaespaldas—, siempre llamando la atención.

Contrariado, Luciano mira al matón de reojo y con un gesto le indica que vuelva a tomar asiento. El camarero, un joven con el pelo engominado y uniformado con una chaquetilla negra sobre una camisa blanca, observa la escena inmóvil cerca de la torre de vidrio.

Con la mano que le queda libre, Hueso agarra el tenedor y, usando ambos cubiertos, corta por la mitad un *cannolo*, haciendo que el relleno salga por los extremos. Se lleva una porción a la boca y la saborea.

—Delicioso. ¿De verdad no quieres probarlos?

—No —responde tajante Luciano.

Hueso continúa comiendo con deleite. Acaba con los dos *cannoli* en un minuto o incluso menos. La tensión que se ha propagado por la estancia es tan densa que parece palpable.

—Siempre me he preguntado de qué será el relleno —dice Hueso mientras se limpia los labios con la servilleta de Luciano, que ha cogido sin pedírsela.

—De *ricotta* y naranja.

—¡Claro! —exclama Hueso—. Por eso dejan ese regusto amargo al final.

—Estás muerto —le amenaza Luciano con frialdad—. Disfruta del plato, porque pronto serás tú al que se coman los gusanos —al terminar la frase, sonríe con cinismo.

—Es posible —afirma despreocupado—. Pero eso no ocurrirá hoy.

Cuando termina de hablar, rebaña los restos del relleno de los *cannoli* con el índice. Después se lo lleva a los labios.

—¿Sabes si también tiene mantequilla y leche el relleno?

Lucky Luciano coloca ambas manos sobre el mantel y lo aprieta con fuerza. Por un momento parece que vaya a ponerse de pie, pero finalmente no lo hace. Le cuesta aguantar la compostura, pero sabe lo importante que es no llamar la atención.

—No eres más que un estúpido vagabundo jugando a ser mafioso —le recrimina Luciano—. Te presentas ante mí con un collar viejo y oxidado y esperas que te escuche. —Vuelve a reír, esta vez con una sonoridad repleta de burla y desprecio.

—Se llamaba Elia —dice Hueso, cambiando por completo de tono y con la vista fija en el colgante—. Murió a manos de un noble, un hombre poderoso que se creía por encima de la ley. Primero la violó y después la estranguló hasta asesinarla. Pero su crimen no quedó impune, su propia familia se encargó de vengar su muerte. Lo hizo mi familia. Salvatore —dice llamándolo por primera vez por su nombre de pila, dando un paso más en las provocaciones—, tú mejor que nadie sabes la importancia que tienen los orígenes y el valor que le damos a la familia.

—¿Por eso has venido hasta aquí? ¿Quieres negociar conmigo? ¿Crees que el lugar que yo ocupo te corresponde a ti por herencia y has venido para decírmelo? ¿De eso se trata, quieres llegar a un acuerdo? ¿Eres tan estúpido como para pensar que negociaré con un mequetrefe como tú?

—No entres en su juego —le aconseja Lorenzo—. No tienes que llegar a un acuerdo con él, no necesitas convencerlo. Tampoco dejes que él lo haga contigo. Si te ve flaquear, intentará manipularte —le advierte—. Transmítele tu mensaje y márchate. No le dejes tomar las riendas de la conversación, el tiempo es su aliado. Queremos sorprenderlo con la guardia baja. Si la conversación se dilata, descubrirá que estás asustado. Tiene que verte como a un rival, no como a un cordero asustado.

—¿Y cómo sabré cuándo debo irme? —pregunta Hueso, confiando en que Lorenzo tenga la respuesta idónea.

—Imagina que la conversación fuera un juego de magia —le dice—; levántate cuando hayas encontrado su carta, no esperes a que descubra el truco.

—Todavía no has comprendido nada —le explica Hueso a Luciano sin poder evitar sonreír—. No he venido a negociar contigo. He venido hasta aquí para hacerte una propuesta, puedes aceptarla o rechazarla, solo eso. Renuncia al acuerdo con Bonanno y que Sicilia, Calabria y Nápoles continúen siendo independientes. Tú eres respetado aquí, nadie te impedirá hacer negocios. Pero no habrá acuerdo, Italia no se someterá a las condiciones de Nueva York y no se producirá un derramamiento de sangre innecesario.

Lucky Luciano hace girar el anillo que lleva en el dedo anular de la mano izquierda con el índice y el pulgar de la derecha, un sello de oro con la talla de una gárgola con ojos de color bermellón que sujeta un diamante entre sus garras.

—¿Por qué debería renunciar? —pregunta tan intrigado como escéptico.

—Porque yo te lo pido —responde Hueso.

—¿De verdad piensas que puedes enfrentarte a mí?

—Sería ridículo pensar que yo solo podría hacerlo, pero

no estoy solo. Los Andolini me apoyan, y a ellos les son fieles los Vernengo y los Fidanzati. Si no detenemos este enfrentamiento, no serán los únicos que se pondrán en tu contra. Sicilia es el epicentro de la organización; si en Calabria y Nápoles descubren que no puedes hacerte con la isla, nunca te ofrecerán su apoyo.

Luciano respira hondo, quiere medir bien su respuesta.

—Imaginemos que todo lo que dices es cierto, ¿qué ocurrirá si no acepto? —pregunta desafiante.

—Que don Lorenzo hará pública mi existencia y todo el mundo en Sicilia, en Nápoles y en Calabria sabrá de mí. Dejaré de ser un rumor o un fantasma para convertirme en una persona real.

—Tal vez no le crean —dice Luciano casi interrumpiéndolo—. No eres más que una leyenda, el último descendiente de tres hombres que tal vez ni siquiera existieron.

—Es posible —asume Hueso—. Pero hay mucha gente a la que no le gusta tu manera de hacer las cosas. No eres uno de los nuestros, te has criado en Nueva York y ahora quieres implantar su forma de hacer las cosas aquí. No respetas las tradiciones. Has llegado al poder liquidando a todos tus enemigos y por eso muchos te temen, pero solo necesitan una alternativa sólida para rebelarse. Puede que yo, aunque solo sea un estúpido vagabundo que está jugando a ser mafioso, sea esa alternativa que anhelan.

Luciano introduce la mano en el bolsillo interior de su americana, lo hace muy despacio, generando deliberadamente expectación. Hueso lo mira con atención intentando disimular el terror que le genera la situación. Cree que todo está a punto de terminar, que cuando la extraiga, lo hará sosteniendo un arma entre sus dedos, pero finalmente saca una pitillera de plata con un encendedor a juego. Antes de hablar, prende un cigarrillo y da una larga calada.

—Te equivocas en una cosa —le aclara, y al hacerlo las palabras salen de sus labios envueltas en volutas de humo—. El verdadero motivo por el que he llegado hasta aquí no es porque haya liquidado a todos mis enemigos, sino porque ninguno de ellos ha podido acabar conmigo.

Luciano da otra larga calada y expulsa el humo hacia arriba; lo hace elevando la barbilla hacia el techo, de tal forma que deja a la vista una cicatriz que le cruza el cuello de oreja a oreja.

—Cuando Bonanno pise territorio siciliano, tú estarás muerto; también lo estarán Lorenzo Andolini y sus dos hijos. —Apaga el cigarrillo en el plato de los *cannoli*—. Cuando eso haya ocurrido, el resto de las familias entenderán el mensaje, sabrán que es un error enfrentarse a Salvatore Lucania.

Hueso, tras escucharlo, comprende que el truco de magia ha llegado a su fin y que cada segundo que permanezca frente a Luciano corre en su contra. Se pone de pie y se guarda el camafeo en el bolsillo interior de la chaqueta, junto al corazón. Intenta mantener la calma, pero las manos le tiemblan, y al hacerlo tira accidentalmente la servilleta al suelo.

—Me encantaría poder seguir conversando contigo —dice mirando su reloj de pulsera con aparente indiferencia, comportándose como si la amenaza de Luciano no hubiera surtido ningún efecto en él—. Pero me temo que debo irme.

Antes de girarse y dirigirse a la salida, se despide de los

dos hombres que ocupan la mesa de al lado, que continúan con las manos en las rodillas, ocultas bajo el mantel de hilo. Al pasar junto al camarero, Hueso le sonríe y le pide que felicite al chef por los *cannoli*.

30

Se propone no correr hasta haber bajado el último de los seis peldaños de mármol que forman la escalera principal de la puerta del hotel. Eso es lo que le ha dicho Lorenzo: que mantenga la calma, que camine con paso firme y sin precipitarse. Lo más probable es que nadie lo siga, pero si lo hacen, no se atreverán a apretar el gatillo. Sería demasiado imprudente.

Hueso está asustado; no sabe cómo ha logrado mantener la compostura durante toda la conversación. Las manos le tiemblan como si estuviera febril. Intenta disimular ocultándolas en los bolsillos del pantalón. Pasa junto a una estatua de un niño sujetando un carnero. El niño está desnudo y agarra al animal por una pata. Hueso lo mira sin dejar de avanzar, y eso hace que, en el hall principal, esté a punto de tropezar con un busto del compositor Richard Wagner. La figura no tiene pupilas, pero, aun así, Hueso siente como si los ojos inertes lo siguieran mientras camina hacia la salida.

Cuando por fin logra llegar al exterior, traga una gran bocanada de aire y se siente libre, como un pez que escapa de una red y regresa al mar. No se atreve a volver la vista para comprobar si alguien sigue sus pasos; en lugar de eso, comienza a correr tan rápido como puede hacia la via Mariano Stabile. La velocidad hace que se le caiga el sombrero, pero no se detiene a recogerlo. Cuando llega a la esquina, no ve el Lancia Aurelia. Un escalofrío le sube por la columna vertebral. Al llegar al siguiente cruce, divisa el vehículo estacionado a unos cien metros de distancia. El alma le vuelve al cuerpo.

Domenico continúa al volante y Matteo, que se ha sentado en la parte trasera para compartir espacio con él, lo recibe dándole un fuerte abrazo al verlo entrar.

—¿Cómo estás? —le pregunta sin soltarlo—. ¿Te encuentras bien? —insiste sin darle tiempo a responder.

Cuando los cuerpos de los dos hombres se separan, Matteo palpa con sus propias manos el torso de Hueso para comprobar por sí mismo que sigue de una pieza.

—¡Estás sano y salvo, maldito loco! —grita sonriendo—. ¡Arranca! —le ordena finalmente a Domenico, impidiendo que Hueso pueda pronunciar ni una sola palabra.

Cuando el coche se pone en marcha, durante varios minutos reina el silencio en el interior del automóvil. El Lancia Aurelia recorre las avenidas a una velocidad moderada para no llamar la atención. Hueso, agotado, acomoda la cabeza en el respaldo del asiento de cuero marrón y deja caer su brazo sobre el embellecedor de madera pulida que hay bajo la ventanilla.

—¿Y ahora qué va a ocurrir? —pregunta a medio camino entre la curiosidad y la inocencia.

—Ahora tienes que desaparecer —le asegura Matteo, que no puede evitar girar la cabeza hacia atrás una y otra vez para comprobar si algún coche los sigue—. Ya escuchaste a mi padre: en la Cosa Nostra solo hay algo que corra más rápido que la pólvora, y son los rumores —le recuerda—. Luciano hará todo lo posible por liquidarte antes de que el revuelo crezca tanto que no pueda contenerlo. Sabe que, en cuestión de días, toda Sicilia no solo conocerá tu existencia, sino que sabrá que has tenido las agallas de presentarte frente a él para retarlo. Eso hará que muchas de las familias que hasta hoy no se han atrevido a alzar la voz contra él se asocien con la nuestra y le ofrezcan su apoyo a mi padre para protegerte. La única forma que tiene Luciano de impedirlo es eliminando la raíz del problema, es decir, liquidándote a ti. Si Palermo se rebela, Nápoles y Calabria se mantendrán al margen para evitar el derramamiento de sangre. Y, sin su apoyo, Bonanno nunca aceptará a Luciano como un interlocutor válido con Nueva York. Solo llegarán a un acuerdo con él si puede demostrar que controla toda Italia. ¿Le has propuesto que renuncie a la reunión? —le pregunta Matteo.

—Sí, pero, como esperábamos, ni siquiera se ha planteado aceptar.

—Entonces todo está en marcha.

—¿Y eso qué significa? —quiere saber Hueso, que no ha comprendido del todo la explicación.

—Eso significa, Hueso —contesta Matteo, luciendo una

sonrisa pícara y golpeando suavemente con la palma de su mano la rodilla de su interlocutor—, que le acabas de declarar la guerra al hombre más peligroso del mundo.

El gramófono se ha detenido; ya no suena la música y todo el restaurante permanece en silencio. Luciano agarra la copa de vino que tiene frente a él y da un sorbo corto. Cuando termina, la deja sobre el mantel, pero no la suelta; al contrario, aprieta el puño con fuerza alrededor del tallo de vidrio. Uno de sus guardaespaldas se levanta y toma asiento frente a él, en la misma silla en la que un momento antes se encontraba Hueso.

—¿Quiere que salgamos a buscarlo, señor? —pregunta en voz baja para que el resto de los comensales no puedan escuchar sus palabras.

—No son el momento ni el lugar apropiados —asegura Luciano—. Dejemos que esta noche duerma tranquilo, disfrutando de su acto heroico. Pero mañana lo quiero muerto. No me importa dónde se esconda ni quién lo proteja. Lo quiero muerto y arrojado a una pocilga para que se lo coman los cerdos.

—Así lo haremos.

—No, vosotros no. Necesito saber que no me causará más problemas. No quiero errores. —Vuelve a llevarse la copa a los labios y bebe hasta vaciar su contenido—. Llamadlo —le pide.

—¿Cómo dice? —pregunta desconcertado su guardaespaldas.

—Ya me has oído. Llamadlo.

—Pero, señor…

Luciano aprieta la copa con tanta fuerza que la parte en dos. La base y el cáliz caen sobre el mantel y el tallo queda atrapado entre sus dedos, que rápidamente se tiñen de una sangre tan oscura como el vino que se acaba de beber.

—Esta será la última vez que te lo repita: llamad a Canino.

Año 1502, Erice, Trapani, región de Sicilia

Han pasado seis largos años desde que Osso, Mastrosso y Carcagnosso separaron sus caminos. En ese tiempo, la nueva vida del mayor de los tres hermanos ha ido tomando forma.

Osso está sentado en una estancia de techo bajo y paredes encaladas. La cámara huele a cera quemada y a ruda. El aposento se halla en penumbras, alumbrado únicamente por una vela colocada sobre una mesa de olivo, donde también reposa una jarra de barro colmada de agua fresca. No se oye sonido alguno. No hay ventanas, solo una rendija angosta por la que se filtran algunos rayos de luna.

El hombre permanece inmóvil, con los codos apoyados en las rodillas y la cabeza gacha. Se ha dejado crecer una frondosa barba, y comienzan a asomar algunas canas en sus sienes. Está más enjuto que en su juventud, también más sosegado. Tiene las manos entrelazadas y la piel de los nudillos tersa. Parece aguardar algo; algo que ha de cambiarle la vida para siempre.

Más de dos mil lunas han transcurrido desde que cruzaran el mar Tirreno y desembarcaran en el puerto de Favignana. Más de dos mil lunas sin noticias de sus hermanos. Confía en que se hallen bien y en que, como le ha sucedido a él, hayan logrado dar forma a una nueva vida, preservando los valores que les condujeron a embarcarse como polizones.

Él se asentó en Erice, en Sicilia, un territorio del que jamás oyó hablar en sus días en el castillo de Guadamur, pero del que se quedó prendado nada más pisarlo. Un lugar donde los días comienzan con el martilleo del yunque y concluyen con rezos quedos. Allí fue acogido por una familia humilde dedicada al arte de dar forma al hierro. Servían a señores pudientes, labraban herraduras para sus carruajes, forjaban espadas y corazas para sus soldados y cerraduras para sus cobertizos.

Fue en aquel lugar donde conoció a Alessandra, la hija del maestro herrero que le ofreció hospedaje y ocupación. Desde el primer día en que la vio le gustaron su cabello lacio y oscuro y su voz mesurada. También su recato y su sonrisa, tan poco frecuente como sincera. Su pausado andar, el vaivén de sus caderas al atravesar la fragua, sus silencios, e incluso su delicada manera de enjugarse los labios con un paño tras calmar su sed.

Pero por encima de todo aquello, lo que a Osso le cautivó de verdad fue la mirada de Alessandra, sus ojos grandes y del color de la miel. Que ella lo correspondiera le colmó de gozo: tenía ante sí una existencia sosegada al lado de la mujer que amaba, trabajando con su suegro en la herrería familiar. Pero el destino tenía otros planes para él.

Una primavera recibieron el encargo de forjar tres docenas de herraduras para los caballos de un noble y su séquito, que estaban de paso por Erice. Osso cumplió con los plazos convenidos; no obstante, el caballero le acusó de demora y rehusó pagar lo acordado, entregándole apenas la mitad de lo pactado.

Alessandra intentó apaciguarle, le explicó que los poderosos solían abusar de los humildes, que así había sido siempre y que nada ni nadie lograría cambiar tal costumbre. Aquellas razones no le bastaron a Osso, que se negó a ceder ante la afrenta.

Reunió a varios artesanos y campesinos, todos ellos amigos, y les pidió ayuda, asegurándoles que si se la prestaban, él estaría dispuesto a hacer lo mismo por ellos si alguna vez eran engañados. Con su vehemencia habitual logró convencerlos, y esa misma noche acudieron a la fortaleza donde reposaba el noble. En primera instancia, este se negó a pagar suma alguna y se mofó de ellos. Pero al verlos armados y decididos, comprendió que la violencia se impondría a la palabra, y terminó cediendo y entregándole a Osso el resto del pago convenido.

Desde entonces, el herrero extranjero se ganó el respeto de sus vecinos. Su fama se extendió más allá de las lindes de Erice y llegó a propagarse por toda Sicilia. No tardaron en llegar desde todos los rincones de la isla carpinteros, curtidores, buhoneros, mozos de cantina... Hombres honrados que habían sido agraviados y que acudían en su busca sedientos de justicia.

Poco a poco su presencia comenzó a bastar para sellar acuerdos. De modo tan natural como imprevisto, como ocurre con todas las cosas importantes de la vida, Osso aceptó su destino como protector de labradores y artesanos. Lo hizo de acuerdo con una serie de reglas que jamás transgredió: quienes solicitaban su amparo pasaban a ser parte de su familia y estaban obligados a socorrer a otros miembros si así lo demandaba la ocasión. Solo recurría a la fuerza y la violencia cuando las palabras resultaban inútiles. Nunca castigaba al inocente, jamás tomaba más de lo justo y repartía lo obtenido entre los agraviados y los que le habían auxiliado.

Así fue como Osso, sin pretenderlo, dejó de ser un simple herrero para convertirse en el primer *capofamiglia* de la historia.

El llanto de un niño lo saca de su ensoñación, un llanto agudo y frágil. Se pone en pie de un salto, haciendo titilar la llama de la vela de sebo que ilumina tenuemente la estancia. Se frota los ojos con fuerza y los abre como quien despierta de un sueño espeso.

Se abre la puerta que se halla a su espalda y una anciana, cubierta con sayales blancos manchados de sangre, la cruza y se le acerca.

—¿Ha ocurrido ya?

La mujer asiente, pero su expresión es grave.

—Debéis entrar, mi señor. Ha sucedido algo.

En el interior, otras dos mujeres más jóvenes recogen con

presteza varios paños empapados en sangre en una tina de madera. En el lecho yace Alessandra, pálida, con los ojos cerrados y la boca entreabierta. La misma matrona que salió a buscarle se le aproxima y, posando con delicadeza la mano en su hombro, le dice:

—Hicimos cuanto nos fue posible, mi señor, mas la sangre no se detuvo.

Osso cae de rodillas junto al lecho. El sonido que produce su cuerpo al desplomarse es el de un árbol cuando su tronco es aserrado. Toma la mano fría de su esposa y se la lleva a los labios. No llora, pero su respiración es honda, contenida. Algo dentro de él ha muerto para siempre junto a ella.

Otra de las mujeres se le acerca portando un fardo blanco entre los brazos. Es una manta de lino. En su interior, un recién nacido duerme. Osso se yergue y lo toma con sumo cuidado, como si temiera romperlo. Lo acoge contra su pecho y lo mece.

Osso besa la frente de la criatura. Luego le habla por vez primera, en susurros:

—Tu madre ha muerto para que tú puedas vivir, y yo pasaré el resto de mis días contigo, con el único propósito de cuidarte y protegerte.

QUINTA PARTE

1943, alrededores de Taormina, provincia de Mesina, región de Sicilia

31

Los días pasaban rápido, pero las noches se clavaban en sus cuerpos como puñales de frío y miedo. Cuando llevaban alrededor de un par de semanas de dura travesía, les sorprendió una lluvia violenta y salvaje, impropia de la estación primaveral en la que se encontraban. Pasaron la noche a la intemperie. El viento los azotaba y traía consigo un silbido de frío y humedad. El agua recorría las calles empedradas, arrastrando basura y formando estrechos riachuelos de fango que amenazaban con inundar el recoveco en que se habían puesto a resguardo. Los tres chicos intentaban proporcionarse algo de calor abrazándose, durante el día pretendían actuar como adultos, pero el miedo los atenazaba por las noches y les volvía a convertir en unos chiquillos que ni siquiera habían cumplido catorce años.

Hueso apretó los dientes y usó los trapos que habían encontrado en la basura para cubrir a Tommaso, que no podía controlar la tos, tan fuerte era que parecía que se le fuera a partir el pecho en dos. En un determinado momento, entre espasmos, lanzó un esputo marrón. Las heridas que le había infligido el padre Edoardo habían derivado en una fiebre que no le daba tregua.

—Estoy bien —murmuró. Su voz sonaba como un vidrio agrietado a punto de hacerse añicos. Nada más hablar, la tos le obligó a encogerse.

—¡No te hagas el valiente! —le reprendió Hueso—. Si sigues así, vas a acabar muerto.

Corrado, sentado junto a sus dos amigos, tenía las rodillas pegadas a su pecho y guardaba silencio. La ropa empapada se le pegaba a la piel como una segunda capa de miseria. Desde su posición alcanzaba a contemplar la calle desierta; con los ojos entornados, se esforzaba en prestar atención a todo lo que ocurría en el exterior, presto ante cualquier posible amenaza.

—En cuanto amanezca, deberíamos proseguir —dijo Corrado de pronto, como una advertencia—. Si nos quedamos quietos, alguien avisará a la policía y nos detendrán.

—Tommaso no puede moverse —replicó Hueso, mirando a su amigo, que tiritaba de frío y fiebre—. Debemos encontrar un sitio tranquilo y seco donde nadie nos vea y donde Tommaso pueda recuperarse. Después continuaremos.

Corrado chasqueó la lengua, se apartó el pelo de la cara con la mano y dejó escapar una maldición en voz baja.

—Como quieras —dijo finalmente—. Pero si nos descubren, nos atraparán como a ratas y ya sabéis adónde nos llevarán de nuevo.

Su amenaza fue lo último que se dijo esa noche. Después

solo quedó el sonido de la lluvia golpeando el empedrado y la respiración entrecortada de los tres chicos.

Al amanecer, el cielo tenía un color gris plomizo. El suelo estaba embarrado y la ropa les pesaba como si llevaran piedras en los bolsillos. Caminaban pegados a las paredes, intentando ampararse de las miradas. Tommaso no mejoraba, tosía a intervalos, cada vez estaba más pálido y tenía la mirada vidriosa. Hueso lo llevaba casi a rastras agarrado de la cintura.

El aroma a pan recién horneado y a embutidos de un mercado ambulante hizo que sus estómagos rugieran. Entre toldos descoloridos y cajas de madera apiladas, los comerciantes gritaban ofreciendo sus productos a la multitud. Hueso se detuvo con la mirada fija en un puesto de fruta y quesos. Una punzada de hambre aguijoneó su estómago.

—Esperadme aquí —dijo mientras dejaba a Tommaso apoyado contra una columna.

—¿Qué vas a hacer? —preguntó Corrado con fingida sorpresa.

—Traeros el desayuno —contestó Hueso, sonriendo.

Sin esperar más, se deslizó entre los viandantes. Aprovechando los empujones y el barullo, consiguió sisar un mendrugo de pan caliente y escondérselo bajo la camisa. El corazón le latía con fuerza, la adrenalina le quemaba las venas. Cuando pensaba que ya se había alejado lo suficiente del puesto de comida, una mano le tomó por el hombro con brusquedad.

—¡Eh, tú, ladrón! —El tendero apretó los dedos con fuerza y le lanzó una mirada llena de furia.

Asustado, Hueso le dio un codazo en el estómago y logró zafarse; zigzagueó a la carrera entre personas y puestos mientras el vendedor lo perseguía gritando improperios.

Cuando Corrado lo vio llegar, se imaginó lo que había ocurrido, así que se incorporó y levantó a Tommaso como pudo. Corrado y Hueso cargaron con su amigo pasando un brazo por el cuello de cada uno y emprendieron la huida sobre los adoquines mojados. Cuando estuvieron seguros de que nadie los seguía, se detuvieron en un callejón. Jadeaban como si acabaran de escapar de la misma muerte.

No fue hasta que pudo respirar con normalidad que Hueso se palpó la camisa y descubrió que durante la huida se le debía de haber caído el pan, por lo que el riesgo había sido inútil y volvían a estar como al principio, sin nada que llevarse a la boca. Estuvo a punto de lanzar una maldición, cuando Tommaso lo interrumpió:

—¡Mirad!

Fue entonces cuando la descubrieron.

32

Era una villa de piedra gris, con las persianas bajadas y la fachada cubierta de musgo. La primera imagen era la de una casa que llevaba tiempo vacía, pero la verja de hierro estaba cerrada con una cadena, lo que les hacía pensar que quizá no estuviera tan abandonada como parecía desde fuera. Hueso saltó al otro lado y el ruido de sus pies al caer sonó como un disparo en medio del silencio. Se quedaron inmóviles, aguzando el oído. Esperaron alerta, pero no ocurrió nada. Solo se oía la lluvia, que los acompañaba de nuevo, y el susurro del viento. Los otros dos chicos emularon a su amigo.

—Esto no me gusta —advirtió Corrado, ya desde el otro lado, junto al camino que daba acceso a la puerta principal.

—Es nuestra única oportunidad —respondió Hueso—. Tommaso no puede seguir andando y tú mismo nos has dicho que aún nos quedan varios días de camino antes de llegar a la casa en la que está Amaranta.

Tommaso, agotado por el esfuerzo de auparse a la verja, se dejó caer en un banco del jardín, lo que sirvió para que los otros dos chicos zanjaran la conversación y se decidieran a avanzar. Caminaban con precaución, con la respiración contenida. La puerta principal estaba cerrada, pero consiguieron entrar por una de las puertas traseras, que parecía la de servicio y no tenía la llave echada. Dentro olía a madera vieja y a humedad. La luz se colaba levemente a través de algunas persianas no cerradas del todo, dibujando líneas finas en el suelo y en las paredes.

Hueso avanzó primero, con decisión, seguido por Corrado y por Tommaso, que iba apoyado en este último. Las tablas crujían bajo los pies de los muchachos y el eco resonaba en los pasillos vacíos. Todo estaba en silencio; demasiado silencio.

—No me gusta nada estar aquí —insistió Corrado con un nudo en la garganta que le impedía incluso tragar saliva.

—Calla —le susurró cortante Hueso. Él también estaba nervioso. El corazón le palpitaba con fuerza y le retumbaba en los oídos.

Se separaron para comprobar si había alguien en alguna parte. Entonces, de pronto, se oyó un grito.

—¡Eh! ¡Venid aquí, rápido!

La voz de Corrado atravesó el pasillo e hizo que a Hueso se le helara la sangre. Corrió hacia la voz, temiendo lo peor. Al doblar la esquina del pasillo, encontró a Corrado inmóvil frente a una puerta abierta. Los ojos le brillaban de emoción y una sonrisa pícara iluminaba la suciedad de su rostro.

—¿Qué pasa? —mascculló Hueso, acercándose a él.

Corrado no respondió hasta que Tommaso se unió a ellos. Entonces se apartó y señaló el interior de la estancia con la barbilla. Los chicos miraron en la dirección que les estaba indicando. Tenían delante una despensa llena de latas, sacos de harina, frascos de aceitunas y tarros de mermelada. También jamones y botellas de vino cubiertas de polvo. Estaban rodeados de una abundancia que nunca habían conocido.

Durante un instante, los tres se quedaron paralizados, sin saber si reír, llorar o ponerse a bailar. El estómago les rugía y la saliva se les acumulaba en la boca. No daban crédito a sus ojos. Tenían ante sí una imagen inédita en sus cortas vidas.

—Creo que hemos encontrado el paraíso —dijo Hueso, y dejó escapar una risa incrédula y nerviosa mientras se sujetaba en el marco de la puerta.

—¿Habéis mirado bien? —les preguntó Corrado, girándose hacia ellos—. ¿Estamos seguros de que no hay nadie más?

Tommaso, como si no hubiera escuchado su pregunta y sin esperar el permiso de sus amigos, se abalanzó hacia los estantes y tomó una lata de melocotones en almíbar. Parecía como si la fiebre le hubiera abandonado. Los otros dos le imitaron con la misma desesperación y manos temblorosas.

El miedo a ser descubiertos seguía acechándolos, pegajoso y persistente, pero el hambre era más fuerte. Entre bocados apresurados apenas hablaban. La mermelada de higos les pareció lo más dulce que habían probado nunca; el aceite de las sardinas les resbalaba por la barbilla, manchándoles el cuello, pero no se detenían a limpiarse. El suelo se llenó de cáscaras de nueces y envoltorios arrugados.

Cuando el hambre voraz empezó a remitir, los tres chicos se miraron en silencio. Tommaso había recuperado el color en las mejillas y tenía las manos cubiertas de almíbar y aceite. Tenía mucho mejor aspecto, aunque un acceso de tos, ronca y seca, dejó claro que no estaba repuesto.

Hueso encabezó la exploración. Dieron primero con el salón, donde se encontraron los muebles tapados con sábanas blancas, como fantasmas congelados en el tiempo.

—¿Creéis que volverán? —preguntó Hueso cuando Corrado y Tommaso se detuvieron junto a su espalda.

Corrado respondió sacudiendo la cabeza de un lado a otro.

—No lo parece —dijo—. Todo está cubierto y esto está parado. —Señaló el reloj de pared, detenido a las cuatro y diez—. A saber cuánto hace que se fueron.

—¿Y si hay alguien guardando la casa? —susurró Tommaso—. ¿Y si hay alguien que viene de vez en cuando a comprobar que todo está en orden?

—Es posible —respondió Hueso—. Pero no parece que haya venido hoy. Podríamos pasar la noche aquí y marcharnos mañana por la mañana.

Corrado apretó los puños. Parecía enfadado; sin embargo, acabó por asentir con la cabeza.

—Está bien —cedió—. Solo esta noche. Es peligroso.

La tormenta no amainó con el paso de las horas. Encendieron una lámpara de aceite y se arremolinaron en torno a ella, envueltos en sábanas. Habían dejado la ropa secándose encima de unas sillas. Hueso había encontrado leña seca en un cobertizo del jardín, así que encendieron la chimenea. El fuego hacía que sus siluetas se proyectaran en las paredes y la madera quemada chisporroteaba y emanaba un aroma reconfortante.

Hueso se recostó en el sofá, con la cabeza apoyada en el antebrazo y los pies descalzos orientados hacia el fuego. Había dado esquinazo al frío y se sentía saciado por primera vez en mucho tiempo, lo que le hizo exclamar:

—¡Ojalá pudiéramos quedarnos aquí para siempre!

—Claro, y yo quiero ser el dueño de Sicilia —dijo Tommaso, que continuaba con los ojos entornados mientras se masajeaba las sienes.

—¡Hablo en serio! —protestó Hueso, frunciendo el ceño—. No me importaría vivir en una casa como esta, con camas blandas y comida caliente en la mesa todos los días.

—Y mayordomos para servirnos el desayuno —añadió Corrado en tono burlón—. Y una bañera con agua caliente.

Los tres chicos rompieron a reír.

—Podríamos tener todo eso —insistió Hueso, controlando su risa e ignorando la burla de los otros dos—. ¿Alguna vez os habéis preguntado qué os gustaría ser de mayores?

Dedicaron un tiempo a reflexionar antes de responder.

—Yo quiero abrir un hotel con mi hermana —dijo Tommaso, que fue el primero en responder—. Un hotel enorme y elegante, con lámparas de araña y alfombras rojas, y con un restaurante donde cocinaríamos platos deliciosos. Amaranta y yo viviríamos allí, cada uno en una suite, y desde las ventanas de nuestras habitaciones se vería el mar.

—A tu hermana no le gusta ser camarera. Hazme caso, yo la he visto trabajando —le interrumpió Corrado.

—No sería camarera. Seríamos los propietarios. Ella sería la directora —repuso Tommaso, casi ofendido—. También tendría un salón de baile para celebrar fiestas, y los viernes por la noche contrataríamos a músicos para que dieran conciertos.

—Yo prefiero el mar —dijo Corrado con la mirada perdida en las llamas—. Mi padre tenía un barco, una barquita de nada, en realidad, y algunos días salíamos a pescar juntos. Él quería ser marinero. Decía que quería morir en el mar, dejando que las olas lo mecieran. No pudo cumplir su sueño, así que yo lo haré por él. Viajaré por todo el mundo y, cuando me canse de conocer sitios, simplemente me tumbaré y dejaré que el mar me devore y me lleve con él a donde quiera.

Hueso parecía seguir pensando qué decir. Finalmente, se incorporó para hablar:

—Yo de mayor solo quiero que me respeten. Quiero ser como don Lorenzo, un hombre que proteja a los suyos, que cuide de su familia y al que todos admiren, al que incluso teman. Un hombre al que nadie se atreva a mirar directamente a los ojos.

—¡Pues vas listo! —le espetó Corrado, insolente—. Si lo que quieres es ser un mafioso, deberías saber que no viven mucho.

—Don Lorenzo no es un simple mafioso —le corrigió Hueso—. Y yo no quiero ser como él. Quiero ser algo más. Quiero ser un hombre al que todos escuchen cuando hable. Quiero ser una persona en la que todos confíen y a la que todos sigan.

Lo dijo con tanta convicción que sus palabras reverberaron en la casa deshabitada. Luego los tres chicos decidieron dar por finalizada la conversación y volvieron a tumbarse cada uno en un sofá, con la mirada fija en el fuego de la chimenea. Se quedaron dormidos así, en el salón, tapados con las sábanas que cubrían los muebles y con la lámpara de aceite encendida que iba consumiéndose poco a poco.

Hueso tuvo una pesadilla. Soñó con el padre Edoardo, con los tendones cortados de su mano, con el pájaro sin alas intentando alzar el vuelo. En su sueño, la sangre empapaba el sofá y las sábanas, y hasta su propio cuerpo.

Se despertó de golpe, con el corazón desbocado y la espalda empapada de sudor. Durante unos segundos le costó saber dónde estaba. Poco a poco reconoció la casa, se acordó de la despensa llena de comida y vio a Tommaso y a Corrado en los sillones de al lado.

Intentó calmarse, cerrar los ojos y volver a dormirse, pero algo se lo impidió. Oyó un ruido lejano, el de una cerradura abriéndose despacio. Entonces comprendió que no había sido la pesadilla lo que le había despertado, sino una amenaza real.

Se incorporó con la intención de avisar a sus amigos y advertirles de lo que estaba ocurriendo, pero antes de poder hacerlo, un hombre armado con una escopeta irrumpió en el salón. Hueso vio el arma y después levantó la mirada hacia los ojos de quien la empuñaba.

33

Hueso sintió como si el aire se hubiera vuelto sólido, cortante, imposible de respirar. Tenía el corazón desbocado y la piel empapada de sudor frío. El cañón de la escopeta que lo apuntaba era fino y estilizado, pero a escasos centímetros de su rostro era como si ocupase todo.

El hombre que sostenía el arma, de unos sesenta años, lo miraba con los ojos entornados y la mandíbula apretada. El dedo en el gatillo temblaba con una furia contenida.

—¿Qué hacéis aquí? —espetó con una voz desgajada y áspera—. ¿Quién os ha dejado entrar? ¡Esa puerta estaba cerrada!

Corrado y Tommaso se despertaron al escucharlo hablar. Se quedaron inmóviles, con los ojos desorbitados y las manos alzadas con torpeza, como si hubiesen olvidado cómo funcionaban sus propios cuerpos. Hueso sintió que las piernas le flaqueaban. Tenía miedo de intentar ponerse de pie y desplomarse sobre el suelo, por lo que prefirió quedarse quieto, con la mirada fija en la escopeta.

—Nosotros… solo buscábamos un lugar para dormir —balbuceó notando cómo la voz se le quebraba.

—¡Cerrad la boca! —vociferó el hombre, y el cañón de la escopeta se movió apenas un centímetro, lo suficiente para que los tres sintieran la amenaza como un golpe físico—. Esta casa tiene dueño y yo soy el encargado de vigilarla. ¡Largo de aquí ahora mismo antes de que os vuele la cabeza!

Tommaso, que estaba pálido y tembloroso, se incorporó y dio un paso atrás, tambaleándose. Parecía querer huir a cámara lenta. La lámpara de aceite, que había quedado sobre la mesa, proyectaba las sombras deformadas de sus siluetas, que parecían espectros grotescos.

—No queremos causar problemas, ya nos vamos —murmuró Corrado, agarrando a Tommaso del brazo e intentando rebajar la tensión del momento—. Solo teníamos frío y queríamos resguardarnos de la lluvia.

—¡Ya me habéis creado problemas! —protestó el hombre, que parecía un chiquillo en medio de una rabieta.

Hueso, al contrario que sus amigos, seguía petrificado. Solo desvió la mirada hacia la ventana, donde la tormenta volvía a rugir con furia. El hombre frunció el ceño y dirigió sus ojos hacia el lugar al que el chico miraba. Fue solo una fracción de segundo, pero bastó para que Hueso tomara una decisión.

Agarró la lámpara de aceite de la mesa y la lanzó contra el guardés con todas sus fuerzas. El objeto voló en el aire y se estrelló contra su pecho, haciéndole soltar un gruñido mientras se palmeaba el torso con miedo de haberse quemado. Acto seguido, apretó el gatillo.

El estallido del disparo fue ensordecedor. La bala se incrustó en la pared, desprendiendo fragmentos de yeso, y su eco se expandió por la estancia.

Aterrorizados, los tres chicos se movieron al unísono lanzándose a toda velocidad hacia la puerta, con el corazón a punto de explotarles en el pecho. Ni siquiera tuvieron tiempo de recoger su ropa. Corrieron en calzoncillos y descalzos, sin mirar atrás.

—¡Malnacidos! —gritó el vigilante, tambaleándose hacia ellos mientras recargaba la escopeta—. ¡No vais a salir vivos de aquí!

Al abrir el cañón, el cartucho vacío cayó al suelo y el olor a pólvora lo invadió todo. Corrado, sin detenerse, agarró una lata de comida del suelo del pasillo y la tiró con fuerza contra la frente de su perseguidor.

El guardés dio un traspié tras recibir el impacto y se llevó una mano a la herida. La sangre comenzó a deslizarse, lenta y oscura, por su ceja y le manchó la mejilla y el cuello.

Furioso, volvió a apretar el gatillo. La bala atravesó un espejo, haciéndolo estallar en pedazos que rebotaron en el suelo, como las gotas de lluvia del exterior. Hueso sintió uno de los fragmentos clavándosele en la sien. Le produjo un dolor agudo y punzante, pero no se detuvo y siguió corriendo por el pasillo. Al alcanzar a Corrado, lo ayudó a arrastrar a Tommaso, que jadeaba y andaba a trompicones.

El hombre, cegado por la sangre y la rabia, disparó de nuevo, esta vez a ciegas, y la bala se incrustó en la puerta del salón por la que acababan de salir los chicos. Hueso empujó a Tommaso hacia el jardín y se volvió a tiempo para ver a

Corrado lanzando una botella de vino que estalló contra la pared. El contenido bañó la cara de su perseguidor de un rojo tan oscuro como la sangre.

—¡Corred! —vociferó Corrado, asustado por la imagen que su acción había provocado.

Los tres muchachos se adentraron en la noche cerrada sin atreverse a girarse ni una sola vez; los disparos continuaban retumbando a sus espaldas. Corrieron con los pulmones ardiendo y las piernas acalambradas, mientras la lluvia les golpeaba en la cara como pequeñas cuchillas y el barro se les pegaba a los pies descalzos.

Cuando al fin encontraron unos matorrales tras los que agazaparse, Hueso dejó escapar una carcajada histérica.

—¡Seguimos vivos! —le gritó a la oscuridad, como si se estuviera dirigiendo al hombre que había amenazado con matarlos—. ¡Hemos comido hasta no poder más y hemos dormido calientes! ¡Y seguimos vivos! —Su última frase quedó ahogada en medio de una risa incontrolable.

Tommaso fue el primero en percatarse de que algo no iba bien. Al principio, él también rio, un poco por acompañar a Hueso y un poco por sacudirse el miedo que lo atenazaba incluso más que la fiebre, pero enseguida se fijó en que Corrado no reía.

Estaba de rodillas en el barro, con las manos apretadas contra el vientre. Cuando las retiró, los chicos descubrieron la mancha oscura que se extendía por su camiseta de tirantes y que le había empapado los dedos.

—¡Mierda, mierda! —balbuceó Hueso, arrodillándose junto a su amigo.

—Tenemos que ir a un hospital —dijo Tommaso, que ya se había reunido con ellos en el suelo.

—No... no... —jadeó Corrado—. Si lo hacemos... nos llevarán de vuelta al orfanato... No... no quiero volver...

—¡Deja de decir estupideces! —le ordenó Hueso.

Corrado apenas podía hablar. La sangre era cada vez más abundante. Tommaso apretó las manos en la herida para intentar taponarla. El líquido era viscoso y estaba caliente.

Entre Hueso y Tommaso consiguieron arrastrar a Corrado hasta un cobertizo que se hallaba a escasos metros y parecía abandonado, medio oculto entre los árboles. El viento batía la puerta de madera y el movimiento producía un crujido siniestro. El interior estaba vacío y más frío que en el exterior. En una de las paredes había unos fardos de heno amontonados.

Lo tendieron con tanto cuidado como pudieron sobre la paja, que enseguida comenzó a teñirse de rojo. Corrado no protestaba, no hablaba, como si fuera ajeno a lo que sucedía. Su respiración era entrecortada y tenía los ojos cerrados y la piel lívida.

—No... no me dejéis solo... —les rogó con un hilo de voz, entre delirios.

—Tranquilo, nos quedaremos aquí contigo —contestó Hueso, apretándole la mano—. No iremos a ningún sitio.

Corrado se estremeció y se le pusieron los ojos en blanco. El terror se había apoderado de Hueso y Tommaso cuando, de pronto, Corrado pareció recobrar la conciencia y, en un susurro apenas audible, comenzó a hablarles de la casa en la que había trabajado con Amaranta. Les describió el dibujo de la verja de hierro forjado de la entrada, el jardín, con los bancos y las fuentes que lo adornaban. Les habló de la playa que se veía desde las ventanas y de los caballos en el cobertizo.

—Tienes que encontrar a tu hermana —le dijo a Tommaso—. Haz que todo esto valga la pena —le pidió.

—Tú vendrás con nosotros —sollozó Tommaso, apretando la mano de Hueso, que a su vez envolvía la de Corrado—. Mañana habrá dejado de llover y reemprenderemos la marcha. La encontraremos juntos.

Pero Corrado ya no escuchaba. Murmuraba cosas inconexas sobre el mar y sobre dejarse llevar por las olas como quería su padre. Su voz se fue apagando poco a poco, hasta que enmudeció y el cobertizo se sumió en un silencio absoluto.

Hueso y Tommaso permanecieron inmóviles un tiempo que a ambos les pareció extenderse durante horas, con las manos entrelazadas alrededor de la de su amigo y con los ojos abiertos, incapaces de apartar la mirada del cuerpo inerte que yacía junto a ellos.

El último rastro de infancia que les quedaba desapareció en el instante en que Corrado cerró por última vez los ojos.

34

Había dejado de llover. Las nubes continuaban bajas y grises, como el manto de desolación que los cubría. La muerte de Corrado había coincidido con el final de la tormenta y en el aire flotaba el olor a tierra mojada y a salitre, mezclado con el del sudor fruto del pánico y el de la sangre del chico muerto.

No hablaron durante todo el camino. Tampoco lloraron. Solo anduvieron, arrastrando los pies descalzos sobre el lodo y el pasto encharcado, cargando con el cuerpo inerte de su amigo, con los dientes apretados y las miradas clavadas en el horizonte.

Nada más ver la ropa tendida en el jardín de una casa, supieron que era lo que necesitaban. Se trataba de una construcción de una planta rodeada por un muro de piedra caliza que Hueso saltó sin dificultad. Tommaso se quedó esperándolo al otro lado, junto al cadáver.

La colada ondeaba en la brisa del amanecer: camisas y pantalones de algodón, un vestido verde y varias toallas. La ropa todavía estaba húmeda, pero era mejor eso que continuar el camino en ropa interior. Hueso regresó junto a Tommaso y se vistieron apresuradamente. Los pantalones no eran de su talla y tuvieron que darles varias vueltas a las perneras para no pisárselos. Las camisas también les iban grandes, pero el aroma a jabón casero era agradable.

Antes de retomar la marcha, Tommaso cogió entre sus manos la sábana blanca que Hueso había robado. La extendió ante sus propios ojos y fue entonces cuando comprendió lo que su amigo pretendía hacer con ella.

El mar los recibió en calma, como si hiciera largas horas que los aguardaba.

Cargar con el cuerpo de Corrado entre las rocas les costó mucho más trabajo del que esperaban. No era su peso lo que les impedía avanzar, sino la desgarradora sensación de que su amigo nunca más volvería a respirar.

Lo envolvieron con la sábana y apretaron los nudos. Querían cumplir el deseo de Corrado y querían hacerlo bien. Que el mar lo devorara y se lo llevara adonde quisiera.

Lo alzaron entre los dos, cada uno agarrando un extremo opuesto de la sábana. Lo zarandearon despacio al principio y luego con más ímpetu, hasta que finalmente abrieron los dedos y lo soltaron.

Durante unos segundos no ocurrió nada. El cuerpo de su amigo flotó sobre el agua hasta que, poco a poco, con la misma suavidad con la que una madre arropa a su hijo, el mar lo engulló. El improvisado sudario fue absorbiendo el agua hasta desaparecer por completo en las profundidades.

Con cuidado de no cortarse con los afilados cantos de las rocas, bajaron y caminaron por la arena hasta la zona en que las olas morían en la orilla, acariciándoles los pies.

Tommaso se arrodilló sobre la tierra húmeda y comenzó a rezar en voz baja. Hueso lo miró. Se sintió extraño, ajeno a la plegaria. No sabía si habría algo o alguien sobre sus cabezas que pudiera escucharlos. No obstante, emuló a su amigo. Se postró, cerró los ojos y rogó por Corrado. Cuando los volvió a abrir, se sintió aliviado y en paz.

El mar, que se había mantenido en calma durante todo el ritual, comenzó a rugir cuando decidieron alejarse para continuar su travesía.

Permanecieron en silencio. Tommaso iba junto a Hueso, pero su sombra era mucho más pequeña que la de él. Se abrazaba a sí mismo y avanzaba con la cabeza gacha y los ojos entornados. Parecía como si la negra noche se le hubiera metido en las entrañas y ya no fuera a salir nunca de allí.

Hueso lo miró sin decir nada. Ambos sabían que nunca podrían olvidar lo que habían vivido. Se habían hecho adultos juntos. También sabían que, mientras caminaran el uno al lado del otro, nunca volverían a sentirse solos.

Siempre estarían protegidos por su propia familia.

35

Llegaron al centro de Taormina acompañados por la puesta de sol de un atardecer sin nubes en el cielo. El aire olía a jazmín y a café recién hecho. La mayoría de las casas tenían fachadas de piedra y en sus terrazas crecían buganvillas. Parecía como si la miseria y la muerte que acompañaban a la guerra se hubieran olvidado de aquel rincón de Sicilia; a diferencia de Palermo, donde en cada esquina podían verse soldados uniformados y restos de metralla en los edificios, allí la vida continuaba su curso sin toparse con la desgracia.

Hueso y Tommaso avanzaban por las calles adoquinadas con los pies destrozados, cubiertos de barro y de sangre seca. La ropa que días atrás habían robado recién lavada, ya estaba sucia de polvo y sudor. Tomaron asiento en un banco de piedra en una pequeña plaza para reponer fuerzas.

—Déjame verte los pies —dijo Tommaso.

Hueso obedeció y se recostó sobre el banco con las piernas extendidas. Tenía las plantas de los pies llenas de cortes y llagas que supuraban. Tommaso se puso un pie sobre la rodilla y luego el otro y comprobó que sus plantas no estaban mejor que las de su amigo.

—Tenemos que curarnos estas heridas o no conseguiremos encontrar la casa, ahora que ya hemos llegado hasta aquí —murmuró, mirando a su alrededor.

Se incorporó y fue hacia un parterre de plantas aromáticas. Arrancó algunas hojas de salvia y lavanda y las machacó con una piedra hasta formar una pasta homogénea. Recordaba a su madre haciendo lo mismo para curarles a él o a su hermana las heridas que se hacían en las rodillas y en los codos al caerse. Extendió la mezcla con cuidado sobre las heridas de ambos.

Mientras aguardaban los efectos de las curas, notaron que los habitantes de Taormina, vestidos todos ellos con ropas y zapatos elegantes, los miraban como si fuesen un par de perros sarnosos que hubieran aparecido de la nada para estropear su idílica postal. Sin importarles el malestar que ocasionaban entre los paseantes, los chicos retomaron la marcha en busca de la casa que Corrado les había descrito. Las mansiones se sucedían una tras otra, todas parecidas, con jardines bien cuidados y altos portones de hierro, pero ninguna encajaba con la descripción de la que buscaban.

Abatidos, se dejaron caer sobre la acera. Hueso escondió la cara entre las palmas de las manos. Sentía el cuerpo agarrotado y, por primera vez, pensó que quizá aquel viaje no tenía el menor sentido.

—¿Tenéis hambre? —preguntó de pronto una voz que les pareció casi angelical.

Hueso alzó la vista. Una joven con un delantal blanco los

contemplaba desde la puerta de una pequeña *trattoria*. Tenía en las manos una bandeja con dos panecillos.

—Tomad, son para vosotros —les dijo—. Os vendrá bien comer algo.

Los chicos abrieron el pan con avidez y descubrieron que estaba relleno de *polpette* en salsa de tomate.

—¡Gracias! —intentó decir Tommaso con la boca llena.

La joven se quedó mirándolos con curiosidad, esperando a que terminasen de comer para hablar con ellos.

—¿Qué hacéis aquí? No parecéis de la zona.

—Estamos buscando una casa —contestó Hueso mientras tragaba el último bocado.

Después, haciendo aspavientos con las manos y sin olvidar ni un solo detalle de lo que Corrado les había contado, le explicó cómo era la vivienda que trataban de encontrar. Le habló de la verja de hierro forjado, de las fuentes del jardín, del color de la fachada y hasta del mar que se veía desde sus ventanas.

La mesera frunció el ceño.

—Conozco la casa que estáis buscando —les aseguró—. Es la villa de don Amedeo.

Los dos chicos se miraron. Sus pupilas se dilataron y sus ojos centellearon.

—¿Puedes decirnos cómo se va hasta allí? —se apresuró a preguntar Tommaso.

—Creedme, no queréis ir allí. Muchos huérfanos le piden trabajo a don Amedeo. Lo hacen desesperados por conseguir comida y un techo bajo el que dormir, pero siempre acaban arrepintiéndose y deseando huir.

—No buscamos trabajo —le contestó Hueso, casi interrumpiéndola—. La hermana de Tommaso —dijo señalando a su amigo— trabaja allí. Está enferma. Hemos venido andando desde Palermo a buscarla y llevárnosla con nosotros.

El rostro de la joven se suavizó.

—En tal caso, tomad esa calle —dijo señalando la dirección que debían tomar—. No es difícil llegar, pero tendréis que salir de la ciudad y continuar unos diez minutos andando. Seguid el camino de grava que rodea la playa, os llevará hasta el acantilado en el que se encuentra la villa.

Tommaso tomó la mano con la que estaba dándoles indicaciones entre las suyas y le dio las gracias una y otra vez. Estaba tan emocionado que le costaba pronunciar las palabras.

Cuando los dos chicos emprendieron el camino, ella les deseó suerte, pero en el fondo sabía que no la habían escuchado y que, teniendo en cuenta el lugar al que se dirigían, lo más probable era que la fortuna no estuviera de su lado.

36

Siguieron las indicaciones hasta dar con la casa. Caminaban tan emocionados que apenas sentían dolor en la planta de los pies. La villa era tal y como Corrado se la había descrito: una enorme mansión de piedra, con un jardín repleto de esculturas de ángeles y una fuente en el centro. En la vivienda había una gran actividad y la verja principal estaba abierta para que los operarios pudieran entrar y salir con la mercancía que portaban.

Una vez dentro, se ocultaron en un rincón del jardín desde el que podían ver sin ser vistos. Durante unos minutos observaron a varios criados ir y venir por los senderos. Los chicos transportaban cestos con fruta, y las chicas, la mayoría niñas de la edad de Amaranta, se afanaban en la colada.

—Tenemos que entrar a la casa sin que nos vean —susurró Hueso.

Se deslizaron entre los arbustos hasta llegar a la fachada exterior de piedra. Esperaron a que el camino de entrada estuviera despejado y lo recorrieron a toda velocidad, confiando en no ser vistos. Sabían que si se dirigían hacia la entrada principal, alguien los descubriría, así que tomaron un sendero de piedras blancas que conducía a la parte trasera de la vivienda, donde se encontraba la caballeriza.

Dentro del establo vieron a un hombre. Al principio pensaron que se trataba de otro trabajador, pero al fijarse más dedujeron que era don Amedeo. Conocían su aspecto porque, entre bromas y burlas, Corrado se lo había descrito en muchas ocasiones en el hospicio. Obeso, calvo y de piel pálida, en cada uno de sus diez dedos lucía un anillo de oro, y en la muñeca de su mano izquierda, un reloj plateado resplandecía cada vez que movía el brazo para cepillar la crin de un corcel negro de porte majestuoso.

Hueso y Tommaso supieron de inmediato que se trataba de Fontane, el caballo que se había dañado una pata y por el que Corrado había terminado en el orfanato. El semental favorito de don Amedeo.

Eran conscientes de que no tendrían otra oportunidad como aquella, por lo que debían actuar rápido y aprovecharla. Hueso tragó saliva y caminó al frente.

—Disculpe...

El hombre giró la cabeza bruscamente, dejó caer el cepillo al suelo y se llevó la mano al cinturón, donde asomaba la culata de un revólver.

—¡Malditos críos sarnosos! —dijo al descubrir a los dos chicos frente a él—. ¡Siempre igual! ¡Ya no hay trabajo para ningún pordiosero más! La guerra ha dejado demasiados huérfanos como para que yo los alimente a todos. Id al asilo o a la iglesia y pedidles a las monjas que os ayuden.

—No queremos trabajo —le aclaró Hueso—. Solo buscamos a alguien.

Extrañado por la respuesta, don Amedeo empuñó la culata del arma dispuesto a desenfundar llegado el momento.

—¿Quiénes sois? —les preguntó.

—No queremos problemas —se apresuró a decir Tommaso.

El hombre les lanzó una mirada de desprecio.

—Largo de aquí antes de que os vuele la cabeza —les advirtió.

Tommaso, lejos de asustarse, dio un paso al frente.

—Solo hemos venido a buscar a mi hermana. Se llama Amaranta. Si le pide a uno de sus empleados que la traiga, nos iremos de inmediato con ella.

El rostro del hombre se iluminó con una sonrisa repulsiva.

—Así que venís en busca de la niña enferma —se burló don Amedeo, sin poder contener una carcajada cargada de desprecio.

—¿Dónde está? —quiso saber Tommaso, tan nervioso que las palabras salían de su boca tropezándose unas con otras.

—Llegáis tarde —contestó el hombre con indiferencia, mientras se agachaba para recoger el cepillo y continuar pasándoselo a Fontane—. Murió hace semanas. La verdad es que no sé cómo aguantó tanto. No paró de toser ni una sola noche desde el día en que llegó.

Sus palabras cayeron sobre los muchachos como el filo de un hacha que parte en dos un tronco de madera antes de ser lanzado a la hoguera.

—¿Qué? —preguntó Hueso.

Tommaso no podía articular palabra. Las piernas le flaquearon y se desplomó en el suelo.

Don Amedeo resopló.

—No sabía coser ni cocinar, solo tosía. Era un estorbo. Pero yo soy un hombre generoso. Podría haberla echado a patadas; sin embargo, permití que se quedara. La dejé morir en una cama y no tirada en la calle. Deberíais darme las gracias.

—No puede ser... —alcanzó a decir Tommaso.

—Bueno, ya está bien. ¿A qué esperáis para largaros? ¿Queréis que oficie una misa por ella? —preguntó el hombre—. Fuera de aquí ahora mismo o me ocuparé de que vayáis a hacer compañía a esa cría.

—Deme algo suyo —le suplicó Tommaso—. Algo que haya dejado.

A don Amedeo se le había terminado la paciencia. Desenfundó la pistola y disparó al aire. Fontane se encabritó y golpeó con las patas traseras una de las paredes de madera entre relinchos.

—¿No me habéis escuchado? ¡Largo de aquí! —repitió enfurecido.

Tommaso no se movió.

—Algo suyo... Deme algo suyo... Se lo suplico.

—Vete al infierno, muchacho.

Extendió el brazo y apuntó con su arma directamente hacia la cara bañada en lágrimas de Tommaso.

—¡Corre! —gritó Hueso, tirando de su amigo.

Se alejaron tan rápido como pudieron, sin dejar de oír las

carcajadas crueles de don Amedeo a sus espaldas. Para asustarlos todavía más, disparó otras dos veces al aire, lo que les recordaba que estaban en su propiedad y que allí sus vidas no tenían el menor valor.

Cuando abandonaron la villa, Tommaso cayó de rodillas en la carretera, presa de un llanto incontrolable. Hueso se quedó de pie con la mirada fija en la verja de hierro forjado.

Un fuego que parecía querer devorarle por dentro le ardía en el pecho. Sintió que todo había terminado para ellos, que habían perdido, que Amaranta estaba muerta y que pronto ellos la acompañarían.

37

El despacho era amplio, con muebles de caoba oscura y un ventanal rectangular de un tamaño imponente que dejaba a la vista el jardín. Una lámpara de cristal colgaba en medio de la estancia desde un techo abovedado, por la ventana entraba la luz del atardecer y proyectaba un resplandor cálido sobre una alfombra persa tejida a mano.

Amedeo entró en el cuarto silbando, con la confianza de quien se sabe a salvo en su fortaleza, pero se detuvo en seco al descubrir la silueta de un hombre que lo esperaba en su silla.

Su respiración se agitó. Giró sobre sus talones para salir de la estancia, pero antes de que sus dedos pudieran agarrar el pomo, una mano lo sujetó con firmeza por el hombro, causándole un sobresalto que lo paralizó.

A ambos lados del umbral se encontraban dos hombres que lo observaban con expresión impasible. Vestían trajes oscuros, llevaban el cuello de sus camisas abierto y los puños blancos sobresalían de las mangas de sus chaquetas. Sus rostros eran duros, con la mandíbula marcada y la expresión de quienes no pierden el tiempo haciendo demasiadas preguntas.

Sus chaquetas desabotonadas dejaban a plena vista sendas fundas de cuero marrón en las que podían verse dos pistolas Beretta M34, las mismas que los soldados italianos habían llevado a la guerra.

—Siéntese —le ordenó el hombre que lo sujetaba por el hombro, acompañando sus palabras de un leve gesto del mentón.

Amedeo, tan confundido como asustado, obedeció.

El hombre que ocupaba su silla de cuero se alisó la solapa del traje. Tenía el porte de un rey en su trono. Finalmente, colocó ambos codos sobre el escritorio y, echándose hacia delante como alguien que no ha escuchado bien una frase y pide que se la repitan una vez más, habló.

—Perdón por entrar en su casa sin avisar —dijo con voz serena, aunque cada sílaba cargaba el peso de una sentencia—. Por favor, espero que sepa disculpar mi atrevimiento. Me llamo Lorenzo. —Hizo una pausa breve antes de continuar—: Soy el *capofamiglia* de los Andolini, de Palermo. ¿Ha oído hablar de nosotros?

Amedeo asintió de inmediato. Sabía perfectamente ante quién se hallaba y, al escuchar su nombre, sintió que se hundía en la silla. Todo el mundo en Sicilia conocía a la familia Andolini, una de las más poderosas de la isla. Sus miembros eran intocables. Eran los hombres como él los que, desde las sombras, decidían el destino de Italia, mucho más que los soldados que mataban y morían en la guerra.

—Señor Andolini… —balbuceó Amedeo—. Si puedo serle de ayuda en algo… si hay algún negocio que podamos hacer juntos… cualquier inversión… Siempre he respetado a las grandes familias sicilianas…

—Cálmese —lo interrumpió Lorenzo con un gesto de su mano.

El hombre cerró la boca.

—Tiene usted una casa grande, Amedeo —prosiguió Lorenzo—, y para mantenerla necesita manos. Sé que durante esta época de precariedad ha acogido a muchos huérfanos, sobre todo chicas. Son ellas quienes le preparan la comida, quienes asean sus estancias, quienes limpian la suciedad de su baño. Y aunque tal vez no lo haya comprendido hasta ahora, esas personas son miembros de su familia.

Amedeo frunció el ceño con desconcierto. No comprendía nada de lo que estaba ocurriendo y le extrañaba que uno de los hombres más poderosos de Italia hubiera cruzado toda la isla para hablarle de los huérfanos que trabajaban en su villa.

—Permítame explicárselo —continuó Lorenzo, regodeándose en la confusión del hombre al que se dirigía—. Déjeme que le haga una pregunta: ¿sabe usted de dónde proviene el origen de la palabra «familia»?

Amedeo negó con la cabeza sin apartar los ojos de los de su interlocutor.

—Del latín —respondió el mismo Lorenzo con condescendencia—. Su origen etimológico es el término *famulus*. En la antigua Roma se utilizaba para designar a los sirvientes y a los esclavos.

Lorenzo hablaba con la cadencia propia de un profesor paciente y entregado.

—Como ve, su significado original no era el que conocemos hoy. Por eso no lo culpo; comprendo de dónde viene su confusión. Antaño la familia estaba formada simplemente por quienes trabajaban en una casa para un señor. La familia eran las personas que tenían un amo, a quienes él alimentaba, pero a quienes no tenía que proteger ni cuidar.

Amedeo tragó saliva.

—Pero hay algo curioso —continuó Lorenzo—, porque las palabras evolucionan, cambian, pero rara vez pierden su esencia.

Hizo una pausa breve sin apartar los ojos de Amedeo, que había empezado a sudar.

—Primero, el término «familia» incluyó a la mujer del amo; después, a sus hijos y, paulatinamente, a todos los que vivían bajo un mismo techo. Hasta que, con el tiempo, el hombre que gobernaba una casa dejó de ser un mero dueño. Se convirtió en un padre, en un mentor, en un protector... En un padrino.

Lorenzo se recostó en el respaldo de cuero de la silla que pertenecía a Amedeo y lo miró fijamente, clavándole sus ojos como una navaja afilada.

—Ese es el papel que usted debe desempeñar. Usted tiene una familia, don Amedeo. Cada una de esas chicas, cada uno de esos huérfanos que trabajan aquí lo hacen bajo su protección y es su responsabilidad protegerlos.

Lorenzo dejó que se formara un silencio pesado y denso que él mismo acabó rompiendo.

—Me voy a tomar el atrevimiento de pedirle dos cosas. La primera es que, a partir de hoy, trate a todos los que trabajan en su casa como a miembros de su familia. Serán cuidados, respetados y protegidos, porque si no es así, si continúa tratando a las personas, a las chicas y a los chicos que cuidan de su hogar, de la misma forma en que lo ha hecho hasta ahora, me veré obligado a enviar a alguien para recordárselo. ¿Lo ha entendido? —preguntó, y al hacerlo desvió la mirada hacia los dos matones que se encontraban junto al umbral de la puerta.

Amedeo asintió de inmediato. El tono de su piel había palidecido aún más.

—Sí, sí, señor Andolini. Lo haré, se lo prometo —consiguió decir.

—Bien —musitó Lorenzo, interrumpiéndolo de nuevo—. Mi segunda petición está relacionada con los dos chicos a los que se ha encontrado esta mañana. ¿Los recuerda?

El rostro de Amedeo se contrajo al escuchar mencionar el episodio.

—Esa chica que buscaban, Amaranta, estaba bajo su protección, pero usted no supo cuidarla y ahora ella está muerta. Eso ya no podemos cambiarlo, pero esos dos críos han recorrido cientos de kilómetros con la esperanza de encontrarla, así que le pido que los ayude a aplacar su dolor y a que su viaje de regreso sea más agradable. ¿Entiende lo que le estoy pidiendo?

Amedeo no respondió, no era capaz de articular palabra, pero movió ligeramente el mentón asintiendo.

—Sé que no me miente y que a partir de hoy su forma

de actuar con los huérfanos será otra, pero nuestros actos siempre tienen consecuencias —le advirtió Lorenzo con suavidad.

De pronto, un sonido terrorífico que procedía del exterior hizo que Amedeo se girara. Fontane, su corcel negro, su caballo favorito y el de su hijo, corría por el jardín envuelto en llamas. Relinchaba con desesperación, girando en círculos, mientras el fuego devoraba su piel y su crin ardía como una antorcha. Amedeo sintió náuseas. No pudo controlarlas y vomitó sobre la alfombra persa tejida a mano. Cuando se incorporó, vio que el animal se había desplomado. El fuego no se detuvo y las llamas continuaron devorando su cadáver.

Lorenzo observó la escena impasible.

—Desgraciadamente, no podemos cambiar las cosas que ya han pasado, pero lo que ocurra a partir de hoy depende de usted.

Amedeo, tembloroso, se limpió la comisura de los labios con el dorso de la mano y asintió en repetidas ocasiones.

—No olvide esta visita —le pidió Lorenzo mientras se levantaba—. A ninguno de los dos nos gustaría tener que volver a vernos.

Hueso y Tommaso caminaban sin rumbo, descalzos, zigzagueando por las empinadas calles de Taormina con la esperanza de llegar a la playa. El sol que había estado alumbrando su camino comenzaba a caer cuando oyeron el trote de un caballo. Se giraron y descubrieron con sorpresa que era don Amedeo quien lo montaba. Creyeron que los había seguido para continuar hostigándolos y se asustaron, pero pronto descubrieron en su rostro que no estaban ante el mismo hombre que habían conocido esa mañana.

Tiró de las riendas del caballo blanco que montaba para que se detuviera y bajó casi lanzándose al suelo. Entonces se arrodilló frente a ellos. Varias lágrimas resbalaron por su rostro pálido e hinchado, tanto que, cuando besó los pies descalzos de Tommaso, se los humedeció.

—Lo siento, lo siento tanto... —le repitió una y otra vez.

Los chicos se miraron sin saber qué hacer.

—No fui un buen padrino... No supe cuidar a tu hermana como a un miembro más de mi familia —dijo el hombre—. Murió por mi culpa —repitió varias veces, y a Hueso y a Tommaso les pareció que hablaba de manera inconexa.

Bajó unas alforjas del lomo del caballo.

—Tomad —les dijo ofreciéndoselas—. Aquí hay ropa y zapatos para vosotros.

También les entregó un sobre lleno de dinero.

—Esto os servirá para vivir tranquilos los próximos meses —les aseguró.

Por último, sin que los chicos entendieran nada de lo que estaba ocurriendo, el hombre sacó una bolsa de tela con una prenda dentro. Era un vestido de color marrón.

—Esto... —dijo, y se detuvo, como si le costara encontrar las palabras idóneas con las que terminar su frase, o como si se avergonzara de lo que estaba a punto de decir—, era de Amaranta.

Tommaso tomó el vestido entre sus manos con delicadeza, casi como si estuviera cargando el cuerpo de su hermana.

—Lo había guardado una de las chicas con las que compartía habitación —continuó Amedeo—. Todo lo demás fue quemado cuando murió. Era el traje que usaba para trabajar. Lo siento —dijo el hombre—. Lo siento tanto —repitió.

Sin decir nada más, se subió nuevamente a lomos del caballo y se marchó al galope.

Los dos chicos se quedaron quietos y en silencio durante un largo rato, intentando asimilar lo que había ocurrido. Después caminaron hasta un olivo cercano y cavaron un pequeño agujero en la tierra usando sus propias manos. En él enterraron el vestido, marcando la improvisada tumba con una piedra.

Ambos rezaron, de la misma forma en que lo habían hecho el día que lanzaron al mar el cuerpo sin vida de Corrado. Después se pusieron los zapatos, se cambiaron de ropa, se echaron las bolsas al hombro y retomaron la marcha.

No sabían adónde ir.

No sabían qué les esperaba, pero por primera vez se sentían dueños de su destino.

Año 1515, Erice, Trapani, región de Sicilia

El viento sopla suave y constante, y el sol, si bien aún no alcanza el cénit, cae a plomo sobre la tierra, a la que el estío va tiñendo de amarillo, arrebatándole su verdor habitual.

Osso cabalga en silencio, su rostro se ha endurecido con los años y la barba, más larga aún si cabe y repleta de canas, ahora le cubre parte del pecho. A su lado, sobre un potro más joven y nervioso, galopa su hijo, un chico que acaba de cumplir trece años, de ojos vivaces y gesto inocente. El niño, al que Osso ha dado por nombre Alessandro, en recuerdo perpetuo de su difunta amada, contempla con curiosidad el paisaje que los rodea y el horizonte que se adivina a lo lejos, pero guarda silencio, respetando la quietud de su padre.

Al alcanzar la cima de la colina, Osso tira suavemente de las riendas de su caballo para obligarlo a detenerse. Alessandro lo imita, y ambos desmontan con gesto disciplinado. El padre ata a los animales alrededor de una rama y camina hacia el horizonte. Cuando alcanza una loma desde la que se divisa buena parte de la llanura de Erice, llama a su hijo.

—Acércate —le dice, señalando un punto concreto del valle.

Desde el lugar en que se hallan se ve una pequeña cabaña de piedra cercada por una verja de madera. Varias gallinas corretean por el patio, un cerdo descansa junto a la puerta del cobertizo y hay un caballo amarrado en el establo. El aspecto de la vivienda es desolador, con el tejado derruido y la empalizada carcomida. Unos cuantos hombres trabajan con afán, no solo en el techo. Otros refuerzan la valla y uno está reparando la rueda podrida de una carreta.

—Dime, Alessandro, ¿qué ves?

—La cabaña del maestro carpintero Leone, padre.

—Así es. ¿Y qué más?

—Veo a varios hombres trabajando.

—¿Sabes quiénes son?

—No todos, pero algunos sí. Son empleados de nuestra casa, ¿verdad? —pregunta el chico.

Osso asiente con un leve movimiento de cabeza y continúa contemplando a los hombres.

—Pero, padre, Leone es ya un anciano —dice el chico, desconcertado—. Apenas puede trabajar y no logrará juntar el dinero suficiente para pagaros.

Osso se agacha, recoge una piedra menuda y lisa y la lanza al vacío, como si quisiera hacerla rebotar sobre un lago imaginario.

—Escúchame bien, Alessandro, pues esto que voy a decirte es de gran importancia —le advierte, volviéndose hacia él con severidad—. Cuando naciste, tu madre falleció en el parto. Eso ya lo sabes.

El muchacho asiente con tristeza.

—Por aquel entonces, Leone era el carpintero más habilidoso y afamado de todo Erice. La misma noche en que tu madre cerró los ojos para siempre, él la pasó en vela, trabajando sin descanso para fabricarle un ataúd digno de ella. Lo hizo con sus propias manos, sin permitir que ninguno de sus ayudantes participase en la construcción. Al despuntar el alba, vino a mí para entregármelo. Me aseguró que era la pieza más hermosa que había labrado jamás. Y créeme, hijo, si hoy te digo que no exageraba.

Hace una pausa.

—Y ahora dime: ¿cuánto crees que me cobró?

—No lo sé, padre —responde Alessandro, encogiéndose de hombros.

—Nada. No quiso recibir pago alguno, ni una mísera moneda. Me aseguró que cobrar por aquel ataúd habría sido para él una deshonra. Lo hizo por afecto, por respeto hacia tu madre y hacia mí. Desde aquel día, el maestro Leone pasó a formar parte de nuestra familia.

Alessandro lo mira con el ceño fruncido, sin comprender.

—Pero... vuestra familia soy yo, padre.

Osso asiente y posa una mano sobre el hombro del chico.

—Tú eres mi hijo, Alessandro. Pero hay más de una familia. Ese es el saber que he venido a transmitirte hoy.

Con la misma naturalidad con que ha lanzado la piedra, Osso arranca unas briznas de hierba reseca y luego abre los dedos, dejando que el viento se las lleve. Acto seguido, prosigue:

—Un fuerte temporal destrozó el tejado del maestro Leone el pasado invierno y como carece de medios suficientes, esta primavera nadie ha querido ayudarle a arreglarlo. Lo han dejado solo, desamparado. Así que yo le he enviado a mis hombres. Eso es lo que se hace con la familia: se cuida, se protege, jamás se la abandona.

Osso se vuelve hacia el horizonte y respira hondo.

—Yo ya soy un hombre mayor, hijo mío. Pronto seré un anciano como el maestro Leone. Por eso es necesario que entiendas bien cuanto te explico. Cuando yo falte, habrás de continuar tú con esta tradición. Deberás cuidar y proteger a los nuestros.

Al concluir, se abre la camisa dejando a la vista su camafeo de oro, finamente tallado con el perfil de un árbol solitario, de copa ancha y ramas abiertas, que cuelga sobre su pecho.

—¿Recuerdas qué es esto? —le pregunta mostrándoselo.

—Es vuestro camafeo, padre. Siempre lo lleváis.

—Es mucho más que una joya. Este camafeo perteneció a mis padres, tus abuelos. Después, a mi hermana Elia. Cuando ella murió, lo tomé y lo convertí en el emblema de nuestra familia. Es nuestro blasón. Por eso, cada nuevo miembro que se une a nuestro hogar debe jurarle lealtad, tomándolo entre las manos y besándolo.

Osso se lo quita del cuello y lo coloca sobre el pecho del

chico con solemnidad. Alessandro lo recibe atónito y un poco sobrecogido por el peso de la responsabilidad.

—Desde hoy, Alessandro, este camafeo es tuyo. También lo es el deber que representa. Quien entre a formar parte de nuestra familia le jurará lealtad, y al hacerlo, también te la estará jurando a ti, pues tú eres su legítimo guardián.

El muchacho no halla las palabras, pero no hace falta. Osso le acaricia la mejilla con la ternura rugosa de sus dedos encallecidos para hacerle saber que es consciente de la carga de la herencia que acaba de confiarle.

—Habrás de tomar decisiones difíciles, hijo. Aprender a ser bondadoso con quienes te sean leales y severo con aquellos que te traicionen. Con el tiempo, transmitirás este saber a tus descendientes, para que nuestro legado no muera jamás.

Padre e hijo se abrazan brevemente. Luego, Osso se separa, observa unos instantes el trabajo de los hombres en la cabaña del maestro Leone, y finalmente se dirige hacia los caballos y desata las riendas para emprender el regreso.

Durante toda la conversación, Osso ha hablado a Alessandro en castellano, la lengua que prefiere emplear cuando están a solas, para que el muchacho conozca y comprenda el idioma que él usó antes de huir hacia Sicilia.

Pero cuando ya cabalgan, desandando el sendero, Osso se dirige a su hijo por última vez, esta vez en italiano:

*—Tutto ciò che abbiamo è la famiglia. E prendersene cura, proteggerla e rispettarla è cosa nostra.**

* «Lo único que tenemos es la familia. Y cuidarla, protegerla y respetarla es cosa nuestra».

SEXTA PARTE

1957, Palermo, región de Sicilia

38

Desde la vidriera de la clínica se ve la playa de Mondello. Es un día tranquilo y soleado de otoño. Las olas acarician la orilla con suavidad mientras una ligera brisa salada se cuela por la ventana entreabierta, mezclándose con el olor a desinfectante. Dentro de la consulta el ambiente es relajado. Se trata de un espacio de paredes blancas e iluminación neutra. De fondo suenan los acordes de un piano muy bajo; apenas son perceptibles, pero producen una sensación agradable.

El doctor está sentado en su silla de trabajo, un taburete sin respaldo. Es un hombre bastante mayor. Su figura delgada y ligeramente encorvada transmite fragilidad. Su rostro, en el que siempre luce una amplia sonrisa, está surcado de arrugas. Detrás de unas gafas de montura de carey, sus ojos brillan con una intensidad inquietante. Lleva un traje gris marengo de un tejido grueso, apropiado para el mes de octubre, pero demasiado abrigado para la temperatura externa, una camisa blanca y una corbata azul cobalto. Su aspecto es sobrio. Pulcro.

Frente a él, recostado en una silla con respaldo reclinable, se encuentra un chico de unos quince años, en tensión, asustado ante la idea de dolor que siempre va asociada a los dentistas.

—Respira hondo —le pide el médico en tono amable. Su voz es tan suave que logra tranquilizar al joven—. Confía en mí, no te dolerá, te lo prometo.

Los dedos del dentista, a pesar de su avanzada edad, se mueven con una agilidad asombrosa. El chico, con los ojos tan abiertos como la boca, continúa en tensión, pero intenta mantener la calma; no quiere parecer un niño y mucho menos delante de su madre y de un desconocido. En unos pocos minutos, el empaste está colocado y la intervención ha terminado.

—¿Lo ves? —le dice con una sonrisa paternal—. Todo ha ido bien y no te ha dolido nada.

Al terminar la frase, el médico se incorpora.

—No olvides lavarte los dientes cuando llegues a casa —le recuerda.

La madre del chico, que ha observado toda la escena desde una esquina de la consulta, se acerca a ellos con una expresión de agradecimiento.

—No sé cómo lo ha hecho, doctor —le dice cuando está frente a él—. Mi hijo les tiene pánico a los dentistas.

—Es solo práctica y paciencia —responde sonriendo—. Y, créame, a mi edad se tiene mucho de ambas.

La mujer saca del bolso un paquete envuelto en una gasa de algodón y se lo ofrece.

—Es un bizcocho, lo he preparado yo misma. Espero que le guste.

El dentista lo toma con delicadeza con ambas manos y lo huele con sutileza.

—Por favor, no tenía que haberse molestado. Yo solo hago mi trabajo. —Vuelve a olerlo—. Es de naranja, mi favorito. Me hace recordar a cuando era un niño y merendaba con mis hermanos.

Después de despedirse de la madre y del chico, los acompaña hasta la salida, un gesto de cortesía habitual en él. Es al cerrar la puerta y darse media vuelta para regresar a su consulta cuando descubre la mirada tensa y el gesto petrificado de su secretaria.

—¿Todo bien, Vittoria? —pregunta en tono condescendiente.

La joven asiente, aunque no logra ocultar su agitación.

—Verá, doctor —comienza titubeante—, hay dos hombres esperando en la sala. No tienen cita, pero dicen que necesitan verle, que es muy urgente.

El médico se ajusta el nudo de la corbata y limpia el cristal de las gafas con un pañuelo. Luego se las vuelve a acomodar, tranquilo e impasible como siempre, salvo por un par de parpadeos rápidos, inusuales en él, que siempre se mueve con parsimonia y control.

—Hazlos pasar, por favor —le pide.

Un par de minutos después, dos hombres entran en la consulta. Son los mismos que protegían a Luciano en el restaurante. Parecen sorprenderse al encontrarse frente a un anciano.

—¿Es usted Canino? —quiere saber uno de ellos.

El dentista no responde a su pregunta. Se toma un tiempo para observar a los individuos, como un depredador evaluando a su presa. Camina hasta la puerta y la cierra para que Vittoria no pueda escuchar la conversación. A continuación, hace lo mismo con la ventana.

—Hace mucho tiempo que nadie me llama así —dice finalmente.

—El hombre para el que trabajamos sí lo hace —se apresura a responder el otro matón, que hasta ese momento había permanecido en silencio.

—Lo sé. Sé perfectamente quién es el hombre para el que trabajan. —Poco a poco su voz va cambiando, volviéndose más fría—. ¿En qué puedo ayudarles?

—Recoja sus cosas. Tiene que acompañarnos.

—Lamento no poder complacerles. Tengo varios pacientes a los que atender.

—¿No nos ha escuchado? Le hemos dicho que recoja sus cosas. Nos vamos —le ordenan.

Por un momento reina el silencio en la sala. El único sonido es el crujido de la madera bajo los pies de Canino mientras se dirige a su mesa de trabajo. De espaldas a los hombres, sus manos se deslizan sobre el instrumental. Parece estar cumpliendo con la orden que le han dado, pero de pronto agarra un escalpelo y se gira nuevamente. Con una rapidez inesperada para su edad, bloquea el brazo de uno de ellos con fuerza y, con una precisión quirúrgica, desliza el bisturí por los botones de su camisa, de abajo arriba, haciéndolos saltar uno a uno. Cuando llega al último, detiene la afilada hoja a escasos milímetros de su yugular.

El otro hombre da un paso atrás, la velocidad y la destreza del anciano le han pillado por sorpresa.

—Caballeros, ustedes no están aquí para dar órdenes —dice Canino con una voz que se ha vuelto tan afilada como el escalpelo que sostiene—. Si no los mato ahora mismo es solo por el respeto que siento hacia su jefe, Salvatore Lucania. Márchense de mi consulta y díganle que mañana, a las nueve en punto, estaré en su casa, y que allí él mismo podrá encargarme el trabajo que sus estúpidos matones no son capaces de realizar.

Los dos hombres asienten en silencio antes de salir apresurados de la consulta.

El resto de la jornada transcurre sin incidentes. Cuando ya ha atendido a todos sus pacientes, Canino recoge el instrumental y lo guarda con sumo cuidado en su maletín de cuero. Se pone el sombrero y sale al vestíbulo, donde lo espera su secretaria.

—Sé que ha sido un día largo, Vittoria —le dice en su tono amable habitual—, pero necesito que me hagas un último favor antes de marcharte a casa. Tienes que cancelar todas las citas de las dos próximas semanas.

La joven secretaria lo mira perpleja.

—¿Se encuentra usted bien? —pregunta preocupada.

—Sí, no te alarmes, no ocurre nada. Es solo que debo atender unos asuntos impostergables. Durante mi ausencia, la clínica permanecerá cerrada. Tómatelo como unas vacaciones y no te preocupes por nada, sé lo importante que este trabajo es para ti y lo necesario que es para tu familia, cobrarás tu salario como siempre.

Antes de marcharse, Canino le entrega el bizcocho que le había regalado la madre agradecida.

—Toma, querida —le dice ofreciéndoselo—. Es de naranja. Debe estar delicioso, pero me temo que yo no podré disfrutarlo. Seguro que a tu hija le encanta.

El venerable dentista se despide de ella dándole dos besos, uno en cada mejilla, y le pide que al marcharse cierre la puerta con llave.

39

Cuando necesita pensar con claridad, a Lorenzo le gusta fregar los platos; el agua y el jabón le ayudan a concentrarse. Ha dejado la americana en el respaldo de una de las sillas de madera y se ha remangado la camisa. También se ha colocado un paño de algodón sujeto a su cinturón para no mojarse los pantalones.

La cocina de la vivienda es grande, pero más humilde que el resto de las estancias. Huele a tomillo y albahaca. Es de noche y la luz que proyecta la sencilla lámpara de techo dibuja sombras en la mesa de madera maciza frente a la que se encuentra sentado Hueso. El viejo *capofamiglia* se toma su tiempo. Seca concienzudamente los vasos, platos y cubiertos que acaba de lavar hasta que finalmente se gira, retirándose los restos de jabón de las manos con el paño que un momento antes colgaba de su cintura. Su voz áspera rompe la quietud del momento:

—Luciano no se quedará quieto. Hará todo lo posible para acabar contigo antes de que Bonanno aterrice en Sicilia.

—¿Por eso tengo que esconderme? —pregunta Hueso, aunque ya Matteo le ha aclarado esta cuestión.

—No tienes que esconderte, tienes que desaparecer —responde Lorenzo, contundente—. No puedes permanecer en Palermo mientras yo busco aliados. Si Luciano diera contigo antes de tener los apoyos necesarios, ninguna familia se uniría a nosotros. Tienes que estar a salvo, fuera de su alcance.

Una cuchara de madera se resbala del lugar en el que la había dejado Lorenzo tras lavarla y cae al suelo. El sonido que produce pone en tensión durante unos instantes a los dos hombres y aunque se relajan al descubrir que ningún peligro los acecha, la situación sirve para evidenciar la trascendencia del momento.

—Isabella te ha preparado una maleta con todo lo necesario para ausentarte una temporada —retoma el discurso Lorenzo—. Hay ropa y productos de aseo. Revísala antes de partir, por si necesitas algo más. Te instalarás en la casa de una persona de mi confianza, alguien ajeno a nuestro mundo. Nadie lo conoce ni sabe que colabora con nosotros. Y así debe seguir siendo. Si para el resto del mundo el hombre que va a darte cobijo no existe, Luciano nunca podrá encontrarte.

—Estaré solo, entonces.

Nada más pronunciar la frase, Hueso se arrepiente. Se siente como un niño que acaba de confesar que le da miedo la oscuridad.

Lorenzo niega lentamente.

—Ningún miembro de la familia debe conocer tu paradero. Son hombres fieles, pero nunca sabes quién puede acabar traicionándote. Domenico te llevará hasta allí en coche, pero al dejarte, regresará. Él es mi *caporegime* y lo necesito para liderar a quienes decidan unirse a nosotros para luchar contra Luciano. Matteo es mi mano derecha, lo necesito a mi lado para desplegar nuestra estrategia. Así que será Ginevra quien te acompañe.

—¿Ginevra? —pregunta Hueso, incrédulo.

—Siempre he mantenido a mi hija al margen de los negocios de la familia, pero sabe todo lo que ocurre dentro de esta casa. Tiene mi máxima confianza. Conoce desde que era una niña al hombre que te acogerá. Y si las cosas se complican, ella sabrá qué hacer.

Lorenzo se abotona los puños de la camisa y vuelve a ponerse la americana.

—Antes de que te vayas, necesito que entiendas algo —le anuncia con solemnidad—. Nadie inicia una guerra con la absoluta seguridad de que la ganará. Hay que estar preparado para perder. Hay que estar preparado para perderlo todo. El término «sacrificio» procede del latín *sacrificium* y significa «hacer que las cosas se vuelvan sagradas». Osso, Mastrosso y Carcagnosso se sacrificaron para restaurar el honor de su familia, para vengar a su hermana Elia. Giovanna, tu madre, se sacrificó para que tú tuvieras una oportunidad de vivir. A veces, la única forma de proteger aquello que queremos es sacrificarnos. No lo olvides.

Sin esperar una respuesta, Lorenzo abandona la cocina y deja a Hueso sentado a la mesa solo. Piensa en su vida pasada y en que lo que antes le parecían dificultades, ahora le resultan nimiedades. Aunque incluso a él mismo le cuesta creerlo, no desea volver atrás. Él, que se ha pasado toda la vida huyendo, siente por primera vez que ha encontrado su lugar en el mundo, que ha descubierto quién es y que su vida, de pronto, ha cobrado sentido.

—No lo olvidaré —dice.

Lorenzo no ha alcanzado a oírle, pero no le importa, porque no pronuncia las palabras para que las escuche el *capofamiglia*. Es una promesa que se hace a sí mismo.

40

Es plena noche, pero en la casa de la familia Andolini nadie duerme. La madrugada es el momento idóneo para desplazarse sin levantar sospechas.

Hueso se detiene frente a la puerta de la habitación de Ginevra. Golpea suavemente con los nudillos y espera.

—¡Adelante! —se escucha decir a la joven desde el interior.

Ginevra está tumbada sobre la cama. Una pequeña radio portátil reproduce el tema «Aprite le finestre» de Franca Raimondi.

—¿Estás lista? —pregunta Hueso desde el umbral—. Tu padre nos espera.

Ginevra asiente, se pone en pie, agarra la maleta que tiene preparada a los pies de la cama y apaga la radio con un gesto rápido.

—Yo tendría que ser cantante —le dice al pasar junto a él. El tono jocoso evidencia que no está en absoluto asustada y también que su sentido del humor viajará con ellos.

Recorren el pasillo en silencio. Isabella los está esperando junto a la puerta de entrada para entregarles una cena ligera envuelta en papel de estraza.

—¡Tened mucho cuidado! —les pide intentando no mostrar su preocupación y controlando las lágrimas.

—Lo tendremos, *mamma* —responde Ginevra con una confianza en sí misma que parece apaciguar a todos.

En el garaje hay varios coches listos para partir. Lorenzo sabe que podrían estar vigilándolos, esperando un momento de debilidad para atacarlos, por eso ha planeado cuidadosamente la huida. La comitiva de varios vehículos idénticos partirá al mismo tiempo para confundir a los posibles espías. Cuando se separen nadie podrá saber en cuál viaja Hueso. Es más, ni siquiera el resto de sus conductores sabrán que las entregas que supuestamente están haciendo son una maniobra de distracción.

Han acordado que Matteo los llevará primero a una casa segura, donde esperarán alrededor de cuarenta y cinco minutos. Entonces, otro coche los recogerá y los llevará a un nuevo destino: una fábrica de calzado, propiedad de otro colaborador. Finalmente, Domenico aparecerá allí antes del amanecer para conducirlos a su destino definitivo. Si alguien se propusiera seguirlos, caería en la trampa y se perdería en la confusión.

En la quietud de la noche, el sonido de las puertas abriéndose y cerrándose resuena más de lo normal. Hueso y Ginevra se agachan en el asiento trasero del vehículo que conduce Matteo.

—Recuerda no levantar la cabeza en ningún momento

—le dice ella, recostada a su lado, con la calma de quien ha pasado toda una vida en un entorno de violencia.

Los cuatro coches arrancan al unísono. El trayecto es silencioso. Las luces de la calle pasan rápido. Hueso desde su posición no ve nada, solo siente la proximidad del cuerpo de Ginevra. Su presencia lo reconforta. Ella percibe la inquietud de Hueso y, sin decir nada, lo toma de la mano. Él la aprieta con fuerza y sus miradas se cruzan.

—Todo va a salir bien —le susurra—. Confía en mi padre. Cuando regresemos, esta pesadilla habrá terminado.

Mientras los coches se alejan, Lorenzo vuelve a su despacho. Sabe que ha llegado el momento de realizar el siguiente movimiento. Cuando Matteo regrese le pedirá que se ponga en contacto con los *capifamiglia* de los Fidanzati y los Vernengo y los invite a una reunión en su palco privado del Teatro Massimo cuanto antes.

—La guerra contra Luciano ha comenzado esta noche —dice Lorenzo en voz alta, en la soledad de su despacho.

41

Los caminos que se encuentran a los pies de la colina en la que está enclavado el pueblo de Prizzi son de tierra y el coche que conduce Domenico levanta una gran polvareda a su paso. Hueso y Ginevra, aunque están cansados después de una noche en vela, contemplan el paisaje, cada uno por su ventanilla. A lo lejos se distinguen algunas casas dispersas, apenas visibles entre los cientos de hectáreas de campo que las rodean. A Hueso le cala en el ánimo la tranquilidad del paisaje.

Domenico detiene el vehículo frente a una casa baja de adobe con un tejado a dos aguas de tejas rojas, un porche y un huerto. El polvo que ha levantado el coche flota a su alrededor cuando se apean. Ginevra es la primera en hacerlo, se estira con movimientos relajados y al alzar los brazos deja a la vista su cintura y su ombligo. Hueso se queda observándola hasta que ella lo saca de su ensoñación.

—¿Puedes bajar tú solo o quieres que le pida a Domenico que te lleve en brazos? —bromea Ginevra después de golpear la ventanilla.

Casi al mismo tiempo que Hueso abre la puerta trasera del coche, se abre la puerta principal de la vivienda. Sale un hombre de una edad similar a la de Lorenzo. Tiene el cabello blanco y un sombrero de paja de ala ancha para protegerse del sol. Viste prendas cómodas y anchas que parecen ropa de trabajo y va calzado con unas sandalias. Su estatura no va acorde con su peso; es casi tan ancho como alto. Los carrillos sonrosados y la bondad de sus ojos le hacen parecer una persona de fiar.

—¡Ginevra! —exclama con una sonrisa mientras camina hacia ellos—. Has cambiado tanto. Todavía recuerdo cuando te llevaba en hombros a recoger tomates.

Ginevra le devuelve la sonrisa y, cuando llega a su altura, se funde con él en un largo abrazo. Cuando se separan, el hombre se dirige a Domenico, aunque con él habla en un tono mucho más comedido.

—¿Ha ido bien el viaje? —le pregunta.

Domenico asiente, evitando pronunciar palabra, algo habitual en su forma de proceder.

—Debes de estar agotado. ¿Quieres pasar? Hay limonada dentro, puedes tomar un vaso y descansar un poco antes de regresar.

—Será mejor que me marche ya —responde Domenico—. Lorenzo me espera.

El hombre sonríe de forma afable y asiente con la cabeza comprensivo. A modo de despedida, se estrechan la mano.

—Lorenzo le agradece su hospitalidad —dice el *caporegime.*

—No hay nada que agradecer —le interrumpe el hombre—. Haría cualquier cosa por él. Es un honor poder ayudarlo.

Ahora es Domenico el que asiente en un gesto de cordialidad, después se sube al coche y se marcha. Cuando se ha alejado lo suficiente, acelera dejando una polvareda a su paso. Al perderlo de vista, el hombre da un par de pasos hasta colocarse frente a Hueso.

—Tú debes de ser Hueso. Bienvenido. Quiero que sepas que no tienes nada de que preocuparte, aquí estarás a salvo.

—Gracias... —dice Hueso, y deja la frase a medias porque desconoce el nombre de su anfitrión.

—Bruno —se presenta el hombre, tendiéndole la mano.

—¿Sigues teniendo a Ábaco? —pregunta Ginevra, interrumpiéndolos.

—¡Qué va! —exclama Bruno—. Murió hará unos tres años. Era el perro más fiel del mundo. No se separaba de mis piernas —dice dirigiéndose a Hueso. Luego mira a Ginevra y añade—: Lo pasé tan mal que he decidido no tener otro. Además, ya estoy viejo y gordo. —Sonríe mientras se golpea la barriga con ambas manos—. Me costaría mucho volver a adiestrar un perro y, para colmo, encariñarme de nuevo.

Ginevra se acerca más a él y, palmeando también su vientre, le dice:

—Siempre has estado gordo.

Los tres ríen.

—Vais a quedaros en esta casa —dice Bruno cuando se disipan las carcajadas—. Tiene las comodidades justas. El agua caliente se acaba pronto, así que os aconsejo que no paséis demasiado tiempo en la ducha si no queréis acabar congelados. Ah, solo tiene una habitación, pero supongo que os servirá.

—Yo dormiré en el sofá —se apresura a responder Hueso.

Un gesto de caballerosidad que a Ginevra le parece tan ridículo que no puede evitar una risa irónica.

Siguen a Bruno hasta el interior de la vivienda, que, como les había anunciado, es humilde. Las paredes, sin revocar al igual que la fachada, desprenden un aire áspero, casi inacabado. El tejado es de listones de madera. El espacio principal es cuadrado y lo forman el salón y una improvisada despensa que hace las veces de cocina, con un fregadero, un pequeño hornillo y un mueble con varios cajones. En el centro se alza una gran mesa de madera, flanqueada por una estufa de hierro fundido y un sofá de estampado floral ya deslucido. Al fondo, en el lado opuesto de la entrada, un estrecho pasillo conduce a la única habitación de la casa, sin puerta, apenas separada por una cortina. El cuarto de baño, situado justo en medio del pasillo, es el único espacio con una puerta que se pueda cerrar.

—Estoy a vuestra disposición para todo lo que necesitéis —comienza a despedirse Bruno—. Si camináis por el sendero principal hacia la derecha, en unos diez minutos daréis con mi casa. Es la primera que se encuentra tras atravesar el huerto. Ese es mi orgullo y lo que me mantiene entretenido. Podéis coger lo que queráis. Por el sendero de la izquierda llegaréis al pueblo. Es pequeño, pero los viernes hay mercado, aunque el camino es escarpado y hay un paseo largo hasta llegar allí. Si lo preferís, podéis quedaros por la zona; no encontraréis tiendas, pero hay campo y aire puro. Y así os aseguraréis de que nadie os vea.

Ginevra lo vuelve a abrazar al despedirse. Antes de salir, Bruno les asegura que irá a verlos cada mañana. Cuando ya se ha marchado, guardan en el primer cajón del mueble de la cocina las pistolas que Domenico les ha dado en el coche.

Después, Ginevra y Hueso se miran, asumiendo que deberán adaptarse a su nuevo entorno. La casa es de dimensiones reducidas y hay un olor a humedad que lo envuelve todo, pero es acogedora. Hueso se siente extrañamente cómodo en un lugar en el que nunca ha estado y junto a una mujer a la que, a decir verdad, apenas conoce.

Al caer la noche, Hueso sale al porche y se enciende un cigarrillo con una cerilla que después lanza hacia la oscuridad. El cielo está despejado y se ven las estrellas con una claridad con la que nunca las ha visto en Palermo.

—¿Puedo? —pregunta Ginevra, que ha aparecido sigilosamente a su espalda.

Hueso asiente, haciéndose a un lado en el banco para que se siente. Ella enciende un cigarrillo y fuman en silencio. Durante varios minutos observan el campo que se extiende frente a ellos. La tranquilidad contrasta con el bullicio de la ciudad que han dejado atrás y con la amenaza que acecha sus vidas. Ginevra apaga su cigarrillo antes de consumirlo por completo y sube los pies al banco. Después se abraza las rodillas.

—¿Cómo haces para no tener miedo? —le pregunta Hueso.

—¿Y qué ganas tú teniéndolo? —responde ella con una serenidad que lo desarma.

Hueso piensa en la pregunta que ella le acaba de formular mientras observa con atención la punta encendida de su cigarrillo. Sabe que tiene razón, pero le resulta imposible despojarse del terror que lo atenaza.

—No lo tendría si esta fuera mi vida —confiesa de pronto, verbalizando en voz alta un pensamiento que acaba de tener—. ¿Te imaginas vivir aquí? —le pregunta—. En un pueblo pequeño, en una casa baja y con un huerto. Una vida sencilla, lejos de todo.

En su cabeza le parece que la expresión «lejos de todo» tiene un tinte de nostalgia de algo que nunca ha vivido. Ginevra sonríe con dulzura.

—Estaría bien —afirma—. Aunque quizá para nosotros ya sea un poco tarde, ¿no crees?

Hueso no responde. Sabe que, otra vez más, ella está en lo cierto, pero prefiere seguir imaginando que una vida así es posible.

Una vida lejos de todo.

Una vida junto a ella.

Las ventanas no tienen cortinas, y la luz azulada de la luna se cuela por los cristales, dibujando formas en el suelo, en la mesa de madera que se encuentra situada en el centro de la estancia, y sobre el sofá en el que Hueso intenta conciliar el sueño. Fuera está despejado y apenas hay viento, pero el sonido de los animales nocturnos del campo y el leve crujido de los listones de madera del techo lo mantienen alerta. Aunque sabe que están a salvo, no puede evitar pensar que alguien atravesará la puerta de un momento a otro.

Ginevra se ha instalado en la habitación. Hueso presta atención e intenta oír su respiración, imagina que ya estará dormida. No deja de asombrarle la actitud serena con la que se enfrenta a la situación. Suspira incómodo. Él, por el contrario, acumula una tensión que no logra sacudirse. Se siente preso de un destino que no ha elegido.

Los minutos se le hacen eternos. Cada segundo es como una de esas gotas que se resbalan lentamente por el vidrio de una ventana cuando la tormenta ya ha terminado. Se pregunta qué estará haciendo Ginevra, si realmente estará dormida o si, por el contrario, estará despierta, planteándose las mismas dudas sobre el futuro que tanto lo atormentan a él. Pero no se atreve a levantarse para comprobarlo.

Se queda tumbado mirando al techo, donde las sombras danzan dibujando figuras de geometrías imposibles. Juega con el camafeo, toca con la yema de los dedos las diferentes texturas de la talla del árbol solitario hasta que finalmente cae en un sueño pesado e inquieto.

No se imagina que al abrir los ojos encontrará a una persona frente a él.

42

La risa de Luca se oye desde el rellano. El bebé está sentado sobre una manta de cuadros en medio de la habitación mientras Tommaso y Sofia preparan la habitación para alquilársela a un nuevo huésped. El crío juega con un sonajero, lo zarandea con fuerza y, cuando suena, estalla en una carcajada, como si cada vez fuese una sorpresa. Sofia limpia las ventanas con un trozo de papel de periódico arrugado y humedecido, un truco que le enseñó su madre. Tommaso entre tanto apaga y enciende el interruptor de la lámpara de una de las mesillas de noche. Tal y como le ha indicado el anterior inquilino, se ha fundido.

Cuando se dispone a cambiar la bombilla por una nueva descubre a un anciano, de aspecto frágil y rostro surcado de arrugas, apoyado en el marco de la puerta. Parece agotado tras haber subido las tres plantas de escaleras. En una mano sostiene uno de esos maletines ovalados de cuero que suelen llevar los médicos que realizan visitas a domicilio.

—Perdonen que les moleste —dice Canino con una voz

dulce y cortés—. Me he tomado la libertad de entrar porque he visto el cartel que tienen colocado en la calle. Alquilan habitaciones, ¿verdad?

Sofia deja de limpiar y comienza a recoger los juguetes que Luca ha desperdigado por el suelo. Después invita a entrar al anciano, asegurándose de que no se tropiece con ellos.

—Sí, por supuesto, así es —contesta la joven, sonriendo con gentileza—. Aunque esta ya la tenemos reservada; la estamos preparando para el nuevo inquilino que llegará esta tarde. Podemos mostrarle otras si lo desea.

—Gracias, son muy amables.

Tommaso se limpia las manos en el pantalón antes de tenderle una al hombre.

—Tommaso, encantado —dice.

Canino le estrecha la mano con fuerza y sonríe, pero él no se presenta.

—¿Tiene previsto quedarse mucho tiempo? —pregunta Sofia.

Canino, sin soltar la mano de Tommaso, mira a la mujer en silencio, sin responder a su consulta. Es su marido el que continúa hablando, creyendo que quizá no lo ha entendido.

—Si se queda meses completos, le podemos hacer un descuento. Por eso se lo preguntaba mi mujer —le aclara.

En el mismo instante en que Canino libera la mano de Tommaso, cuatro hombres entran en la habitación. Visten gabardinas negras y van armados con cuatro escopetas Lupara de cañón recortado que no ocultan. Las llevan en la mano, a la vista de todos.

—Veréis —dice Canino en un tono frío como un témpano que nada tiene que ver con el anterior—, lo que ocurre es que no me interesa una habitación cualquiera. Necesito ver una en concreto.

43

Con la primera luz del alba, Hueso descubre una silueta frente a él, quieta, detenida a unos metros de distancia, observándolo en silencio. Parpadea hasta que sus ojos se acostumbran a la luz que entra por la ventana. Es entonces cuando descubre a Ginevra mirándolo con la cabeza ligeramente ladeada.

—¿Te encuentras bien? —pregunta ella en voz baja, con una suavidad que se asemeja a un susurro.

Hueso se incorpora lentamente, quedando sentado en el sofá mientras se frota la cara con ambas manos.

—Sí —afirma, todavía tratando de despertarse por completo—. Estoy bien.

—Te vi dormir y tu respiración me pareció extraña. Demasiado profunda —se explica Ginevra—. Pensé que podías estar teniendo una pesadilla.

—Solo estaba soñando —responde.

—Tienes suerte. Yo he dormido poco y mal y estoy despierta desde antes de que saliera el sol. Me aburría dando vueltas en la cama, así que me levanté a por un vaso de agua.

Se lo muestra, y al hacerlo, Hueso descubre que con la otra mano sujeta un libro.

—¿Qué estás leyendo?

Ginevra sonríe ante la pregunta y le muestra la portada, revelando un ejemplar con las tapas desgastadas de *Las aventuras de Pinocchio*.

—¡Pero si es un libro para niños! —exclama sin poder contener la carcajada.

—¿Eso crees? —responde ella, arqueando una ceja y tomando asiento en el sofá junto a él—. Eso es justo lo que pensáis quienes no lo habéis leído. En realidad, *Pinocchio* es todo lo contrario.

—Es la historia de un muñeco de madera que cobra vida por arte de magia —dice Hueso casi con desdén—. A mí eso me parece un cuento para niños.

Antes de contestar, Ginevra sonríe. Es una mueca a medio camino entre la dulzura y la ironía.

—*Pinocchio* no es un cuento para niños, o al menos no es solo eso. Encierra un mensaje profundo. Habla de aquello que nos hace humanos. Cuando el muñeco de madera cobra vida, no lo hace como un niño cualquiera. No tiene emociones. Tampoco puede diferenciar entre lo que está bien y lo que está mal. Es... —duda buscando la palabra precisa—. Amoral —dice finalmente—. Él no quiere hacerle daño a nadie de forma premeditada, pero al no poder diferenciar lo correcto de lo incorrecto, acaba cometiendo atrocidades.

Hueso la observa con interés. El gesto de burla ha desaparecido de su rostro.

—Por ejemplo —prosigue Ginevra, que cada vez habla con mayor intensidad—, ¿sabes cuál es una de las primeras cosas que hace Pinocchio al cobrar vida? —pregunta, pero continúa hablando sin esperar una respuesta por parte de Hueso—: Acabar con el grillo que intenta guiarlo. El grillo representa su conciencia, y por eso lo mata, porque se niega a discernir. Lo aplasta contra la pared sin pararse a pensar en las consecuencias de su acción. Y eso es solo el principio. También vende los libros de la escuela para ir a un espectáculo circense con el dinero que le dan. Al hacerlo, se está negando a aprender, a evolucionar. Se aferra a lo superficial sin comprender que las decisiones que toma condicionan su vida y las de las personas que lo rodean.

Hueso no sabe qué decir. Se limita a mirar la portada del libro que Ginevra sujeta entre sus manos y le parece que el dibujo que la ilustra no se corresponde con la historia que ella le está contando.

—Lo peor viene después. También engaña y traiciona una y otra vez a Geppetto, el hombre que le dio la vida, y se asocia con personajes terribles como el Zorro y el Gato, que lo llevan al Campo de los Milagros para que entierre allí sus monedas de oro. Y él acepta. Lo hace solo porque quiere ser rico sin esfuerzo. Es un niño, sí —afirma Ginevra—, pero es un niño malvado, frívolo y avaricioso.

—Yo pensaba que Pinocchio era bueno —dice Hueso sin ocultar su ignorancia.

—Lo es al final, cuando comprende la responsabilidad de

haber cobrado vida —continúa Ginevra con un tono más calmado—. En el desenlace, Pinocchio aprende que cada acción que llevamos a cabo y cada decisión que tomamos tienen un impacto en nosotros mismos y en los demás. Que el bien y el mal no son conceptos abstractos, sino algo que afecta a las personas a las que amamos. Cuando por fin lo entiende deja de ser un muñeco de madera que ha cobrado vida para convertirse en un niño de verdad. No es estar vivos lo que nos convierte en humanos —concluye Ginevra—. Es la humanidad la que nos convierte en personas.

Cuando termina su exposición, se acomoda en el sofá y observa a Hueso detenidamente. En su rostro se muestra una sonrisa de satisfacción: sabe que ha logrado convencerlo. Durante un instante, ninguno de los dos habla, solo se miran en silencio. Hueso siente el impulso de moverse, de acercarse más a ella o de tomarle la mano, como si el propio aire de la habitación los estuviera empujando el uno hacia el otro. Justo en el momento en el que toma la decisión de hacerlo, Ginevra desvía la mirada y suspira ligeramente antes de hablar.

—Todavía es muy temprano —dice en voz queda—, deberíamos intentar descansar un poco.

Hueso, nervioso y con el pulso acelerado, se limita a asentir varias veces. Ella se pone de pie y, sin atreverse a mirarlo de nuevo, le entrega el libro.

—Yo ya lo he leído muchas veces —le asegura—. Te vendría bien hojearlo, así seguro que te entra sueño.

Se lo entrega y vuelve a la habitación. Hueso la observa mientras su silueta se desvanece tras la cortina. Después abre el libro por la primera página y comienza a leerlo:

«Érase una vez un tronco de madera. No era madera fina, sino un simple tronco del montón de los que en invierno se echan a la chimenea para encender el fuego y calentar las habitaciones. Nada en él podía hacer presagiar en lo que finalmente se acabaría convirtiendo».

44

Un escalofrío recorre la espalda de Tommaso. Sus ojos buscan los de Sofia para intentar transmitirle una tranquilidad de la que él carece. Después mira a su hijo, que sigue jugando junto a sus pies, ajeno a lo que está ocurriendo.

—Tú quédate aquí cuidando de Luca —le pide Tommaso a su esposa, tratando de que su voz parezca firme—. Yo acompañaré a estos señores y les mostraré la habitación que quieren ver.

Sofia coge en brazos a su hijo y se aparta de ellos, dispuesta a obedecer la orden. La perversa sonrisa dibujada en el rostro de Canino, que deja a la vista unos dientes alineados y blancos, le anuncia que no está dispuesto a permitírselo.

—No, no, por favor, son una familia encantadora. Me gustaría continuar disfrutando de la compañía de los tres.

Acto seguido, se acerca a Luca y simula robarle la nariz, agarrándola entre sus dedos y mostrándole la punta de su pulgar. El niño lo mira y sonríe. Canino le devuelve la sonrisa, mientras Sofia palidece.

—Tranquila, todo va a ir bien —dice Tommaso, aunque ni sus ojos ni el tono de su voz parecen expresar lo mismo.

—El chico al que estoy buscando y cuya habitación deseo ver era una especie de tahúr, un jugador de ventaja. ¿Saben de quién estoy hablando?

Tommaso asiente y busca en el manojo de llaves que guarda en el bolsillo hasta que da con la que corresponde a la habitación que ocupaba Hueso. Tienen que subir una planta más para llegar hasta ella. Dos de los hombres de Canino abren la expedición y los otros dos la cierran. En medio quedan Sofia, con Luca en brazos, y Tommaso. Cada paso parece resonar con el peso del miedo que sienten.

La habitación se encuentra exactamente igual a como la dejó Hueso. Tommaso le había pedido a Sofia que no tocaran nada por si regresaba, aunque su larga ausencia no hacía presagiar nada bueno. Los hombres de Canino se reparten: dos de ellos se quedan junto a la puerta, para impedir cualquier entrada o salida, mientras los otros dos comienzan a registrar la habitación. Hay pocos lugares donde buscar: debajo del catre, encima del escritorio y en el armario de un cuerpo donde están las escasas pertenencias de Hueso. Igualmente lo revuelven todo en busca de alguna pista. Tommaso y Sofia los observan petrificados desde una esquina.

Mientras tanto, Canino toma asiento sobre la cama. Aunque su cuerpo es pequeño y frágil, los muelles crujen, como si les molestara su presencia.

—Mis rodillas ya no son lo que eran —comenta con un incongruente tono cordial al tiempo que se masajea las articulaciones—. ¿Cuánto hace que desapareció?

—Más de un mes —responde Tommaso, disimulando el temblor de su voz—. No hemos sabido nada de él desde entonces.

Uno de los matones ha encontrado algo. Es el naipe en el que está escrito el nombre de Caruso y su número de habitación.

—Es otro inquilino —se apresura a aclararles Tommaso—. También ha desaparecido.

Canino coge la carta y, sin molestarse siquiera en leer la anotación, la rompe en pedazos y los deja caer en la papelera. Dentro sigue el periódico con la fotografía de Luciano. Al verla, el viejo no puede evitar sonreír ante la casualidad.

—Lo sé —responde Canino con cierta indiferencia—. Espero que no tuviera deudas atrasadas, porque me temo que no está en disposición de saldarlas. Creo que lo han usado como tronco para una chimenea. Pero no es a Caruso al que busco, quiero encontrar a Hueso.

—No está aquí.

—Eso ya lo veo, pero este es el último sitio en el que estuvo antes de desaparecer.

—Han pasado semanas, ya se lo he dicho —insiste Tommaso con una irritación desesperada que no es capaz de disimular—. No sabemos nada.

Canino se pone de pie y, a pesar de su reducida complexión, su presencia parece abarcar todo el espacio.

—¿Dónde crees que puede haberse escondido? —pregunta mientras camina hasta situarse frente a Tommaso.

—No puedo saberlo.

—¿No lo conocía lo suficiente para saber dónde podría esconderse?

—No lo conocía en absoluto —se defiende Tommaso—. Era solo un inquilino. Hay decenas de huéspedes alojados aquí, y otros tantos que van y vienen. No conocemos la vida privada de cada uno de ellos.

—Claro, solo era un inquilino más. ¿No es así?

—Así es —contesta Tommaso, reafirmando sus palabras con un movimiento afirmativo de la barbilla.

Canino se quita las gafas y las limpia con un pañuelo de seda que extrae del bolsillo de su pantalón. Realiza la acción con minuciosidad. Mientras lo hace, sus ojos, de un verde oscuro, escrutan con atención a Tommaso. Lo miran tan fijamente que parecieran dos serpientes escondidas entre la maleza, acechando a su presa.

—En ese caso —dice tras colocarse nuevamente los anteojos—, lamento haberles hecho perder el tiempo. Pensé que quizá podrían ayudarme.

Da un par de pasos cortos y lentos hacia la puerta, pero cuando llega, en lugar de abandonar la habitación, coge una de las escopetas Lupara de uno de los hombres que se encuentran vigilando el acceso, se gira y aprieta el gatillo sin pensarlo. El estruendo es ensordecedor. Cuando la nube de humo desaparece, todo continúa en el mismo lugar, como si nada hubiera cambiado, hasta que Tommaso intenta hablar y su boca explota en un estallido de sangre. En un primer momento, como si no sintiera dolor, solo curiosidad o sorpresa, se lleva las manos a la cara y al cuello. Un segundo después, sus ojos se vuelven rojos y comienza a llorar lágrimas de sangre. Por último, el cuerpo cae con un golpe sordo, inerte, junto a los pies de su mujer.

Sofia grita con desesperación y Luca estalla en un llanto histérico. La joven se arrodilla junto al cuerpo sin vida de Tommaso sin soltar a su hijo. Extiende una mano para tocarlo, pero no se atreve. En su lugar, abraza con fuerza al bebé, que redobla la intensidad de su llanto. Canino se acerca a ellos, la luz del sol de la mañana entra a raudales por la ventana, haciendo que la sombra del dentista sea tan alargada que cubre a la mujer, a su hijo, al hombre muerto e incluso los restos de sangre que empapan la cama y el suelo.

—Si hay algo que detesto es que la gente mienta —le dice Canino a Sofia mientras le tiende la mano para ayudarla a incorporarse.

Ella, aterrorizada, la acepta y aprieta a Luca, que no deja de llorar, contra su pecho. Sin soltarla, Canino la dirige hasta la cama y la invita a sentarse.

—Tu marido y Hueso eran amigos, casi como hermanos. Se fugaron juntos de la Casa delle Figlie della Carità. Por eso me ha mentido, para intentar proteger a una persona a la que apreciaba, y por eso ahora está muerto. —Canino señala a Luca con su dedo índice, largo y afilado como un punzón—. Para un niño —continúa— es terrible crecer sin un padre, pero es mucho más aterrador no tener tampoco a su madre y pasar toda su infancia en un orfanato. ¿No crees?

Sofia, con el rostro empapado en lágrimas, asiente.

—Bien, pues ahora vamos a ser sinceros para que yo pueda irme y tú te quedes aquí, tranquila, cuidando de tu hijo. Cuéntame todo lo que sepas sobre Hueso.

Sofia sorbe con fuerza por la nariz y se limpia los labios con el dorso de la mano. Después habla rápido, sin parar; solo se detiene cuando el hipo que le ha provocado el llanto incesante le impide seguir haciéndolo. Habla de la amistad que unía a Hueso y a Tommaso y de que por eso le permitían vivir en la pensión, aunque siempre se retrasaba con los pagos. Le cuenta también cómo se ganaba la vida y que más de una vez le ayudaron con trucos en el paseo de la playa. Por último, de nuevo presa de las lágrimas, le asegura que no sabe nada más, que Hueso simplemente desapareció y que no tiene forma de saber dónde puede estar.

Canino, que ha permanecido todo el tiempo de pie, se agacha con un esfuerzo considerable y golpea suavemente con la palma de su mano la rodilla de Sofia.

—Buena chica, has hecho lo correcto.

Se incorpora y hace ademán de abandonar la habitación y poner fin a la pesadilla de Sofia y Luca. Sin embargo, en lugar de eso, agarra su maletín de cuero, regresa junto a ella y lo coloca frente a sus pies. Luca ha dejado de llorar. Ahora tiene su propia mano dentro de la boca, empapándola de saliva.

Canino mira con atención al niño.

—Le duelen las encías —se apresura a decir Sofia—. Le están saliendo los dientes y le duele —repite.

Nada más terminar la frase, abraza con más fuerza al bebé. Canino se vuelve a agachar e intenta tomar al niño en brazos, pero la madre se lo impide.

—Por favor, por favor —repite una y otra vez Sofia.

Uno de los hombres se acerca a ellos y la encañona. Ella

se rinde y abre los brazos. Luca llora al separarse de su madre, pero Canino lo intenta calmar.

—Sssshhhhh, sssshhhh —susurra acariciándole la nariz.

—Se lo suplico, por favor, no le haga daño —le pide Sofia, llevándose las manos a los labios como si rezara una plegaria.

—Verás —comienza Canino—. Debo confesarte que no he sido del todo honesto contigo. Te dije lo mucho que me molestaba que me mintieran; sin embargo, yo también te he engañado. —Habla sin parar de acunar al niño en una especie de baile desacompasado que logra calmarlo—. Antes de venir aquí ya sabía que no me diríais dónde puedo encontrar a Hueso, porque en realidad no estoy aquí por eso. Cuando quieres cazar a un animal, debes colocar un cebo para hacerle salir de su refugio y conseguir que se acerque al lugar en el que tú estás esperándolo. Vosotros solo sois el cebo con el que voy a conseguir atrapar a mi presa —le confiesa—. Es curioso cómo funcionan los dientes de leche. ¿Nunca te has parado a pensarlo? —pregunta de pronto Canino, cambiando por completo el tono y el contenido de la conversación.

Sofia no responde. El terror y las lágrimas se lo impiden. Solo osa levantar la vista para comprobar si el hombre que está a su lado continúa apuntándola.

—Los dientes ya están ahí, aunque no se vean. Están esperando a salir. El proceso es doloroso porque deben atravesar las encías hasta lograr que erupcionen. Pero créeme, están ahí. Nada más hay que darles un pequeño empujoncito para verlos.

Sin soltar a Luca, Canino busca algo en el interior del maletín de cuero. Cuando encuentra su escalpelo, en un movimiento casi teatral, lo desliza por la encía del pequeño y la raja hasta que la sangre comienza a brotar y los diminutos dientes quedan expuestos.

—¿Lo ves? Te lo dije, ¡ahí están! —exclama Canino con una macabra sonrisa en su rostro.

Los gritos de Luca son ensordecedores. Molesto por el ruido que producen, Canino deja caer al bebé con indiferencia. El golpe es seco, como si en lugar de un cuerpo, acabara de arrojar un saco de harina.

El horror se apodera de Sofia, que se lanza hacia su hijo, lo coge en brazos y lo aprieta contra su pecho, que enseguida se tiñe con la sangre que no para de manar de la boca del pequeño. Canino, impertérrito, se dirige hacia uno de sus hombres, le arrebata la escopeta Lupara y aprieta el gatillo disparando contra Sofia. La bala solo la alcanza a ella, pero no al bebé.

Despacio, Canino saca el pañuelo de seda del bolsillo de su pantalón y se limpia del rostro los restos de sangre que le han salpicado. Después le devuelve el arma a su guardaespaldas.

—No mataba a una mujer desde 1942 —dice con gélida indiferencia.

—¿Qué hacemos con el niño? —pregunta uno de los hombres.

—No lo sé. ¿Qué se te ocurre? —responde Canino con ironía—. ¿Quieres llevártelo a casa? —pregunta en el mismo tono—. Buscad todo lo que pueda tener valor o darnos información. Después quemad la habitación con los tres cuerpos dentro —ordena.

Con el mismo pañuelo de seda que ha utilizado para limpiarse la cara, retira los restos de sangre del bisturí y lo vuelve a introducir en el maletín. Finalmente, se abre paso entre sus hombres y abandona la habitación.

Mientras se dirige a la calle, se le puede escuchar protestando:

—Soy demasiado viejo. Estas escaleras van a acabar matándome.

45

Con los dedos pulgar e índice, Matteo retira la goma elástica del cuaderno de tapas de cuerina que tiene sobre el regazo. Recuerda perfectamente la información que tiene apuntada, pero no comienza a hablar hasta que da con la página correcta y encuentra sus notas. Lorenzo está de pie, al otro lado del escritorio, dándole la espalda, mirando hacia el jardín a través de la ventana.

—Hablé con Bruno esta mañana —inicia Matteo su exposición—. Todo está en orden en Prizzi. Visita a Hueso y a Ginevra cada mañana al despertarse y cada tarde antes de la cena. Están bien. Todo parece tranquilo, nadie los vio llegar y no corren el menor peligro.

Lorenzo asiente en silencio, sin girarse hacia su hijo. A lo lejos se percata de que una de las farolas está fundida y toma nota mental de pedirle al jardinero que cambie la bombilla a la mañana siguiente.

—¿Y las familias? —pregunta, esta vez sí, girándose.

Matteo pasa a la siguiente página de su cuaderno.

—He hablado con los Fidanzati y con los Vernengo. Han aceptado asistir a una reunión el viernes en el Teatro Massimo durante el concierto nocturno. También han pedido que dentro del palco solo estéis los tres *capifamiglia*, sin soldados ni hombres de confianza. Lo solicitan como una muestra de respeto. Los tres deberéis ir desarmados.

Lorenzo toma asiento frente a su hijo.

—Cada *capofamiglia* —prosigue Matteo— presentará un listado de posibles aliados. Quieren estar seguros de contar con un grupo importante de hombres a su disposición antes de plantarle cara a Luciano y solicitarle que cancele el encuentro con los jefes de las tres familias y Bonanno. Saben que sin los apoyos suficientes, Luciano nunca aceptará y eso podría significar su muerte o su destierro de Sicilia.

Lorenzo observa con atención a su hijo, aunque este no puede verle porque tiene la vista fija en sus notas. Lo mira y se siente orgulloso de él.

—Bien hecho, Matteo —se limita a decirle—. Confírmales que acepto sus condiciones y que no deben preocuparse por nada. Si los tres *capifamiglia* nos unimos en coalición, encontraremos los respaldos necesarios.

Matteo cierra su libreta de cuerina, vuelve a colocar la goma elástica en su lugar y, tras ponerse de pie, se despide de su padre con un ligero movimiento de cabeza.

Cuando Lorenzo se ha quedado solo, abre el primer cajón de su escritorio, saca un cigarrillo y lo enciende. Da una primera calada mientras se recuesta en su silla, reclinando el respaldo. El humo comienza a elevarse y a llenar la habitación con su aroma.

De pronto se oyen unos pasos acercándose. La puerta se abre y aparece Isabella bajo el marco. Lorenzo, azorado como un chiquillo al que han descubierto haciendo una travesura, apaga el cigarrillo apretándolo contra la propia madera del escritorio, arroja la colilla a la papelera y mueve las manos como si estuviera espantando una mosca para intentar disipar el humo.

—Es tarde —dice su mujer, que finge no darse cuenta de lo que acaba de ocurrir—. Te he traído algo caliente para cenar.

Coloca sobre la mesa una bandeja con un plato humeante de sopa *minestrone*. Lorenzo sonríe a su esposa agradecido.

—No te merezco, Isabella —le dice tomando su mano con ternura e invitándola a sentarse en la silla en la que un momento antes se encontraba Matteo—. ¿Qué sería de mí si no te tuviera a mi lado? —le asegura en tono meloso.

Ella le devuelve la sonrisa mientras toma asiento. Lorenzo la mira a los ojos y está a punto de decir algo más. Sabe que, aunque no lo demuestre, a ella le pesan la preocupación y el miedo tanto como a él. Quiere aliviarla, calmarla, pero no encuentra las palabras apropiadas. La complicidad entre ellos es tal que Isabella adivina sus pensamientos y es ella la que habla para tranquilizarlo a él.

—¿Recuerdas esa película que vimos en el cine cuando estaba embarazada y que tanto nos gustó? —pregunta la mujer con una sonrisa nostálgica.

Lorenzo frunce el ceño, extrañado por su comentario, pero un segundo después responde con seguridad:

—*La canzone dell'amore.*

—Cuando terminó la proyección, estaba diluviando. Ninguno de los dos llevaba paraguas, así que tú me diste tu sombrero.

—No te sirvió de nada —le dice él entre risas al recordar la escena—. Cuando llegamos al coche ya estabas calada hasta los huesos.

—Y tú no pudiste volver a usar ese sombrero —añade Isabella.

Sus manos se buscan y entrelazan los dedos.

—Siempre supe lo que significaba casarme contigo, Lorenzo —le dice a su marido, cambiando a un tono más solemne—. Así que no necesito que me des ninguna explicación. Sé todo cuanto ocurre en esta casa. No tienes que preocuparte por mí. Haz lo que siempre has hecho —le pide—. Protege a tu familia.

Las manos se separan e Isabella vuelve a ponerse de pie.

—No te acuestes muy tarde —le aconseja.

Después se dirige a la salida, pero antes de marcharse se vuelve una última vez hacia su esposo.

—Y asegúrate de haber apagado bien el cigarrillo que has tirado a la papelera —le dice mostrándole una sonrisa pícara desde la puerta—. No me gustaría que la casa saliera ardiendo por un despiste.

46

Han preparado la ensalada que se encuentra sobre la mesa con tomates frescos, cebolla, hojas de albahaca y *ricotta salata* rallada. Todo cubierto por un suntuoso hilo de aceite de oliva, sal y pimienta. Bruno los ha visitado por la mañana y, además de los tomates, les ha dejado una caja con zanahorias, calabacines y algunos pepinos. Ginevra se inclina ligeramente hacia delante cuando se lleva el tenedor a la boca y Hueso la observa, más concentrado en sus movimientos que en la cena.

—No me extraña que Bruno esté tan orgulloso de su huerto —dice ella con la boca llena y, a la vez, una sonrisa de oreja a oreja.

Hueso prueba la ensalada animado por el entusiasmo de Ginevra.

—Está muy buena —dice él—. ¿Cuándo ha dicho que iba a celebrarse la reunión?

—Mañana —contesta Ginevra.

—¿Qué crees que ocurrirá?

—No lo sé —le confiesa ella—. Pero, pase lo que pase, Matteo hablará con Bruno y él nos lo contará a nosotros. De momento no podemos hacer nada, así que disfrutemos de la cena.

Termina la frase y vuelve a usar su tenedor para hacerse con una rodaja de tomate cubierta de *ricotta*. No hablan mucho más hasta que terminan de comer. Ya con los platos vacíos, Ginevra se recuesta en la silla, como si la cena hubiera sido mucho más copiosa de lo que realmente ha sido.

—¿Ya no haces trucos de magia? Nunca he olvidado el que me hiciste en el orfanato —dice de pronto.

Hueso la mira sorprendido.

—Es que yo no soy mago. Solo sé hacer unos cuantos juegos con cartas, pero nada más —dice en un tono de falsa modestia—. Sin una baraja no hay mucho que pueda demostrar.

—¡Eso no es un problema! —exclama ella mientras se pone de pie, decidida—. Dame un segundo, quizá haya cartas por aquí, en algún lado.

Con un ímpetu casi infantil, Ginevra empieza a rebuscar entre los cajones y los armarios de la cocina, abriendo y cerrando puertas. Hueso, sin moverse de la silla, la observa divertido. Finalmente, tras un par de minutos, encuentra una baraja que parece haber vivido épocas mejores, con las esquinas algo despegadas y los dibujos de las figuras descoloridos.

—Aquí tienes —dice lanzándole el mazo en un acto triunfal.

Hueso coge las cartas al vuelo y las examina. A pesar de

su mal estado, confía en poder trabajar con ellas. Ginevra vuelve a tomar asiento, pero antes de hacerlo, arrastra su silla y se coloca mucho más cerca de él. Hueso mezcla los naipes con destreza; sus dedos se mueven con agilidad, como si estuvieran realizando una coreografía previamente ensayada.

—Dime una carta —le pide.

—El siete de picas —responde ella sin titubear.

Vuelve a juntar todas las cartas en un solo mazo compacto y después busca el siete de picas para situarlo en la parte superior.

—Es un juego muy sencillo —le aclara—. Ahora voy a mezclarlas, pero la carta que tú has elegido regresará a la primera posición, y podré repetirlo una y otra vez y siempre acabará en el mismo lugar.

Comienza a mezclar haciendo diferentes cortes, pero cada vez que se detiene y gira la primera carta, aparece el siete de picas.

—Da igual lo mucho que mezcle o lo mucho que corte la baraja, la carta siempre vuelve a la cima —explica—. A este efecto se le llama «la carta ambiciosa». No importa lo mucho que te esfuerces en hacerla desaparecer, siempre regresa a su lugar, una y otra vez.

—No puede ser —dice Ginevra, sorprendida.

Acto seguido, le quita la baraja de las manos y empieza a pasar los naipes entre sus dedos para comprobar que todos son diferentes.

—¿Te lo has inventado tú?

—No —responde Hueso, sonriendo—. Es un juego antiguo, uno de los primeros que se aprenden. Es más sencillo de lo que parece, pero tiene una historia curiosa detrás.

Ginevra abre los ojos de manera exagerada, invitándole a que se la cuente.

—A principios de los años veinte —comienza Hueso—, Houdini ya era el mago más famoso del mundo; sin embargo, él no solo quería ser el más famoso, quería que lo respetaran como el mejor mago de todos los tiempos. Así que puso un anuncio en el periódico, ofreciendo una recompensa a quien fuera capaz de engañarlo. Estaba tan convencido de sus capacidades que creía que podría descubrir cualquier truco.

—¿Y qué pasó?

—Cientos de magos desfilaron frente a él para mostrarle sus habilidades, pero ninguno pudo engañarlo. Nadie. A excepción de uno. Un mago joven, sin apenas experiencia. Un tipo pequeño y con una voz estridente. Aún vive —le aclara Hueso—. Se llama Dai Vernon y el truco con el que logró engañarlo fue justo este que acabo de hacer. Lo repitió tres veces frente a él y Houdini no pudo descubrir su ejecución.

—¿Cómo lo hizo? —pregunta Ginevra, intrigada.

—De la manera más simple —responde Hueso, mirándola a los ojos—. Houdini estaba acostumbrado a que quienes se presentaban frente a él pusieran en práctica todas sus habilidades, por lo que asumió que Vernon estaría usando alguna técnica compleja. Así que no fue capaz de darse cuenta de que el mago que tenía frente a él solo estaba realizando un corte falso, uno de los movimientos más básicos de la magia con cartas.

Ambos se miran durante un segundo en silencio. Hueso intenta sin éxito descifrar el significado de los ojos de Ginevra.

—Así que fue el ego el que realmente derrotó a Houdini —dice ella.

—Exacto —contesta Hueso—. A veces no logramos ver las cosas más evidentes.

La situación se vuelve más íntima de lo que cualquiera de los dos había planeado. Ginevra inclina ligeramente su cabeza hacia la de Hueso, y él la imita, haciendo desaparecer la distancia que los separa. Se besan, primero con suavidad y luego dejándose llevar por la pasión. Se incorporan y se dirigen al sofá sin dejar de besarse, recorriendo cada uno el cuerpo del otro con sus manos, desnudándose con urgencia.

Cuando se tumban, los botones de la camisa de Ginevra ya están desabrochados y sus pechos parecen señalar a Hueso, que primero los mira y después los cubre con sus propias manos. El tacto le resulta suave y cálido.

—Tengo las manos frías —dice él a modo de disculpa, sin poder evitar una sonrisa nerviosa.

Ginevra no responde, tampoco deja que Hueso siga hablando. Coloca su dedo índice sobre sus labios, indicándole que guarde silencio. Lo incorpora, para que quede sentado en el sofá, y ella se acomoda encima con sus muslos alrededor de su cintura. Hueso la agarra con fuerza de las caderas, atrayéndola aún más hacia él, mientras ella, despacio, le quita la camiseta. La hace pasar por su cabeza, pero no la retira por completo, de tal forma que los ojos de Hueso quedan cubiertos por la tela.

—Déjame a mí —le susurra Ginevra.

Hueso siente la humedad de sus palabras junto a su oído. A ciegas, los labios de él buscan nuevamente los de ella. Se besan y hacen el amor. Lo hacen con esa pasión propia de quienes descubren por primera vez el cuerpo de la persona a la que desean, con la intensidad de quienes saben que en cualquier momento pueden perderlo todo.

47

Domenico detiene el coche en la piazza Giuseppe Verdi para que Lorenzo y Matteo se apeen. Caminan el uno junto al otro en silencio hacia las escaleras de piedra que conducen a la entrada principal del Teatro Massimo. Lorenzo lleva un traje oscuro de lana fina y una corbata de seda y Matteo viste un traje gris claro con una corbata delgada. Ambos lucen sombreros fedora y van desarmados, como han acordado que asistirán los otros dos *capifamiglia* con los que tienen previsto encontrarse. Es una reunión amistosa y la confianza es fundamental.

Está previsto que Matteo acompañe a su padre hasta el vestíbulo y que se quede allí durante todo el concierto, mientras este ultima los acuerdos necesarios para enfrentarse a Luciano, pero todo cambia en un solo segundo.

—¡Don Lorenzo! ¡Don Lorenzo!

Es la voz de un niño la que rompe la quietud de la tarde. Lorenzo se detiene un momento antes de subir el primer peldaño y gira la cabeza hacia el lado del que provienen los gritos. Es Giacomo, el hijo pequeño del relojero que lleva más de dos décadas trabajando para su familia, quien viene corriendo en su dirección. Cuando el niño lo alcanza, se detiene jadeante y le entrega un papel doblado en cuatro.

—De parte de la familia Fidanzati —dice el crío cuando logra recuperar el aliento.

Matteo, sobresaltado, mira a su alrededor. En la calle, Domenico hace lo propio al ver al niño que aborda a Lorenzo. El chiquillo no parece estar acompañado.

Lorenzo desdobla el papel y descubre que solo hay una palabra escrita: «*Cascittuni*».

Son solo diez letras, pero son suficientes para comprender el mensaje que le envían: lo han abandonado. Las familias que siempre habían estado a su lado y le habían jurado lealtad ahora le han dado la espalda y están negociando con Luciano. Un *cascittuni* es aquel que traiciona a sus aliados.

Que le hayan avisado antes de la trampa que le han tendido es solo un gesto de consideración de parte de los clanes que ahora han cambiado de bando.

Impasible, Lorenzo levanta la cabeza; frente a él tiene veintinueve escalones que lo separan del vestíbulo. Sabe que ya está muerto, que no saldrá vivo del teatro, pero el tiempo que tarde en recorrer esos veintinueve escalones será todo el que dispondrá para reconducir la situación y que Luciano no gane la guerra esa misma noche. Aparentando indiferencia, se palpa el bolsillo del pantalón y, aunque tiene dinero dentro, levanta el brazo para llamar la atención de Domenico.

—¡Acércate para darle una moneda al chico! —le pide, y

lo hace elevando la voz para que todo el mundo a su alrededor pueda escucharlo.

Domenico camina hacia ellos y cuando está a su altura le entrega al muchacho dos monedas de cincuenta liras. El pequeño las mira boquiabierto, pasa la yema de uno de sus dedos por el grabado de un herrero desnudo y las guarda en el bolsillo de su camisa antes de salir otra vez corriendo.

Cuando los tres hombres se quedan solos, Lorenzo se dirige a Domenico en voz baja.

—Sube al coche y márchate —le ordena—. Dirígete a casa, pero cuando hayas recorrido dos o tres manzanas, da media vuelta y ve a estacionar junto a la piazza San Vito. Matteo se reunirá contigo y él te dará el resto de las indicaciones. No respondas, no asientas ni me hagas preguntas. Solo márchate. No corras, camina despacio.

Domenico obedece en silencio y padre e hijo se quedan solos.

—¿Qué ocurre? —quiere saber Matteo, que se muestra visiblemente nervioso.

Antes de contestar, Lorenzo comienza a subir los peldaños que lo separan del vestíbulo principal del teatro a paso ligero, despreocupado. Su hijo lo sigue.

—Cuando acceda al palco, márchate —le ordena ahora a él—. No lo hagas inmediatamente, espera unos minutos, los suficientes para que a Domenico le dé tiempo a llegar a la plaza. Pídele que te lleve a casa y quédate junto a tu madre. No permitas que nadie le haga daño. ¿Me has oído?

Matteo asiente en silencio.

—Es posible que Luciano envíe a sus hombres a casa. No

te enfrentes a ellos. Querrán saber dónde se esconde Hueso. No trates de engañarles. Diles la verdad.

—Pero...

—No me interrumpas —le pide Lorenzo, tajante; sabe que debe actuar rápido—. Lo único que tenemos a nuestro favor es un poco de tiempo, así que no lo desperdiciemos. Cuando Domenico te deje en casa, ordénale que reúna a sus mejores hombres y se vayan al encuentro de Hueso y Ginevra. Luciano creerá que están solos y quizá podamos sorprender a quienes intenten asesinarlos. Si lo logramos, al menos conseguiremos que no termine todo hoy. Si mañana Hueso amanece vivo, aún tendremos una oportunidad. La guerra no habrá terminado y Luciano sabrá que los Andolini no nos rendiremos sin luchar. Pero estaremos solos, sin el apoyo de nadie, y tú tendrás que tomar las siguientes decisiones.

Llegan a la puerta principal y se detienen; se ha formado una fila delante de ellos y deben esperar su turno para acceder. Matteo está a punto de agarrar el brazo de su padre; sin embargo, sabe que Lorenzo le recriminará si hace el menor gesto que delate la conversación que están teniendo. Se contiene.

—Sé que tomarás las decisiones correctas —le dice Lorenzo a Matteo—. Confío en ti, hijo mío.

Matteo lo mira con una expresión de abatimiento, su mirada vacía parece no ser capaz de enfocar. Le tiemblan las manos, así que las esconde en los bolsillos para disimular.

—Don Lorenzo, don Matteo, siempre es un honor recibirles —les interrumpe una acomodadora, ofreciéndoles el programa de mano—. Permítanme que los acompañe a su palco.

—Buenas tardes. Para mí no, gracias —declina con educación Matteo.

Lorenzo la sigue y Matteo se queda de pie, inmóvil. Un instante antes de desaparecer por uno de los pasillos, padre e hijo se miran durante un segundo. Ambos saben que será la última vez.

48

Aunque conoce el camino a la perfección, Lorenzo se deja guiar por la acomodadora, que camina por los pasillos del Teatro Massimo con paso ligero y profesional. Sus zapatos resuenan sobre el mármol, y el sonido se mezcla con el eco lejano de las conversaciones del público. Lorenzo la sigue en silencio, observando todo cuanto le rodea, como si fuese la primera vez que contempla los terciopelos rojos y los relieves dorados del teatro.

La acomodadora se detiene frente a la puerta de su palco privado y, con una inclinación de cabeza, lo invita a entrar. Lorenzo procede y descubre sin la menor sorpresa que todas las butacas están vacías. Lo había supuesto desde que el hijo del relojero le entregó aquella nota. Quienes le juraron lealtad son ahora sus enemigos. Le da a la joven una generosa propina y toma asiento en la primera fila.

Su mirada recorre el escenario, donde el telón aún está echado; en el foso, varios miembros de la orquesta afinan sus instrumentos y ajustan los atriles.

Pasan alrededor de diez minutos hasta que los primeros acordes reverberan en la sala, una melodía dulce y envolvente que por un instante logra disipar los oscuros pensamientos que lo atormentan.

La música lo conmueve, pero no lo distrae, sigue alerta. Se pregunta si Matteo y Domenico tendrán tiempo de salvar a Hueso y a Ginevra, si todavía puede albergar la esperanza de que la guerra no termine esa misma noche.

Cuando se abre el telón, percibe un leve crujido. Sabe que es el sonido del pomo girando a su espalda. No vuelve la cabeza para descubrir quién acaba de entrar.

No lo necesita.

El hombre que ha accedido al palco se mueve con paso lento, sigiloso. Toma asiento en la butaca que está justo detrás de la de Lorenzo, que no se molesta en girarse para verlo. Durante unos segundos ni siquiera hablan, como si fueran dos desconocidos que realmente estuvieran interesados en el concierto.

La pieza llega a su fin y la gente cuchichea con entusiasmo y se acomoda en sus asientos. Cuando se vuelve a hacer el silencio, Lorenzo habla finalmente sin apartar la vista del escenario.

—Pensaba que estabas muerto —susurra apenas moviendo los labios.

—Todo el mundo lo pensaba —responde el hombre que se encuentra sentado tras él, con una voz grave y tranquila que no delata emoción alguna—. Por desgracia, estabais equivocados.

49

El murmullo de la radio encendida llena la estancia. En el sofá, Ginevra tiene las piernas sobre el regazo de Hueso, quien, con las yemas de los dedos, acaricia la piel de sus pies. En apariencia es un gesto distraído, pero está cargado de intención. Hueso se ha fijado en su cara de placer y en cómo cierra los ojos cuando se estremece por el contacto.

—Si sigues así, me voy a quedar dormida —murmura con voz queda.

Hueso sonríe, sin detenerse. Ginevra abre un ojo y lo mira con diversión.

—Es por el pelo —le asegura.

Él frunce el ceño sin comprender.

—¿Y eso qué tiene que ver?

—Todo —afirma ella con naturalidad, incorporándose un poco—. Cuando tengo el pelo sucio, me entra sueño. No puedo pensar, me pesa la cabeza.

Hueso la observa como si acabara de revelar un misterio insondable.

—Eso no tiene ningún sentido —protesta Hueso en tono burlón.

—Algunas cosas ocurren sin que tengan el menor sentido. —Se encoge de hombros—. La vida es así —dice Ginevra al tiempo que levanta las palmas de las manos dando a entender que no tiene el control de lo que le pasa.

Se miran en silencio por un momento hasta que ambos rompen a reír. Entonces, Hueso tira suavemente de ella hasta que sus labios se encuentran. Un beso lento, sin prisas, como si tuvieran todo el tiempo del mundo.

Cuando Ginevra se aparta con una sonrisa de complicidad, apoya la cabeza sobre el hombro de Hueso.

—Quiero preguntarte algo —dice él.

—Adelante.

—Es sobre Bruno.

—¿Qué pasa con él?

—¿Cómo lo convenció tu padre para que nos ayudara?

Ginevra se pasa los dedos por el pelo, como si por un momento estuviera comprobando si lo tiene sucio, antes de responder.

—No hubo que convencerlo.

Hueso ladea la cabeza, interesado.

—Mi padre y Bruno se conocen desde hace mucho. De hecho, crecieron juntos. No son familia de sangre, pero para mi padre la familia es un concepto más amplio.

Hueso escucha en silencio y la invita a continuar con el gesto interesado de su rostro.

—Cuando aún eran muy jóvenes, Bruno perdió a su padre. Era un hombre honesto, trabajaba en el puerto descargando mercancías. Una noche vio algo que no debía ver. Unos hombres estaban robando un cargamento y él los descubrió. Intentó marcharse sin intervenir, pero no podían dejar testigos.

Ginevra respira hondo antes de continuar.

—No lo mataron en ese mismo momento, sino que esperaron. Lo secuestraron días después. Cuando Bruno y su madre salieron a buscarlo, encontraron su cuerpo, con las manos atadas y la boca tapada con una cuerda, flotando en el puerto.

—¿Y qué hizo Lorenzo? —pregunta Hueso.

—Por aquel entonces, mi padre no era el hombre que es hoy, pero aun así logró encontrar a los responsables e hizo que pagaran por su crimen.

Hueso no pregunta más. No lo necesita.

—Desde entonces, Bruno y él han sido como hermanos. Aunque la sangre no los una, los une la lealtad. Mi padre siempre dice que la familia no es solo la que tienes, sino la que el destino pone en tu camino. Solo quienes entienden y honran esos principios pueden ser verdaderamente leales.

—La familia que se elige... —reflexiona Hueso tras un breve silencio.

Ginevra lo mira como si pudiera leer sus pensamientos.

—Eso es.

Él desliza una mano hasta su nuca y la atrae hacia sí. Sus labios se encuentran nuevamente, pero en esta ocasión lo hacen en un beso más profundo que el anterior, más lento, más intenso.

La radio sigue encendida. En su interior, una voz habla

de un incendio en una pensión de Palermo con varias víctimas mortales. Pero ni Hueso ni Ginevra lo escuchan. En ese momento, lo único que existe para ellos es el calor de su piel y el peso de la historia que los envuelve.

50

Domenico está de pie, fumando impaciente un cigarrillo, con la espalda apoyada en la puerta del conductor, cuando ve a Matteo acercarse hacia él. No corre, no quiere llamar la atención, pero camina a zancadas. Sin decir una palabra, abre la puerta del copiloto y toma asiento. Domenico lanza la colilla hacia el asfalto. Acto seguido, se acomoda junto a su jefe.

—Nos han traicionado —le confiesa Matteo cuando ambos hombres están en el interior del vehículo.

No tiene que decir nada más para que Domenico comprenda la gravedad de la situación. No reacciona de inmediato. Arranca el motor y agarra el volante con ambas manos, apretando los dedos con fuerza sobre el cuero que lo envuelve.

—Tenemos que ir a casa —añade Matteo—. Es posible que Luciano envíe allí a algunos de sus hombres. Si eso ocurre, intentaré entretenerlos tanto como pueda, pero no creo que logre ganar demasiado tiempo. Mientras tanto, tú reúne un equipo de confianza y ve a buscar a Hueso y a Ginevra. Tienes que moverte rápido, tienes que llegar antes que ellos.

Domenico asiente en silencio, con la mirada fija al frente. No necesita más detalles, sabe perfectamente lo que está en juego. Pisa el acelerador, haciendo rugir el motor, dejando atrás la via Maqueda y la via Roma a tanta velocidad que el Lancia Aurelia parece una bala que alguien acabara de disparar.

Tardan menos de diez minutos en llegar a la mansión familiar, que se alza frente a ellos como una fortaleza, iluminada por la luz tenue de las farolas del jardín. Sin esperar a que el coche se detenga por completo, Matteo abre la puerta y se dispone a bajar, pero Domenico se lo impide, agarrándolo con fuerza por el antebrazo. Matteo, descolocado, se gira hacia él y Domenico, que no ha pronunciado ni una sola palabra durante todo el trayecto, finalmente habla:

—Para mí, Lorenzo ha sido lo más parecido a un padre que nunca haya tenido. —Al pronunciar la frase, su voz se quiebra por un momento—. Ocurra lo que ocurra esta noche, ha sido un honor trabajar para los Andolini durante todos estos años.

Domenico suelta el antebrazo de Matteo, que lo mira y está a punto de decir algo, pero no encuentra las palabras y se limita a asentir en silencio antes de bajarse del coche. Domenico vuelve a pisar el acelerador y desaparece en la oscuridad, dejando al hijo de Lorenzo solo frente a la fachada de la casa.

Domenico conduce tan rápido como piensa, intentando organizar una estrategia en su cabeza. Está tratando de decidir el nombre de los soldados que lo acompañarán cuando un semáforo en rojo lo obliga a detenerse. Tamborilea los dedos sobre el salpicadero, movidos por la prisa y la impaciencia. De pronto, los latidos de su corazón se aceleran cuando dos vehículos se detienen, uno frente a él y otro a su espalda, cortándole el paso.

La situación solo dura unos pocos segundos, unos pocos segundos de tensión insufrible, aunque es el tiempo suficiente para que Domenico comprenda lo que está a punto de ocurrir.

Seis hombres se bajan de los coches y lo rodean. Visten ropa oscura, sombrero y gabardina. No los conoce, nunca los ha visto, pero sabe quiénes son y a lo que han venido. El rugido de las ametralladoras Thompson desgarra la noche. Las balas perforan el chasis del Lancia Aurelia como si fuera de papel, y los cristales de las ventanillas y del parabrisas estallan en miles de pedazos. El metal chirría y la carrocería se sacude con violencia cuando los proyectiles la atraviesan.

Domenico ni siquiera es capaz de reaccionar. El impacto de las balas lo zarandea sobre el asiento. La sangre se mezcla con el humo y con los restos de vidrio destrozados. Se desploma contra el volante mientras los disparos siguen incrustándose en su cuerpo inerte.

Los seis hombres continúan apretando sus gatillos hasta que el tambor de las ametralladoras queda vacío. De pronto, el estruendo cesa, dejando tras de sí un eco fantasmal que recorre la calle desierta.

Cuando todo ha terminado, cuando los criminales han desaparecido, cuando el cuerpo de Domenico no es más que un amasijo de sangre, cristales y hierro dentro del Lancia Aurelia, el semáforo vuelve a ponerse en verde.

51

Se han entretenido más de lo previsto durante su paseo, y la noche les cae encima mientras recorren el sendero de tierra que los lleva de regreso a la casa de adobe. Hueso y Ginevra caminan a paso ligero, pero sin prisa. Hablan en tono distendido, compartiendo una nueva complicidad recién estrenada y que ahora los une de una manera diferente.

—Se me acaba de ocurrir una cosa —dice de pronto ella.

Hueso la mira invitándola a continuar.

—Un día podrías usar algunas verduras del huerto de Bruno para preparar un plato español —le pide sonriendo.

Hueso no puede evitar reír ante la inagotable efusividad de Ginevra.

—Yo nunca he estado en España —responde.

—Pero eres el gran heredero español de la mafia —le contesta ella, estirando mucho las sílabas de forma burlona.

—Tal vez lo sea —dice él, imitando a su interlocutora—, pero eso no me hace conocedor de su cocina. Aunque...

Ginevra lo mira y, con un ligero movimiento de barbilla, lo invita a que termine la frase.

—Quizá, cuando todo esto termine, podríamos ir a España de viaje juntos —dice y baja la cabeza, avergonzado por la propuesta que acaba de realizar.

Ginevra ve su reacción pudorosa y deja escapar una risa breve y ligera.

—Me parece una idea estupenda —le asegura de forma cariñosa, pero enseguida añade con ironía—: Aunque quizá, para cuando todo esto acabe, Luciano te haya mandado a la tumba.

Acompaña su comentario con una estruendosa carcajada para que no resulte tan macabro.

Hueso la mira y sonríe, con esa gestualidad suya de tahúr ambulante o de encantador de serpientes.

—A decir verdad, yo no puedo morir —replica.

Ginevra lo mira con una mueca de exagerada intriga.

—Soy inmortal —afirma Hueso con una serenidad fingida.

—¿Inmortal? ¿Cómo es posible? —quiere saber ella, invitándolo con su pregunta a que continúe con la fábula.

—Hice un pacto con el diablo. Conseguí engañarlo con los naipes y, a cambio, me concedió la vida eterna —le asegura.

—¡Vaya! Por lo visto, siempre que haces un juego de cartas consigues lo que quieres —comenta Ginevra con una media sonrisa pícara.

Ambos ríen.

Sin darse cuenta, ya han recorrido todo el sendero y la

casa de adobe aparece en el horizonte. El camino de acceso se estrecha, volviéndose más angosto. De pronto, Hueso deja de reír y se detiene en seco al percibir algo que lo confunde.

—¿No es ese el coche de Bruno? —pregunta señalando con su dedo índice un Fiat Campagnola de color verde militar.

—Qué raro, es tarde —contesta Ginevra, lo cual responde a la pregunta de Hueso, a la vez que siembra una duda.

Hueso se encoge de hombros, restándole importancia al suceso, y continúa caminando.

—Habrá estado en el huerto hasta última hora. Seguro que nos trae algo —dice despreocupado.

Ginevra asiente y los dos siguen caminando hacia la entrada. Al pasar junto al todoterreno, la escasa iluminación de la finca no les permite ver que en el suelo arenoso que separa el vehículo de la entrada, además de las pisadas de Bruno, hay huellas de otros dos hombres.

52

El palco vuelve a inundarse de la música, y un tenso silencio, cargado de un pasado compartido que ambos recuerdan, se apodera nuevamente de ellos.

Por primera vez, Lorenzo se gira y sus ojos se clavan en los de Canino. Si no supiera nada de él, le parecería un anciano indefenso. Sobre la nariz reposa la montura de sus gafas de carey con unas gruesas lentes que le deforman el tamaño de las pupilas. Viste un traje marrón de lana y una camisa blanca con varias arrugas a la altura del cuello y de la botonadura. No lleva corbata, pero tiene la camisa abrochada hasta el último botón. Está tan delgado que parece un anciano desvalido al que habría que ayudar a cruzar la acera y no el asesino más despiadado que haya conocido la Cosa Nostra. Lo único que no ha cambiado son sus dientes, blancos y rectos. Cuando Lorenzo lo mira, Canino muestra una amplia sonrisa.

—Nunca pensé que ocurriría así —dice Lorenzo, lacónico.

—¿Así cómo? —pregunta Canino sin dejar de sonreír.

—De una manera tan simple. Siempre me imaginé muriendo de una forma más heroica —sonríe con una mueca irónica.

—Eso es para los jóvenes, Lorenzo —contesta Canino de manera cándida—. Ellos quieren ser héroes. Nosotros, a nuestra edad, nos conformamos con que no nos duelan las rodillas o la espalda cuando empieza a llover.

La conversación entre ellos es pausada y el sonido melodioso de las voces llena los silencios que se producen.

—Siempre has tenido buen gusto —dice Canino, cambiando el tono de la conversación—. Este es un buen lugar para celebrar una reunión. Lástima que no se haya presentado nadie.

—Ellos se lo pierden. La música es preciosa —responde Lorenzo, igualando el sarcasmo de su interlocutor.

—¿Conoces la pieza que está sonando? —pregunta Canino—. *Moro, lasso, al mio duolo* —continúa sin darle tiempo a responder—. El compositor asesinó a su esposa y a su amante tras descubrir la infidelidad. Y no solo eso. Cuando ya ambos estaban muertos, se dirigió al cuarto en el que dormía su hijo, un bebé de apenas un año, y lo estranguló con sus propias manos.

Canino deja de hablar por un segundo y extiende los dedos, delgados, largos y huesudos como los de un pianista enfermo, simulando que envuelve el cuello de un bebé.

—Dicen que fue el terrible sentimiento de culpa lo que lo llevó a escribir algunas de las canciones más tristes y desgarradoras que existen. Esta es una de ellas, seguramente la más bella de sus composiciones. —Guarda un segundo de silencio antes de repetir el título—. «Muero, desdichado, en mi dolor». Una historia de traición. Y de venganza.

Lorenzo no responde. Permite que las voces del madrigal inunden el palco, creando una atmósfera fúnebre. Canino, con movimientos lentos y calculados, extrae un arma del bolsillo interior de su americana. La coloca sobre su regazo y le pasa los dedos por encima, como si estuviera acariciando a un gato dormido. Lorenzo, que ha vuelto a girarse hacia él, dando la espalda al escenario, lo contempla en silencio y no puede evitar pensar que, además de su dentadura, su arma tampoco ha cambiado con el paso de los años. Continúa utilizando una Mauser C96, con el cargador interno situado frente al gatillo. La empuñadura de madera, con forma de mango de escoba, está desgastada por el uso.

Cada uno vuelve a colocarse como al inicio, y escuchan en silencio hasta que el concierto termina. Es cuando los aplausos inundan la sala que Canino, aprovechando el estruendo de la ovación, levanta la pistola, colocándola a la altura de la nuca de Lorenzo, y aprieta el gatillo.

El disparo es silenciado por el público, pero dentro del palco resuena como el trueno que anuncia una tormenta. Lorenzo no siente el impacto. Su cuerpo se desploma hacia delante, con los brazos extendidos sobre la barandilla, mientras los fragmentos de su cráneo vuelan sobre el patio de butacas.

Canino mantiene la compostura. Guarda la pistola en su chaqueta, se pone de pie y abandona el palco con el mismo paso lento y sigiloso con el que ha entrado. Antes de cerrar la puerta tras de sí, escucha los primeros alaridos de horror de las personas sobre las que han comenzado a caer la sangre y los restos de Lorenzo.

53

Hueso y Ginevra entran en la casa y se sorprenden al encontrar a Bruno en medio de la estancia. Aunque la vivienda es suya y dispone de llaves, en todas las ocasiones que los ha visitado ha llamado a la puerta y ha esperado fuera hasta que lo han invitado a entrar. En cambio, esta noche está ya dentro, de pie, con su habitual caja en las manos repleta de tomates, zanahorias y calabacines. Su presencia silenciosa es inquietante.

Ginevra se dirige a saludar como siempre con dos besos a Bruno para tratar de normalizar y reconducir la situación.

—Nos ha sorprendido ver tu coche a estas horas —le dice a modo de saludo.

Bruno no reacciona, no se acerca a ella. Tiene la cabeza gacha, mirando hacia la caja que sostiene entre las manos como si estuviera haciendo un recuento de las hortalizas.

—¿Todo bien? —pregunta Ginevra, extrañada por su falta de reacción.

Bruno levanta la cabeza de forma lenta y, al hacerlo, deja a la vista su rostro bañado en sudor. Las arrugas de su frente parecen más profundas que de costumbre. Es casi imposible reconocer al hombre afable y campechano de siempre en su expresión.

Ginevra se acerca un poco más a él.

—¿Ha pasado algo? ¿Tienes noticias de mi padre?, ¿de Matteo?

Bruno no responde de inmediato. Abre la boca como si fuera a hablar, pero de sus labios solo nace un balbuceo similar al de un bebé. Vuelve a bajar la cabeza y su cuerpo se encoge como si de repente todo el peso del universo hubiera caído sobre sus hombros.

—Lo siento... lo siento mucho —acierta a decir con una voz quebrada que apenas alcanza a ser un murmullo.

—Bruno, ¿de qué hablas? —pregunta Ginevra, frunciendo el ceño.

—Para mí siempre habéis sido mi familia —continúa él, ajeno a las palabras de ella—. Tu padre ha sido un hermano para mí... Siempre... siempre lo fue. —Hace una pausa. Las palabras parecen aferrarse a su garganta, negándose a salir—. Lo siento —repite finalmente.

Bruno los mira. Sus ojos emanan una tristeza insondable. Hueso siente una presión en el pecho, piensa que ha tenido lugar una tragedia irreversible, pero también tiene el presagio de que algo horrible está a punto de suceder. De pronto, un ruido ensordecedor rompe el silencio: un disparo atraviesa el cráneo de Bruno, haciéndolo estallar en pedazos. La sangre y los huesos fragmentados caen sobre la caja, mezclándose con las verduras. Ginevra da un paso atrás, alejándose de él, horrorizada.

El cuerpo de Bruno permanece en pie durante un instante, tambaleándose sin llegar a caerse, como si no acabara de comprender que ya está muerto, como el rabo de una lagartija que ha sido arrancado de forma violenta y continúa agitándose en un reflejo de vida tan absurdo como grotesco. Finalmente se derrumba, primero de rodillas y un segundo después a plomo, hasta quedar completamente extendido en el suelo un segundo después. La caja que sujetaba en las manos cae con él y su contenido se esparce a los pies de Hueso y Ginevra, que se miran solo durante un instante. Saben que el horror apenas acaba de comenzar.

Dos sicarios atraviesan la cortina que separa la estancia principal de la habitación. Hueso reconoce a uno de ellos nada más verlo. Es gigantesco y entra al salón luciendo una sonrisa desdentada. Se trata del guardaespaldas de Romano, el hombre que estuvo a punto de acabar con su vida aquella noche en la playa. A su lado, un segundo hombre, más bajo que él, pero igual de intimidante. Los dos portan escopetas Remington 870 de cañón corredero.

—¡Agáchate! —le grita Hueso a Ginevra al comprobar que uno de ellos está recargando su arma.

Pero no hay tiempo. Una nueva explosión ruge como una fiera salvaje y el impacto del proyectil es devastador. El cuerpo de Ginevra se eleva del suelo y sale despedida por los aires como si fuera una muñeca de trapo arrojada al vacío por un niño caprichoso que se ha cansado de jugar. El disparo la voltea y la hace caer. Un torrente de sangre emana de su pecho, empapando su blusa de un rojo tan profundo y tan denso como el petróleo.

—¡Ginevra! —grita Hueso, desesperado, mientras se lanza hacia ella en un intento inútil de protegerla.

El más pequeño de los asaltantes realiza un segundo disparo cuyo destino es la cabeza de la joven. Hueso se interpone a la carrera en el camino de la bala y el proyectil impacta en su mano.

Cae al suelo junto a Ginevra gritando de dolor, su voz es un aullido desesperado. El pánico lo invade, pero sabe que debe escapar y que la única opción que tiene de continuar vivo es moverse. Se arrastra por el suelo. Su mano destrozada va dejando un rastro de sangre sobre las láminas de madera.

Intenta pensar rápido. Cree que será capaz de llegar al cajón de la encimera donde guardan sus pistolas, pero una nueva detonación que impacta junto a sus pies le hace cambiar de idea. Aunque le tiemblan las piernas, consigue correr agachado hasta el cuarto de baño, el único espacio de la vivienda con una puerta que puede protegerlo. Se lanza hacia allí, con el corazón golpeándole en el pecho como el galope de un caballo salvaje, mientras el plomo sigue resonando a su espalda.

Logra entrar y cierra tras de sí con el cerrojo. Luego se tumba en el suelo, junto a la bañera, jadeando y con el rostro empapado, sin poder distinguir si se trata de sudor, de lágrimas o de ambas cosas.

El dolor y el pánico lo consumen. La herida de la mano no deja de sangrar. No logra pensar con claridad. Tiene que detener la hemorragia; tiene que hacer algo, aunque no sabe qué. La herida palpita y siente que cada latido es un segundo en una cuenta atrás.

El ruido cesa durante un instante, pero Hueso sabe que los hombres se encuentran al otro lado de la puerta. De pronto comprende que vuelve a estar solo; solo ante el miedo, solo ante el dolor, solo ante la muerte. Y lo único que puede hacer es esperar, mientras se pregunta cuánto tiempo tardarán en derribar la puerta y entrar para matarlo.

54

Hueso no consigue controlar su respiración; jadea y siente como si estuviera a punto de perder el conocimiento. El dolor de la mano lo abruma; sin embargo, nada es comparable al temor que siente hacia lo que se encuentra al otro lado de la puerta. El pomo gira hacia un lado y después hacia el otro, pero el cerrojo impide que se abra. De pronto se detiene. Un segundo de silencio, luego las voces de los dos hombres y, finalmente, el sonido inconfundible de una escopeta siendo recargada.

Se aferra a la cortina y trata de meterse dentro de la bañera, una acción tan desesperada como inútil. La barra de la que pende se parte en dos por el peso de su cuerpo y se desploma dentro de la bañera al tiempo que le cae encima la cortina. Justo en ese instante, una bala revienta la cerradura y el sicario más bajo abre la puerta de una patada.

Hueso agarra un trozo de la barra de la cortina rota y apunta hacia su agresor, como si fuera un arma. Al verlo, el asesino sonríe regodeándose en su superioridad. Luego tira con fuerza del cañón hacia atrás y el cartucho que ha utilizado para abrir la puerta sale despedido de la Remington 870 con un pequeño reguero de humo blanco tras de sí. Introduce uno nuevo, coloca la culata sobre su hombro, apunta entre los ojos de Hueso y aprieta el gatillo.

La detonación reverbera con violencia en las paredes del cuarto de baño, pero la bala no sale. Un instante antes de que pueda disparar, Hueso logra introducir el trozo de barra que sostiene por el cañón del arma, obstruyéndola, provocando una explosión interna en la escopeta, que estalla en pedazos. El espacio se llena de humo, de pólvora y de fragmentos de metal que vuelan en todas direcciones.

Hueso queda aturdido por la explosión. Un pitido agudo le impide escuchar con claridad; es como si dentro de su cabeza hubiera un tren a punto de partir. El asesino está en el suelo. El arma le ha reventado en la cara, de tal forma que su rostro ha perdido las facciones humanas. Los estertores irregulares de su pecho generan burbujas de sangre en el agujero que tiene en el cuello. Pero solo durante unos segundos. Finalmente, el cuerpo convulsiona de forma violenta, como cuando crees precipitarte al vacío en medio de un sueño, y el sicario muere. Es entonces cuando Hueso descubre que, por primera vez, le ha arrebatado la vida a otro ser humano.

El pitido sigue resonando en su cabeza, cada vez más fuerte. Siente como si le estuviera perforando el cráneo. Como puede, se quita de encima la cortina con una mano, se incorpora y, tambaleándose, regresa al salón. La cabeza le da vueltas. Sabe que hay otro hombre armado, y su instinto de supervivencia le empuja a huir. Todo continúa igual. Ginevra está tumbada en el suelo, inmóvil, con el pecho cubierto de sangre, y Bruno, con la cabeza reventada, rodeado de hortalizas cubiertas de sangre. No le parece ver a nadie más, pero tampoco se detiene para comprobarlo. Corre tan rápido como puede hacia la puerta, hasta que oye una voz que se mezcla con el pitido que resuena en su cabeza.

—¿Adónde vas tan deprisa? Aún no hemos terminado.

El guardaespaldas de Romano aparece, como surgido de la nada, junto a la encimera de la cocina. Sin previo aviso dispara, pero la bala no alcanza a Hueso, sino que atraviesa la madera de la puerta principal que está a su lado. Aprovecha el tiempo que tarda en recargar para salir. Corre. Ya no siente dolor en la mano y el pitido comienza a desaparecer, lo que le permite escuchar los pasos del hombre que lo sigue.

Se adentra en el huerto de Bruno, se agacha y gatea por los surcos que separan los bancales, buscando desesperadamente un lugar en el que esconderse. Consigue llegar hasta las tomateras que se elevan por los tutores de caña y se oculta entre las matas. Sabe que se trata de un refugio temporal y que solo es cuestión de segundos que lo encuentre, pero solo quiere descansar.

Se recuesta en el suelo, tumbado bocarriba. El corazón le late con fuerza, se lleva la mano sana hacia el pecho e intenta calmarse. Cierra los ojos; el pitido ha desaparecido por completo y una extraña calma lo envuelve todo. Cuando abre los párpados, descubre un manto de estrellas en el cielo que hay sobre su cabeza y vuelve a tener el mismo pensamiento que tuvo la primera noche que pasó en Prizzi: nunca ha visto un cielo tan puro como ese.

—¿Se supone que tú eres el hombre al que todos temen?

La pregunta lo saca de su ensoñación. Se recuesta sobre los codos y descubre a su verdugo frente a él, que se ríe de forma ostentosa tras su pregunta. Un hilo de baba sube y baja entre sus labios, pegándose y despegándose de su boca desdentada.

—Un hombre de verdad solo vale lo que vale su honor —dice cuando deja de reír—, y por tu culpa los Andolini acabaron con el mío cuando mataron a Romano. Mi trabajo era protegerle y, en lugar de eso, tuve que presentarme ante mi *capofamiglia* para decirle que no había cumplido con la palabra que le di, que no había podido proteger a su hijo y que estaba muerto por mi incompetencia. —Amartilla de forma violenta su escopeta antes de continuar hablando—: Le juré lealtad a Luciano solo para que me dejara acabar contigo. Eres como un regalo de cumpleaños para mí. —Vuelve a reír, mostrando su encía roja como una herida sin cicatrizar—. Mírate —le dice con desprecio—, tenías que estar liderando una guerra, y en lugar de eso estás aquí, huyendo y llorando como un niño asustado. No eres más que una rata de sangre española. Ha llegado la hora de dar las buenas noches, cretino.

Apunta con su arma y vuelve a reír, pero esta vez algo brilla entre sus dientes podridos. Hueso tarda unos segundos en comprender que se trata de la hoja afilada de un cuchillo, que acaba de atravesarle la garganta, entrando por la región occipital, seccionándole en dos la faringe y saliéndole por la boca como una fina lengua metálica.

El sicario cae de rodillas, la escopeta se le escapa de los

dedos y se precipita contra el suelo, donde un instante después es acompañada por él.

La silueta de Ginevra emerge en la noche, con el pecho cubierto de sangre y el cuchillo todavía en la mano.

—Buenas noches, cretino —dice ella con una voz rota por el esfuerzo.

Después mira a Hueso e intenta sonreír, pero no lo logra. Hueso se levanta y corre a abrazarla, pero para cuando llega hasta ella ya ha perdido el conocimiento.

Año 1930, Palermo, región de Sicilia

Si algo ha caracterizado a Lorenzo Andolini durante la última década ha sido su capacidad para gestionar las emociones. Saber aparentar tranquilidad en los momentos de tensión o indiferencia en situaciones emotivas es una cualidad imprescindible para liderar un clan familiar de la Cosa Nostra. Pero, por primera vez en mucho tiempo, ha decidido dejarse llevar, deshacerse, aunque sea de manera momentánea, de la coraza con la que siempre se protege.

Arrastra una silla sobre el suelo de linóleo hasta colocarla frente a la butaca en la que se encuentra Giovanna. Toma asiento y envuelve las manos de la mujer entre las suyas. Las aprieta ligeramente, con suavidad, como si quisiera contener en ese gesto todo el dolor y la preocupación que lo devoran por dentro. Ella levanta la cabeza y se miran a los ojos en silencio, hasta que él toma la iniciativa y le pregunta:

—¿Estás segura de lo que vas a hacer?

Giovanna tarda varios segundos en responder. Durante ese tiempo, su mirada parece vacilar, refleja la duda que la devora por dentro.

—¿Acaso tengo otra opción? —pregunta a modo de respuesta.

Ahora es él quien tarda en contestar. Le gustaría poder ofrecerle una alternativa, decirle que existe una salida diferente, pero no puede. Los dos saben que solo hay un camino, por duro que sea de recorrer.

—Estás haciendo lo correcto, Giovanna —se limita a decir.

Ella separa sus manos de las de Lorenzo y se las lleva al rostro. Lo intenta, pero no logra contener el llanto.

—Estoy abandonando a mi hijo —dice con rotundidad.

Lorenzo niega con la cabeza y le habla con una ternura que no está acostumbrado a utilizar:

—No lo estás abandonando. Estás salvándole la vida.

En la estancia el aire es denso, pesado. Parece pesar sobre sus hombros, obligándoles a inclinar la cabeza, a desviar la mirada hacia el suelo. Tras unos segundos, Lorenzo se incorpora y camina unos pasos hacia la ventana. El suelo de linóleo chirría bajo sus pies.

—Luciano no se detendrá —dice con gravedad—. No descansará hasta encontrarlo. Lo sabes tan bien como yo. Si tu hijo permanece a tu lado, estarás poniéndolo en peligro.

—Soy una cobarde —lo interrumpe Giovanna.

—Eres su madre y estás tomando la mejor decisión posible para salvaguardarlo. Debe crecer lejos, ajeno a todo, sin conocer su historia ni su herencia. Solo así tendrá una oportunidad.

Giovanna asiente. Ha dejado de llorar, aunque sus ojos están hinchados.

—No quiero saber adónde lo lleváis. No quiero saber dónde crecerá ni quién lo cuidará. No puedo saberlo, porque si alguna vez me encuentran... si me torturan... podría traicionarlo. Si no sé nada de él, no podré ponerlo en peligro.

Lorenzo regresa sobre sus pasos y vuelve a tomar asiento frente a ella.

—Así lo haremos —le asegura Lorenzo—. Te lo prometo.

Ella asiente de nuevo. Tiene la mirada perdida y el rostro desencajado, pero cuando habla, su voz es firme.

—Antes de que os lo llevéis... —dice dejando la frase inconclusa durante unos segundos en los que aprovecha para sonarse con un pañuelo de tela—. Quiero despedirme de él.

Giovanna se levanta y accede a la habitación contigua. Dentro, una institutriz le hace una leve reverencia y se retira discretamente. En una cuna de madera, bajo una manta blanca, duerme un bebé. Respira acompasadamente. Tiene las mejillas sonrosadas.

Giovanna se acerca despacio. Se inclina frente a la cuna y posa una mano sobre el vientre del pequeño. La retira al instante, como si tuviera miedo de despertarlo. Le habla en voz baja, con un tono que parece a medio camino entre el afecto y la desesperación.

—Mi amor... —dice tratando de deshacer el nudo que le atenaza las entrañas—. Nunca me recordarás. No sabrás quién fui. Nadie te hablará de mí, pero yo te querré y pensaré en ti cada día de mi vida, aunque tú no lo sepas, aunque tú me odies por haberte abandonado. —Se interrumpe para tomar una bocanada de aire—. Separarme de ti es lo más difícil que he hecho nunca. Ojalá llegue un día, cuando seas un hombre, en el que puedas comprender por qué lo hice. El verdadero amor no se demuestra en las cosas que conservamos. El verdadero amor radica en aquello a lo que estamos dispuestos a renunciar.

El bebé se mueve. Al hacerlo, abre ligeramente los ojos. Parece que fuera a despertarse, pero se gira hacia el lado opuesto y vuelve a dormirse. Giovanna se acerca y lo besa en la frente.

—Perdóname, hijo mío —le susurra.

Regresa junto a Lorenzo, que la espera con gesto circunspecto. Ella le devuelve la mirada con la expresión de quien lo ha perdido todo, pero conteniendo las lágrimas.

—Eres la única persona en quien confío, Lorenzo. Sé que protegerás a mi hijo como si fuera uno de los tuyos.

—Así es —responde él, categórico—. La familia siempre cuida de la familia. Será mejor que te marches —le pide cambiando de tema—. Un coche te espera abajo. Isabella te recibirá en casa. Deja que me encargue yo de todo, e intenta descansar un poco.

Giovanna se dirige a la salida, pero antes de abrir la puerta, se detiene. Regresa junto a Lorenzo y le entrega algo envuelto en un paño.

—Ten. Es suyo. Le pertenece —dice ella.

Lorenzo lo toma y lo desenvuelve. Es el camafeo familiar.

—Es un riesgo, Giovanna. Podría delatarlo, ponerlo en peligro.

—No es un riesgo, Lorenzo. Es su historia, la historia de nuestra familia, el motivo por el que ha muerto su padre y por el que yo tomo esta decisión. Prométeme que conseguirás que lo conserve, aunque no sepa por qué. Quizá algún día le sirva para comprenderme.

Lorenzo asiente.

—Te doy mi palabra —le asegura con el aplomo que le da su sentido inquebrantable de la lealtad.

Giovanna abandona su propia casa sabiendo que cuando regrese su hijo ya no estará allí. Se marcha con tristeza y resignación, pero también con la esperanza de que algún día, cuando sea mayor, pueda comprender su sacrificio.

SÉPTIMA PARTE

1957, Palermo, región de Sicilia

55

El Fiat Campagnola verde militar de Bruno avanza a toda velocidad dando tumbos por la via Gaetano Lodato en dirección al Hospital Cívico de Palermo. Hueso ha recorrido más de ochenta kilómetros conduciendo con la mano herida sobre el regazo; la lleva envuelta en la camisa que se ha quitado y con la que ha conseguido detener en parte la hemorragia. El motor ruge como si fuera a reventar de un momento a otro, pero Hueso no levanta el pie del acelerador. Circula a tanta velocidad que las luces de la ciudad no son más que borrones difuminados en el parabrisas. Toca el claxon para abrirse paso entre los demás vehículos. No se detiene en los semáforos. Ginevra, acomodada en el asiento del copiloto, respira con dificultad. El aire entra y sale de sus pulmones con un silbido agónico.

Finalmente, alcanzan el hospital. Hueso gira con brusquedad el volante y pisa el freno. Las ruedas chirrían e invaden la acera hasta que el guardabarros choca contra las escaleras de acceso a urgencias antes de que el coche se detenga por completo. La aparatosa llegada llama la atención de varios celadores y enfermeros que salen a comprobar lo ocurrido.

—¡Ayuda! ¡Necesito ayuda! —grita Hueso.

Su rostro está tan pálido que parece un fantasma llegado del más allá.

Cuando el primero de los enfermeros se acerca y descubre a Ginevra, inconsciente en el asiento del copiloto y con la blusa empapada en sangre, levanta los brazos y llama a voces a sus compañeros para que le ayuden a sacarla. La levantan con mucho cuidado y la tumban sobre una camilla. Le hablan y tratan de reanimarla, pero ella no responde. Hueso camina tras ellos, siguiéndolos.

—Tiene una herida de bala en el pecho, en la clavícula izquierda —les explica con la voz entrecortada por el dolor y la preocupación.

—¿Hay orificio de salida? —le preguntan.

—No lo sé, no lo sé —repite Hueso por dos veces, pareciendo la segunda más una súplica que una respuesta.

El mismo médico que le ha hecho la pregunta lo aparta con delicadeza de la trayectoria de la camilla.

—Debemos intervenirla de inmediato —le explica—. Ha perdido mucha sangre, y si no logramos estabilizarla y detener la hemorragia, no podremos hacer nada por ayudarla.

—¡Voy con ella! —insiste Hueso, apartando con fuerza la mano que le impide avanzar.

—Solamente el personal clínico puede acceder a quirófano —le advierte en tono compasivo—. Escúcheme, lo mejor que puede hacer por ella es estar tranquilo y esperar aquí fuera.

Hueso obedece. Se detiene en medio del pasillo, sin poder controlar sus jadeos, y contempla cómo se llevan a Ginevra, alejándola de su lado, hasta que atraviesan la puerta que conduce al quirófano y desaparecen ante sus ojos.

Aunque es plena madrugada, algunos pacientes esperan su turno acomodados en bancos de madera. Todos miran a Hueso con incredulidad, sorprendidos. Su ropa está cubierta de sangre, y su mano izquierda vendada de forma precaria en un trozo de tela invita a pensar que está herido.

Desesperado, Hueso se gira sobre sí mismo y desanda sus pasos buscando un teléfono, pero no lo encuentra. Llega hasta la entrada y se detiene frente al mostrador de recepción; es de madera y tiene una altura que sobrepasa su cintura. Al otro lado se encuentra una mujer de unos cincuenta años. Tiene el pelo recogido en un moño ajustado y de su cuello cuelgan unas gafas de montura de concha, sujetas por un cordón dorado que las mantiene a la altura del pecho.

—¿Tienen teléfono? —pregunta Hueso, tenso.

La recepcionista se pone las gafas para observarlo mejor antes de responder.

—¿Disculpe? —pregunta sin disimular su incomodidad ante un hombre desaliñado, sucio y en camiseta interior.

—Necesito hacer una llamada —le ruega al borde de las lágrimas.

—Lo lamento mucho, señor —contesta con una modulación mecánica que deja ver sus escasas ganas de colaborar—. Este es el único teléfono del que disponemos en el hospital y es de uso restringido para el personal. Solo puede utilizarse en caso de emergencia.

—Es una emergencia, se lo suplico.

—Ya le he dicho que no es posible —repite la recepcionista, que se ajusta las gafas y sonríe condescendiente, dando por finalizada la conversación.

Tiene los labios pintados en color borgoña y, al sonreír, deja a la vista dos dientes manchados de carmín.

—Es una emergencia —vuelve a insistir Hueso, elevando el tono de su voz.

—Me temo que eso no puede decidirlo usted. Solo el personal médico del hospital —le aclara ella.

Con furia, Hueso levanta su mano herida y golpea con todas sus fuerzas el mostrador que los separa. Lo hace hasta en tres ocasiones, con tanta violencia que deja tres cercos de sangre sobre la madera.

—¿Le parece lo suficientemente urgente la situación? —pregunta tras el último golpe.

La mujer, visiblemente impresionada, se quita las gafas de montura de concha, dejándolas caer sobre su pecho.

—¿Se encuentra bien? Debería verle un médico —consigue decir.

La violencia que ha empleado Hueso hace que la tela de la camisa que envuelve su mano se tiña por completo de rojo.

—Lo único que necesito es un teléfono —vuelve a decir, apretando los dientes por el dolor.

La recepcionista, tan impresionada como asustada, abre la puerta para que Hueso pueda entrar.

—Está ahí —le indica, señalando con su dedo índice el teléfono con dial de rueda ubicado al fondo del mostrador.

Hueso cruza el umbral tambaleándose. Se acerca al aparato y marca el número de la casa de los Andolini. Alguien descuelga al tercer tono.

—¿Matteo? —jadea Hueso al escuchar la voz de su interlocutor—. Todo ha salido mal... Nos han tendido una trampa... Nos han encontrado. ¡Bruno está muerto! Ginevra... no sé si va a sobrevivir.

—¡Cálmate! —le ordena Matteo, tajante—. ¿Dónde estáis?

—En el Hospital Cívico —responde Hueso.

—¿Os ha seguido alguien?

—No —contesta Hueso, pero un instante después se corrige—: No lo sé.

—¿Estás con mi hermana?

—Yo... Está en el quirófano... Ella... Ellos... Ha perdido mucha sangre. —Sus respuestas son confusas, le cuesta pensar con claridad.

—Hueso, tienes que escuchar atentamente lo que voy a decirte. ¿Comprendes?

Hueso asiente como si Matteo pudiera verlo a través de la línea telefónica.

—No dejes sola a Ginevra en ningún momento. No te separes de ella bajo ningún concepto, ¿me oyes? Entra en ese quirófano como sea y quédate a su lado. Nos han traicionado. No se han presentado a la reunión. Estamos solos y acorralados. En menos de quince minutos estaré allí con un grupo de hombres, pero mientras tanto tienes que quedarte junto a mi hermana y protegerla. ¿De acuerdo?

Hueso intenta responder, pero todo a su alrededor empieza a desvanecerse. Las paredes del hospital parecen girar y volverse borrosas. El auricular del teléfono que sujeta en su mano deja de tener peso y consistencia. El sonido de la voz de Matteo se pierde en la distancia. Las luces parpadean hasta que se apagan por completo. Entonces Hueso se desmaya y cae al suelo.

56

Hueso abre los ojos de golpe, tan asustado como desorientado. Siente una presión en el pecho y una punzada aguda en la mano. Parpadea varias veces, tiene dificultades para enfocar. Todo a su alrededor parece difuminado y oscuro. Lo primero que descubre es que no se encuentra en el hospital. Está en la habitación de una casa, pero la estancia no le resulta familiar. Las paredes están forradas de madera y la única luz procede de una lámpara pequeña situada sobre una mesilla de noche. No hay ventanas, o él no logra encontrarlas a simple vista. El aire le parece denso y cargado.

—¡Ginevra! —grita, y al hacerlo siente un dolor lacerante en la garganta, como si la tuviera en carne viva.

Frente a él hay un hombre que no conoce. Debe de tener su edad, quizá unos pocos años más, no demasiados. Es alto y delgado, con el cabello cortado a cepillo. Lo mira y sonríe con cordialidad. Tiene los ojos pequeños, escondidos detrás de unas gafas metálicas de cristal ovalado.

—¿Dónde estoy? —murmura Hueso, intentando no forzar la voz para no volver a sentir dolor en la garganta.

Quiere incorporarse, pero no lo logra porque una mano firme presiona su pecho, obligándole a tumbarse de nuevo.

—Tranquilo, todo ha ido bien.

Escuchar una voz familiar lo reconforta. Gira la cabeza y descubre a Matteo a su lado. Aunque verlo le calma, sigue confundido.

—¿Dónde estoy? ¿Qué ha pasado? —le pregunta, y le toma de la mano con la que le ha impedido incorporarse.

Matteo se inclina hacia él y, con un gesto tranquilizador en el rostro, le explica:

—Hemos tenido que sacarte del hospital. No podías quedarte allí, era demasiado arriesgado. Estás en casa de la familia Moretti, un antiguo amigo de la infancia de mi padre. Él es su hijo, Angelo —añade señalando al hombre que se encuentra a los pies de la cama—. Es uno de los mejores cirujanos de Palermo. Nos han abierto las puertas de su casa y él te ha operado la mano deteniendo la hemorragia. Estás vivo gracias a ellos.

Hueso se mira la mano envuelta en un aparatoso vendaje. Se pregunta cuántos dedos le quedarán debajo de las gasas. Después levanta la cabeza y mira al doctor, que continúa sonriendo. Debería darle las gracias, pero en lugar de hacerlo, vuelve a dirigirse a Matteo:

—¿Ginevra? ¿Dónde está?

Antes de responder, Matteo se dirige a los pies de la cama, donde se encuentra Angelo. Cuando llega a su lado, le pone la mano en el hombro.

—La familia Andolini nunca olvidará lo que la familia Moretti ha hecho por nosotros. Gracias por vuestra generosidad y también por tu trabajo. ¿Podrías dejarnos solos un momento? —le pide en un tono que suena a orden.

El médico asiente.

—Volveré más tarde —dice mirando directamente a Hueso—. Te explicaré cómo cambiar el vendaje y cómo cuidarte la herida para evitar que se infecte. También traeré calmantes para el dolor.

Sin esperar una respuesta, sale de la habitación y cierra la puerta tras él.

—Ginevra ha sobrevivido a la intervención —le informa Matteo en cuanto los dos se quedan solos.

Hueso siente que se quita un lastre enorme de encima al escuchar las palabras de Matteo. Pero el alivio dura un segundo, porque un instante después la preocupación vuelve a invadirlo.

—¿Dónde está?

—Está fuera de peligro, pero ha perdido mucha sangre. Sigue inconsciente, la han sedado. Un equipo médico controla su estado en todo momento. Aún es pronto para saber cuánto tardará en recuperarse.

—No puede quedarse en el hospital sola —dice Hueso con urgencia—. Si no la sacamos de allí, la encontrarán.

Matteo niega con la cabeza.

—No podemos sacarla en su estado. Sería demasiado arriesgado. Pero no tienes que preocuparte. No está sola. Hay hombres armados controlando las dos entradas del hospital y también hay dos vigilantes en la puerta de su habitación. Está protegida las veinticuatro horas. Y no está sola. Mi madre está con ella, junto a su cama.

—Pero Luciano…

—Ginevra no es un objetivo prioritario para Luciano —le interrumpe Matteo—. Si la atacaron en Prizzi fue solo porque estaba allí contigo. Luciano nos busca a ti y a mí, no a ella. Tengo a media docena de hombres armados dentro del hospital y otros dos coches fuera, vigilando las calles de alrededor. Luciano es un estratega. Sabe que entrar en el hospital provocaría un escándalo y un derramamiento de sangre innecesarios. No quiere llamar la atención. Que mi madre y Ginevra sigan vivas no es un problema para él. Su problema es que sigamos vivos tú y yo.

La lógica y la contundencia de las palabras de Matteo aplacan a Hueso.

—¿Y qué pasa con nosotros? —dice—. ¿Qué va a ocurrir?

Matteo suspira.

—Nos han traicionado, Hueso —responde con dureza—. Ni los Fidanzati ni los Vernengo se presentaron a la reunión. Estamos solos.

—¿Qué piensa hacer tu padre ahora?

—Mi padre ha muerto. —Matteo pronuncia la frase con solemnidad y, acto seguido, baja la mirada—. Domenico también. Los han matado.

El golpe es devastador para Hueso. Siente que los cimientos de su nuevo mundo, ese nuevo mundo que desconocía hasta que Lorenzo apareció en su vida, comienzan a desmoronarse.

—No… —dice. No sabe cómo continuar la frase, por lo

que decide formularla de nuevo—: Esto es una locura... Nada tiene sentido. No quiero esta guerra. No quiero esta vida.

Vuelve a incorporarse, pero esta vez Matteo no lo detiene.

—Yo no quiero ser el líder de nada —continúa con la voz quebrada—. Solo quiero saber que Ginevra está bien y desaparecer. No podemos seguir con esto. Si no lo paramos, Luciano nos matará a todos.

Hueso se pone de pie, le cuesta mantener la verticalidad y tiene que apoyarse momentáneamente en el colchón.

—¿Adónde vas? —le pregunta Matteo.

—Voy al hospital. Necesito estar cerca de Ginevra. Lo que le ha pasado es mi culpa.

—¡No! —replica Matteo de forma tajante—. Es demasiado peligroso que vayas allí. Si lo haces, estarás poniéndote en peligro, y también estarás poniendo en peligro a Ginevra y a mi madre.

Hueso lo mira con desesperación.

—Nuestros hombres se han encargado de todo —dice Matteo de nuevo en un tono sereno—. Han hablado con el personal del hospital y les han dado las instrucciones precisas. Cuando vaya la policía, todos dirán lo mismo: hubo un tiroteo en la calle, un ajuste de cuentas entre bandas, y una bala perdida alcanzó a Ginevra. Nadie te mencionará. Será como si nunca hubieras estado allí. El coche de Bruno ya ha desaparecido. Todo parecerá un desafortunado accidente.

Hueso guarda silencio, concentrado en las explicaciones de Matteo.

—Cuando mi hermana recupere el conocimiento, ella y mi madre se marcharán a Puglia. Es una zona segura, sin influencia directa de ninguna de las tres grandes familias. Tampoco Luciano tiene poder allí. Conocemos a gente que las protegerá. Estarán a salvo.

Hueso estalla en una risa irónica y violenta.

—¿Estarán a salvo como en casa de Bruno? —le pregunta—. Él también era ajeno a la mafia... y mira cómo ha terminado. ¡Está muerto! —le grita a escasos centímetros de la cara.

Furioso, Matteo lo empuja con fuerza, haciendo que caiga sobre la cama.

—¡Es mi padre el que ha muerto y es mi hermana la que está en la habitación de un hospital luchando por su vida! ¡No se te ocurra volver a cuestionar mis decisiones! —le amenaza señalándolo con el dedo índice.

Hueso, indefenso y abatido, se cubre la cara con una almohada y llora consumido por la rabia y la desolación. Cuando logra controlarse, se incorpora sobre el colchón y habla, esta vez empleando un tono mucho más sereno y conciliador:

—Quizá sería mejor rendirnos. —Luego mira al frente, como si no se estuviera dirigiendo a Matteo, como si no se estuviera dirigiendo realmente a nadie—. Abandonarlo todo —continúa—. Dejar que Luciano gane. No quiero este legado, Matteo —le confiesa, girándose hacia él con lágrimas en los ojos—. Quiero que todo esto termine. Quiero desaparecer.

Matteo toma asiento a su lado. Parece que va a decir algo,

pero Hueso se lo impide, convencido cada vez más de su propio discurso.

—Si nos rendimos, quizá Luciano nos deje tranquilos. Le diremos que todo ha terminado, que él ha ganado. Tú puedes ir a Puglia, con Ginevra e Isabella, y comenzar una nueva vida allí, lejos de Sicilia. Conoces a gente. Tú mismo lo has dicho. Ellos te ayudarán a empezar de nuevo. Yo puedo volver a la calle. Puedo huir. Puedo desaparecer. Es lo que he hecho toda mi vida. Es lo único que sé hacer.

—¿Eso es lo que realmente quieres? —le pregunta Matteo, que no parece compartir su visión.

—No soy un líder. Nunca quise serlo —le confiesa—. Si continuamos esta guerra, todos moriremos. Jamás lograremos vencer a Luciano. Solo quiero asegurarme de que Ginevra esté bien, que tenga una nueva vida lejos de todo esto.

Matteo no interrumpe a Hueso y le deja hablar. Cuando considera que ha finalizado su discurso, se pone de pie y se dispone a abandonar la habitación.

—Descansa —le dice con una mezcla de severidad y compasión—. Angelo vendrá ahora a curarte las heridas. Después intenta dormir un poco. Si mañana sigues pensando lo mismo, haremos lo que consideres necesario.

Le da la espalda y se dirige a la salida, pero antes de llegar a la puerta se gira y vuelve sobre sus pasos hasta quedar nuevamente frente a Hueso.

—Por cierto, esto es tuyo. Lo encontramos en el coche de Bruno. Debió de caérsete mientras conducías hacia el hospital —le dice, y le tiende el camafeo de oro.

57

A la mañana siguiente, Matteo entra en la habitación con una bandeja. Lleva una taza de café humeante y una pequeña panera de mimbre con diferentes tipos de pan y varias mermeladas. Pasa sin llamar y encuentra a Hueso de pie, inquieto, completamente vestido, como si estuviera a punto de salir. La ropa que lleva no es la suya, que ha desaparecido y lo más probable es que se hayan deshecho de ella, puesto que estaba llena de sangre, sino la que los Moretti le han dejado sobre la cómoda. El vendaje de la mano parece menos protuberante que el día anterior.

—La asistenta de los Moretti me ha dicho que no quisiste desayunar —comenta Matteo mientras deja la bandeja sobre la mesilla de noche, junto a la lámpara—. Están siendo muy generosos con nosotros. No deberíamos comportarnos de forma descortés.

Hueso lo mira un segundo antes de hablar.

—No quería parecer maleducado ni desagradecido, lo lamento.

—Lo sé —responde Matteo—. Todo esto es muy difícil. Te entiendo. Tómate el café, al menos.

Hueso obedece y, como un niño al que no le gusta la comida que le han preparado, vacía la taza de un trago.

—¿Sabes algo de Ginevra? —pregunta tras apurar la bebida.

—Continúa igual. Sigue estable pero inconsciente. ¿Y tú? ¿Has podido descansar?

—No he conseguido dormir en toda la noche —le confiesa.

—¿Y la mano te duele? —pregunta Matteo como si quisiera cambiar de tema y no abundar en lo que acaba de decir su amigo.

Hueso se mira el vendaje. Parece sorprenderse al descubrirlo, como si hubiera olvidado la herida que le produjo el disparo.

—Sí —afirma—. Pero puedo soportarlo. Angelo me trajo calmantes para el dolor.

—Angelo es un cirujano extraordinario —le asegura Matteo—. No creo que puedas volver a hacer tus trucos con naipes —bromea con una media sonrisa conciliadora—, pero al menos consiguió salvarte la mano.

—Le he dado vueltas a lo que hablamos ayer —dice Hueso, que quiere abordar el tema cuanto antes—. Ya he tomado una decisión.

Matteo lo observa con detenimiento, pero se mantiene en silencio, esperando a que Hueso exponga su reflexión.

—Quiero terminar con todo esto —asegura—. Voy a rendirme. Quiero que Luciano sepa que ha ganado la guerra, que no me enfrentaré a él. Lo he estado pensando detenidamente durante la noche —asegura al tiempo que se justifica, no quiere que su discurso parezca fruto de un miedo irracional—. Le podemos proponer a Luciano nuestra rendición incondicional a cambio de dejarnos marchar. Él ganaría y nosotros podríamos comenzar una nueva vida. Estoy dispuesto a proponérselo en persona si fuera necesario.

—¿Estás seguro de lo que dices? —pregunta Matteo en un tono de voz pausado—. ¿Has pensado bien lo que significa tu decisión?

—Sí —afirma Hueso, convencido—. Si renuncio a reclamar mi legado, si le dejo claro que no pelearé por el lugar que me corresponde, Luciano no tendrá razones para continuar la guerra.

Matteo suspira e introduce las manos en los bolsillos de su pantalón.

—Suponía que esa sería tu decisión —se limita a decir en un tono neutro—. Si realmente es lo que quieres, yo mismo te llevaré ante Luciano para que lo hagas, pero deja que te muestre una cosa antes. No tardaremos mucho, solo unos minutos. Te doy mi palabra de que si después sigues pensando lo mismo, no trataré de hacerte cambiar de opinión. ¿Te parece bien?

Hueso, aunque extrañado por la propuesta, asiente.

—De acuerdo —dice.

—Ponte el abrigo —le pide Matteo, señalando la prenda que se encuentra sobre la cómoda, en el mismo lugar en el que estaba la ropa que ahora lleva puesta Hueso—. Vamos a salir —concluye, y sin dar mayores explicaciones, abandona la habitación.

Hueso duda durante unos segundos, pero finalmente obedece. Cuando llega al jardín, descubre que no solo hay un nuevo chófer en lugar de Domenico, sino que el vehículo en el que van a viajar también es otro. El Lancia Aurelia de la familia ha sido sustituido por un Alfa Romeo 1900. Ambos se acomodan en el asiento trasero y el conductor comienza a circular por las calles de Palermo. Dejan atrás la via Roma y la via Libertà y se adentran en los barrios más humildes de la ciudad.

Para Hueso, en cierta forma, es como recorrer en sentido inverso los cambios que se han producido en su vida. Cuando llegan al barrio de Kalsa, mira por la ventanilla, casi con nostalgia, las calles en las que ha pasado los últimos años de su vida, desde que abandonó el orfanato y tras el viaje a Taormina junto a Tommaso y Corrado en busca de Amaranta. No acaba de comprender qué se propone Matteo hasta que el chófer detiene el vehículo frente a la fachada de la pensión del padre de Sofia.

El edificio continúa en pie, pero la parte superior de la fachada está completamente negra, lo que indica que ha habido un incendio hace poco. Los cristales de las ventanas están rotos y, desde donde se encuentran, se ven las siluetas de varias personas limpiando los restos del desastre. Lo que alcanzan a ver del interior tiene un aspecto desolador. Matteo baja la ventanilla con la manivela para que Hueso observe con detenimiento lo ocurrido.

Después, tras esperar un tiempo prudencial, coloca un

periódico abierto sobre el regazo de Hueso, que baja la vista y lee el titular de la página por la que Matteo lo ha abierto: «Un incendio fortuito en una pensión de la via Alloro acaba con la vida del matrimonio que regentaba el negocio y con la de su hijo de tan solo diez meses».

Hueso siente que alguien le está gastando una broma macabra. Intenta respirar, pero el oxígeno se niega a entrar en sus pulmones. Mira el periódico y luego la fachada del edificio. Repite la acción varias veces, como si esperara que una de las dos cosas desapareciera. Abre la puerta del coche y baja sin mirar. Una moto que pasa a su lado está a punto de atropellarlo. Cae de rodillas frente a la fachada. Desea romper a llorar, pero en lugar de eso, aprieta los puños con fuerza y, sin pensarlo, golpea los adoquines de la calzada. En la venda de su mano izquierda aparece un círculo rojo que va creciendo de tamaño por segundos. Matteo baja del coche y trata de levantarlo, agarrándolo por debajo de las axilas, pero cada vez que lo intenta, Hueso se vuelve a desplomar, como si hubiera perdido toda la fuerza. Finalmente es Matteo el que cede y se arrodilla junto a él, de tal forma que sus cabezas quedan a la misma altura.

—Luciano nunca se conformará con tu rendición. Las cosas no funcionan así en la mafia. No hay perdón ni olvido. No puedes huir de esto. Cuando juraste lealtad a la familia, lo hiciste hasta el último día de tu vida. Luciano no quiere que te rindas, quiere que dejes de existir. Hará lo que sea necesario y más para que desaparezcas tú y todos los que creemos en lo que tú representas. Su intención es liderar una organización criminal en la que ninguno de nosotros tiene cabida, y dejarte con vida sería un riesgo que no está dispuesto a correr. ¿Acaso ya has olvidado lo que te contó mi padre? ¿Has olvidado lo que Canino le hizo a tu madre en nombre de Luciano? ¿O el sacrificio que hizo ella para que hoy tú estés vivo? —le pregunta.

Hueso no responde. En su cabeza resuena una y otra vez la palabra «sacrificio». Recuerda la conversación que tuvo con Lorenzo en la cocina antes de marcharse a Prizzi.

—Luciano no descansará hasta encontrarte —le asegura su amigo—. Si no lo detenemos, nos matará a todos.

Matteo vuelve a ponerse de pie.

—Ahora te lo volveré a preguntar, Hueso. Dime, ¿cuál es tu decisión? ¿Quieres seguir huyendo, como has hecho toda tu vida, o estás dispuesto a enfrentarte a tu destino?

58

Todo en el despacho de Lorenzo continúa en el mismo lugar que se encontraba la última vez que Hueso estuvo allí, pero le parece distinto. El silencio que envuelve la estancia es abrumador. Las persianas están bajadas y solo se encuentra prendida la lámpara dorada con su pantalla verde de vidrio iluminada, lo que en las circunstancias en que se hallan le da al espacio un aspecto de búnker de guerra. Fuera, varios coches con hombres armados vigilan la vivienda, para protegerlos de cualquier intento de ataque. Aun así, quieren ser precavidos: no corren las cortinas ni abren las contraventanas. Deben comportarse como fantasmas dentro de su propia casa, y eso crea una sensación asfixiante, como si estuvieran presos en una cárcel.

La ciudad arde en rumores. Palermo es un tablero de ajedrez donde cada bando mueve sus piezas con cautela. Las calles murmuran nombres y traiciones inminentes. Los bares donde antes se cerraban tratos con apretones de manos ahora son trampas donde una conversación imprudente puede costar la vida. Las funerarias han duplicado su trabajo. Algunas personas han desaparecido sin dejar rastro, otras han sido encontradas flotando en las aguas del puerto con los labios cosidos, un mensaje de advertencia para quienes se atrevan a desafiar el nuevo orden. La lealtad es efímera, y la traición, moneda corriente. Los clanes mafiosos se mueven con sigilo, tanteando cuál es el bando que ofrecerá mejores garantías para su supervivencia. Mientras Luciano extiende su influencia con el respaldo de los estadounidenses, los Andolini intentan mantener su dominio sobre la isla, apoyados en las viejas tradiciones.

Para Hueso y para Matteo, el conflicto es una cuestión personal. Uno ha perdido a su mentor; el otro, a su padre. Solo se tienen a ellos mismos. Se han convertido en su única certeza, la única persona en quien confiar; tanto es así, que se entienden sin necesidad de palabras. Están juntos, luchando en un mismo bando. En esta guerra de sombras y alianzas rotas, representan el uno para el otro una lealtad que da sentido al conflicto.

Matteo está sentado en una silla, repasando las notas en su cuaderno negro con tapas de cuerina. Hueso, mucho más inquieto, camina de un lado a otro por el despacho.

—Sin apoyos de otros clanes, el resto del plan no puede llevarse a cabo —dice Matteo en voz baja, un tono acorde con el silencio que reina en el resto de la casa y a la iluminación del espacio.

Hueso no se detiene, camina con paso decidido y tan rápido que no tarda más que unos segundos en llegar de una pared a otra. Sabe que huir no es una opción. Ha decidido aceptar lo inevitable, pero como si de una partida de póquer se tratara, intenta organizar en su cabeza una estrategia para ganar, a pesar de tener la peor mano de la mesa.

—Si los Fidanzati y los Vernengo se hubieran unido a nosotros —prosigue Matteo—, los Lombardo, los Grasso, los Esposito o los Fontana también lo habrían hecho.

Hueso alza la vista, parece no comprender el argumento de Matteo.

—Pero solo fueron dos familias las que no se presentaron a la reunión, ¿por qué no intentamos convencer al resto? —pregunta gesticulando en exceso, nervioso.

—Los Fidanzati, los Vernengo y los Andolini somos las familias más influyentes del centro de Palermo. Desde hace años, las decisiones más importantes las hemos tomado en conjunto y el resto las han acatado. Ningún otro clan ni familia cuenta con los recursos suficientes. No se atreverán a dar un paso en falso a menos que sepan con certeza que podemos derrotar a Luciano. Saben que él está negociando con las tres grandes mafias italianas y que después lo hará con Bonanno y el resto de las familias de Nueva York, y saben también que eso podría acabar con ellos. Pero eso es solo una posibilidad. En cambio, si nos apoyan y fracasamos, no habrá nadie que los proteja. Son familias mucho más pequeñas que la nuestra, no tienen tantos hombres a su disposición y en una guerra no tendrían ninguna posibilidad.

El silencio vuelve a instalarse en el despacho. Hueso se acerca al escritorio y acaricia la superficie pulida de madera oscura, como si buscara una respuesta. Piensa en qué haría Lorenzo.

—No tiene sentido —dice finalmente, deteniéndose por primera vez en la reunión—. Si saben que Luciano representa una amenaza, si saben que sus familias y todas las que apoyan una estructura clásica de la mafia podrían desaparecer si él llegase al poder, ¿por qué no se unen a nosotros?

—Porque estamos solos y saben que en las condiciones actuales no tenemos los medios y recursos para ganarle, y eso les asusta. No lo hacen —dice Matteo a modo de conclusión— porque le tienen miedo.

Algo dentro de Hueso se despierta con la frase de Matteo. Recuerda la mañana que pasó en el cementerio con Lorenzo y la historia que le contó sobre el comerciante textil. El hombre se negó a colaborar hasta que Lorenzo prendió fuego a su negocio, hasta que, con violencia, logró ganarse su respeto. De pronto lo entiende todo. La respuesta siempre ha estado ahí.

Hueso se da cuenta de que está de pie junto a la silla que ocupaba Lorenzo. El asiento que siempre perteneció al *capofamiglia* parece un trono vacío a la espera de un nuevo heredero. Antes de hablar, decide tomar asiento. Matteo lo observa en silencio, comprendiendo la magnitud del momento que están viviendo.

—En ese caso —dice Hueso una vez que ya se ha acomodado en la silla—, tendremos que lograr que me teman más a mí que a Luciano.

El nuevo *capofamiglia* de Palermo acaba de tomar posesión.

59

No disponen de demasiado tiempo, por lo que esa misma noche comienzan a idear una estrategia.

Cinco personas están reunidas alrededor del escritorio de Lorenzo: además de Hueso y Matteo, hay tres hombres que siempre han sido soldados fieles a la familia. Escuchan con atención las indicaciones del hijo primogénito del que hasta su fallecimiento fue el *capofamiglia*. Sobre la mesa se encuentran varias fotografías de la fachada de un restaurante y de las calles colindantes, además de un plano detallado del local.

—Cada semana, Pietro Fidanzati —dice Matteo, pronunciando el nombre completo del *capofamiglia* al que se proponen liquidar— organiza una partida de dardos en su restaurante favorito porque a él no le gustan las cartas y es un incapaz al billar. Le apasiona comer; es una ballena con corbata y sombrero, así que el juego nunca se inicia hasta que han retirado los postres. Lo sé porque mi padre solía acudir a sus reuniones. —El tono de Matteo es sombrío—.

Invita a una media docena de personas —continúa—, pero lo normal es que no todos los *capifamiglia* puedan asistir. Los hombres que cenan y juegan a los dardos van desarmados, pero nunca están solos: cada uno asiste con un guardaespaldas que no participa del banquete ni tampoco juega la partida, sino que vela por la seguridad de su jefe desde la barra. Y ellos sí están armados.

Hueso no aparta los ojos de Matteo, su nivel de concentración es absoluto.

—No estarás solo. Irás acompañado por Gianluca, Carlo y Marco —añade, girando la cabeza hacia los tres hombres que se encuentran a su alrededor—. Ellos se encargarán de los guardaespaldas. Si entráis y disparáis sin avisar, no tendrán tiempo siquiera de desenfundar. Cuando hayan hecho su trabajo, tú accederás al restaurante sabiendo que no hay nadie armado. Pietro estará indefenso ante ti. Solo debes matarlo a él. Después apunta al resto de los *capifamiglia*. Son una panda de ancianos con sobrepeso. Espera unos segundos. Haz que sientan miedo, que piensen que vas a matarlos, y entonces habla. Diles que ya no existe la posibilidad de ser neutrales, que en esta guerra hay dos bandos, el de Luciano y el tuyo, y que quien no esté a tu lado estará frente a ti. Será un mensaje para ellos y también para el resto de las familias de Palermo.

Gianluca, Carlo y Marco asienten en silencio. Todo parece claro y establecido hasta que interviene Hueso.

—No —dice de forma rotunda—. No lo haremos así.

La sorpresa en el despacho de Lorenzo es generalizada.

—Si lo que queremos es que me teman a mí, no puedo

presentarme allí rodeado de soldados para que hagan el trabajo sucio por mí. Deben verme como un hombre peligroso, como alguien que puede caminar solo y matar a quienes se le pongan por delante sin necesidad de protección. Si quiero ganarme su respeto, debo hacerlo yo mismo.

Matteo frunce el ceño y niega varias veces con la cabeza antes de intervenir:

—Es demasiado peligroso ir solo. Es un suicidio.

—Lo sé —afirma con aplomo y la misma convicción en la mirada que al proponerlo—, pero ambos también sabemos que es la única forma de hacerlo. Les vamos a pedir que pongan su vida y la de sus familias en juego por nosotros, y solo lo conseguiremos si les convencemos de que no hacerlo sería mucho más arriesgado para sus intereses.

Matteo pasea de un lado a otro. Presa del nerviosismo, saca y guarda su cuaderno de tapas de cuerina del bolsillo interior de su americana.

—Dejadnos solos —les pide a sus hombres, que obedecen de inmediato.

—Lo sabes tan bien como yo, Matteo —le dice Hueso cuando solo quedan ellos dos en el despacho—. Nunca lograremos que me teman si me ven como un simple títere protegido por los matones de la familia Andolini.

—¿Y cómo quieres que te vean? —le pregunta Matteo.

—Como lo que soy: su jefe, el hombre al que deben jurar lealtad.

—Lo primero que harán en cuanto llegues será apuntarte con sus armas. Después, uno de ellos te cacheará —dice Matteo, dispuesto a poner su capacidad de estratega al servicio de la idea de Hueso—. Si llevas un arma escondida y la encuentran, estarás muerto. Y si entras desarmado y te enfrentas a ellos, estarás muerto. Necesitamos hallar la forma de que lo hagas y salgas vivo.

—Puedo entrar disparando —propone Hueso.

—Eso no serviría de mucho. Como mínimo habrá tres hombres armados. Puede que sean hasta seis. Las cortinas del restaurante están echadas durante la partida para que desde el exterior nadie vea lo que ocurre dentro. Así que irás a ciegas. No sabrás dónde se encuentran ni cuántos son. —Matteo cierra los ojos concentrado—. Estarías muerto antes del tercer disparo. —Niega con la cabeza frustrado y dice—: Es imprescindible que sepas cuántos hombres armados hay antes de comenzar a disparar y dónde están situados. Debemos conseguir que se relajen, que confíen en ti y que bajen la guardia. Esa sería la única manera de que tuvieras una oportunidad para acabar con ellos.

—¿Y cómo hacemos para esconder una pistola sin que se den cuenta?

El plan parece hacer aguas antes incluso de empezar. El desánimo se apodera de los dos.

—Ellos serán media docena de hombres armados y yo ni siquiera tengo dos manos —dice Hueso.

De pronto Matteo levanta la cabeza y sonríe, una risa pícara que Hueso no logra entender. Del primer cajón del escritorio, Matteo extrae una llave pequeña y plateada. Se dirige a la librería y saca una caja metálica oculta entre los libros. La coloca sobre el escritorio y antes de abrirla le pide a Hueso que extienda la mano.

—¿Cómo? —pregunta Hueso, desconcertado.

—Dame tu mano, la buena, la que no está vendada.

Hueso obedece.

—Coloca la palma hacia arriba.

Cuando Hueso gira la mano derecha como le pide, Matteo abre la caja y de su interior extrae una Browning Baby, una pistola semiautomática de retroceso, con un tamaño y un peso tan ridículos que a simple vista parecería más el juguete de un niño que un arma de fuego. Matteo se la coloca sobre la palma de la mano sana y comprueba que el metal no sobresale por los costados. Es tan pequeña que, situando la culata sobre la muñeca, justo en el lugar en el que nace la línea del destino, el cañón ni siquiera llega a la segunda falange de los dedos.

—Lo tenemos —le asegura Matteo, y acto seguido, sin dejar hablar a Hueso, le muestra el cargador de un tamaño tan insignificante como el resto de la pistola—. Cartuchos de veinticinco, pequeños, pero si apuntas a la cabeza y disparas a bocajarro, será más que suficiente. Solo tenemos un problema —le advierte—. Únicamente caben seis balas en el cargador. Necesitas una para matar a Pietro. Con el resto tendrías que deshacerte de todos los hombres armados del restaurante. Para que el plan funcione, no tendrían que ser más de cinco. Tú decides, Hueso. ¿Quieres hacerlo?

Hueso mira la pistola que sostiene en la palma de la mano y el cargador que sujeta Matteo entre los dedos antes de responder.

—Se me dan bien los juegos de azar —dice desplegando su sonrisa de tahúr—. Hagámoslo.

60

—¡Salud! —grita uno de los hombres levantando su vaso al aire.

El ambiente es festivo, típico de una velada siciliana. Han apartado las mesas del restaurante y solo han dejado una en el centro del local. La ocupan cinco hombres, todos pasados de peso y entrados en años. Visten trajes a medida y zapatos encerados en los que se refleja la luz amarillenta de las lámparas del techo. En las perchas de la entrada cuelgan sus abrigos y sus sombreros fedora. Son hombres importantes y su aspecto lo evidencia.

La barra del local está ocupada por otros cinco hombres mucho más jóvenes y fornidos. No se han quitado el sombrero ni las chaquetas, bajo las que ocultan sus armas. Beben y fuman, pero ninguno de ellos aparta la vista de lo que ocurre en el centro del restaurante.

Mario Grasso, el más obeso de los cinco hombres, se levanta con un dardo en la mano y se dispone a lanzarlo a la diana que cuelga en la pared del fondo. Sus compañeros, todos ellos sentados, lo observan y ríen.

—A ver si esta vez logras clavarlo en la diana, Mario —dice Pietro Fidanzati con una sonrisa socarrona.

—Mirad cómo mueve el trasero —exclama Davide Esposito, el más joven del grupo, incorporándose e imitando su figura con exageración—. Si te bamboleas un poco más, vas a acabar convirtiéndote en Sofia Loren.

Las risas estallan entre los hombres sentados a la mesa mientras Mario sacude la cabeza fingiendo enfado.

—¡Callad! —les dice, alzando el brazo para lanzar el dardo—. Si me hacéis fallar, le pediré a Federico que os pegue un tiro en el pie a cada uno.

—¿Alguien vio anoche el programa de *Lascia o Raddoppia*? —interrumpe Rafael Fontana, ignorando la amenaza de Mario—. Ese tipo, ¿cómo se llamaba? El chico rubio. Falló la última pregunta y se fue a casa sin una lira. ¡Menudo imbécil!

—Si lo que quería era ganar dinero equivocándose, tenía que haberse hecho político, no ir a un concurso de televisión —responde Davide, provocando una carcajada generalizada.

Mario lanza el dardo y falla estrepitosamente. Los demás ríen con fuerza.

—Así es imposible —protesta Mario—. No hay manera de acertar con tanta cháchara. Parecéis un grupo de viudas en una peluquería.

—No es el barullo, Mario —le dice Clemente Lombardo, que había permanecido en silencio hasta ese momento—. Es todo lo que comes. Cada vez que lanzas, se mueve más tu panza que el dardo.

El ruido de las bromas y las carcajadas enmascara momentáneamente el estruendo de la patada que abre la puerta. El juego se interrumpe. También las risas. Todos se vuelven en dirección al ruido, desde donde entra una corriente de aire frío del exterior. Bajo el umbral se encuentra Hueso. Lleva puesto un pantalón de algodón oscuro, una camisa blanca metida por dentro del cinturón, un abrigo de paño y, en la cabeza, una gorra que recuerda a la de los chicos que reparten la prensa. La tiene calada hasta las cejas para que no se le pueda ver el rostro con facilidad. Su aspecto es informal, pero para quienes se encuentran dentro del restaurante, su presencia es cualquier cosa menos ordinaria.

Los cinco *capifamiglia* guardan silencio, no reaccionan. En cambio, los guardaespaldas de la barra sacan sus armas sin vacilar. Hueso parece no inmutarse. Con la misma serenidad con la que ha entrado en el restaurante, da un paso al frente, y luego otro y otro más. Mira de forma serena a los hombres que lo apuntan y comienza a contarlos para sí mismo.

—Uno, dos, tres, cuatro... —susurra en un tono imperceptible, sin mover siquiera los labios—: Cinco.

Cuando termina de contar, se dibuja una ligera sonrisa en su rostro. La primera incógnita del plan se ha resuelto a su favor. Levanta las manos, separándolas de su cuerpo y mostrándolas vacías.

—No vengo a buscar pelea, caballeros —anuncia con voz tranquila—. Solo quiero hablar.

Pietro Fidanzati lo observa con una mezcla de sorpresa y escepticismo.

—Quítate la gorra, chico —le ordena con voz grave.

Hueso obedece con parsimonia y se quita la gorra con la mano derecha, con la mirada fija en Pietro, que lo observa con curiosidad. Es tal y como lo había imaginado, como se lo describió Matteo: calvo, con las cejas pobladas y labios carnosos. Debe de pesar más de ciento veinte kilos. Lleva unas gafas de cristales cuadrados con una montura negra de patillas anchas.

—Así que tú eres el famoso Hueso del que todos hablan, el que ha levantado tanto revuelo —le dice Fidanzati en un tono entre la ironía y la advertencia—. Dime una cosa, chico, ¿sabe Matteo Andolini que estás aquí?

—No —responde Hueso—. He venido solo. Lo único que quiero es hablar con usted y que me ayude a poner fin a este derramamiento de sangre.

Pietro le hace un gesto con la barbilla a uno de los hombres armados.

—Cachéale —ordena.

El guardaespaldas se coloca frente a Hueso y empieza a palpar cada rincón de su cuerpo de manera meticulosa.

—Está limpio —dice cuando termina.

—Sal a la calle —le pide entonces su jefe—. Comprueba que no hay coches aparcados en las esquinas ni nadie armado vigilando.

Mientras esperan a que el hombre regrese, Pietro se dirige a Hueso:

—¿Qué te ha pasado en la mano?

—Recibí una visita de los hombres de Luciano.

—Eso he oído. Tienes suerte de seguir vivo.

—Ellos no pueden decir lo mismo —contesta Hueso.

El guardaespaldas regresa.

—La calle está vacía, jefe. No hay nadie fuera.

El resto de los *capifamiglia*, tan ruidosos un momento antes, guardan ahora un sepulcral silencio y observan atentos cada gesto de su anfitrión.

—Pasa, chico. Y vosotros guardad las pistolas —ordena Pietro a los hombres de la barra—. Ha venido a hablar, y nosotros somos hombres de negocios, no asesinos. Has hecho bien en venir solo —le dice a Hueso en tono conciliador—. Las cosas no son como te han contado. La guerra que quieres librar no tiene ningún sentido. Si te sientas aquí con nosotros y me escuchas, te lo explicaré.

Tras colgar la gorra en el perchero, Hueso ha regresado junto a la puerta con las manos a la espalda. Mientras Pietro daba órdenes y hablaba, él ha usado la mano derecha para retirar la venda de la izquierda. Para cuando el mafioso le invita a tomar asiento, ya ha liberado la Browning Baby que llevaba oculta bajo el vendaje.

Hueso simula dirigirse a la mesa, pero al pasar junto a la barra se acerca a los guardaespaldas, lo suficiente como para poder dispararles uno a uno. Cinco tiros a bocajarro, cinco balas que en cuestión de segundos se incrustan en sus cabezas, haciendo que los hombres caigan al suelo como marionetas a las que alguien hubiera cortado los hilos. El arma se sobrecalienta por la explosión continuada de plomo, pero Hueso no la suelta. Aprieta las cachas con fuerza y no saca el dedo del gatillo.

Los hombres de la mesa no se levantan, aunque empujan las sillas hacia atrás atemorizados. Pietro es el único que mantiene la posición. También la expresión desafiante.

—Estás cometiendo un error, chico. Déjame que te explique —le pide.

—No hay nada que tú y yo tengamos que hablar. Era con Lorenzo con quien tenías que hacerlo, pero no te presentaste a la reunión. Le traicionaste. Yo no soy como él, yo no soy como vosotros, yo no soy un hombre de negocios —dice en tono despectivo.

Levanta la pistola, apuntando con ella directamente a la cabeza de Pietro, pero un sonido metálico llama su atención. Se gira rápidamente y descubre que el camarero, oculto tras la barra, está amartillando una escopeta. Sin titubear, Hueso aprieta el gatillo y dispara. Intenta apuntar entre los ojos, como le ha enseñado Matteo, pero la bala, desviada por la distancia y la tensión del momento, impacta en su mandíbula. Acto seguido, el hombre cae al suelo inconsciente.

Hueso nota que se le acelera el pulso al volver a apuntar a Pietro.

—Para ser un crío de orfanato, tienes muy buena puntería —comenta con socarronería el *capofamiglia* de los Fidazanti—. Pero creo que ahora tienes un problema, porque esa pistolita de juguete que llevas no tiene más de seis balas en el cargador, así que ahora estás tan desarmado como nosotros.

Hueso lo mira sin pestañear.

—Estás solo y nosotros somos cinco, aunque también es cierto que estamos viejos y gordos y tú eres un chico joven. Podrías salir corriendo para coger una de esas pistolas —le dice señalando las armas de los cadáveres—, pero si lo haces, también lo haremos nosotros. Llegarás antes, no tengo la menor duda de eso, pero seguimos siendo mayoría y antes de que hayas apretado el gatillo un par de veces, alguien te habrá volado la tapa de los sesos.

Pietro hace una pausa. Sabe que ahora el tiempo juega a su favor.

—Hablemos, chico. Toma asiento y escúchame, solo un minuto. Créeme, las cosas no son como te han contado. Déjame que te lo explique —repite.

Hueso coloca el arma descargada sobre la mesa y toma una silla vacía, como si fuera a aceptar la invitación, pero en lugar de sentarse, agarra uno de los dardos que se encuentran sobre la mesa y lo clava con fuerza en la mano de Pietro. El mafioso suelta un grito agónico mientras intenta liberarse tirando de la muñeca con su otra mano, pero Hueso sigue apretando y lo mantiene inmovilizado sin mucho esfuerzo. El resto de los hombres, impresionados por la violencia de su joven oponente, deciden no intervenir.

Hueso suelta la presión que está ejerciendo sobre la mano de Pietro, coge otro dardo y lo hunde con fuerza en el pecho de Fidanzati una vez, y luego otra y otra más. Después se lo clava en el cuello y en la cara en repetidas ocasiones. La punta entra y sale del cuerpo del *capofamiglia*, dejando un reguero de sangre en cada perforación. Finalmente, Pietro se desmorona sobre la mesa y muere sin haber logrado siquiera arrancarse el dardo de la mano.

Con la respiración agitada y cubierto de salpicaduras de sangre, Hueso se dirige hacia los demás *capifamiglia*, señalándolos con el dardo ensangrentado.

—No he venido aquí para hablar con nadie. Yo no negocio. Estoy aquí para daros un mensaje a vosotros y al resto de las familias sicilianas: no podéis ser neutrales en esta guerra. O estáis conmigo o contra mí. Tenéis cuarenta y ocho horas para decidir en qué bando queréis pelear. Pero sabed una cosa: quienes no me juren lealtad en ese plazo de tiempo acabarán como Pietro o como cualquiera de ellos —les asegura señalando hacia la barra—. ¿Ha quedado claro?

Sin esperar respuesta, Hueso se dirige a la salida. Recoge su gorra del perchero, se la cala hasta las cejas y, antes de cruzar la puerta, clava el dardo con el que ha matado a Pietro en el centro de la diana.

61

Desde el principio sabían que el plan tenía posibilidades de éxito. Lo intuían. Confiaban en que así fuera. Aun así, se quedan asombrados por la contundencia y el alcance de la respuesta. En menos de cuarenta y ocho horas, el tiempo estipulado por Hueso, nueve clanes sicilianos han enviado emisarios para jurar lealtad a los Andolini y declarar su disposición a luchar contra Luciano. Prometen hombres, armas y recursos. Quieren ser parte de la guerra.

El nombre de Hueso resuena por toda la isla como un eco imparable. Los rumores sobre su liderazgo violento y calculador se extienden como llamas devorando un campo seco. En cada puerto, en cada plaza, en cada casa de juego y burdel de Palermo se murmura que un fantasma del pasado ha tomado forma de hombre. No es solo un miembro de la familia Andolini. Es algo más. Es la sombra de los fundadores españoles de las tres grandes familias.

Pero no hay tiempo para festejar su jugada maestra. El reloj avanza sin piedad y la guerra se define en cada segundo.

Luciano no ha esperado. Ha movido ficha con la misma agilidad despiadada que le permitió apoderarse de Nueva York. Sus emisarios ya están en Sicilia. Ha convocado a la 'Ndrangheta calabresa y a la Camorra napolitana. Les ofrece poder y control, les promete un lugar en la nueva estructura del crimen, más grande, más eficiente, más despiadada.

Si logra firmar un acuerdo con ellos, la partida estará perdida. La noticia llegará a Bonanno y, con su bendición, la unión entre la mafia italiana y la neoyorquina será un hecho. Nadie podrá oponerse. Todo lo que Lorenzo soñó se evaporará entre las nuevas reglas del negocio, entre cuentas bancarias y concesiones internacionales, entre un crimen sin alma ni valores.

El golpe de Hueso ha sido el inicio, pero ahora deben actuar con una velocidad feroz. No pueden dar tregua. No pueden permitir que los calabreses y los napolitanos perciban que Luciano es el seguro vencedor. Deben sembrar la duda. Hacerles sentir que hay una guerra abierta, que las balas aún no han decidido a quién darán la victoria. Si sienten que al apoyar a Luciano pueden terminar en el bando perdedor, regresarán a sus territorios sin firmar. Y sin su respaldo, los Bonanno y el resto de las familias de Estados Unidos dejarán de confiar en él. Sin el control de las tres grandes familias, la lealtad que Luciano ha comprado con promesas comenzará a resquebrajarse.

Solo si se cumplen esas premisas, caerá Luciano.

El encuentro entre los Andolini y los clanes que les han jurado lealtad se celebrará al día siguiente en la iglesia de San Giuseppe dei Teatini. Allí, en la penumbra de la cripta oculta bajo los cimientos del templo, cada *capofamiglia* expondrá qué territorios controla y qué recursos puede ofrecer a la ofensiva. Cada *caporegime* detallará sus fuerzas. Con esa información, Hueso y Matteo definirán el plan de la ofensiva final.

Solo tendrán una oportunidad.

Un golpe certero, una ejecución impecable. Si fallan, si titubean, si la estructura de Luciano resiste el embate, todo habrá terminado. No habrá un segundo intento. El sueño de Lorenzo de una mafia leal a sus raíces, de una Cosa Nostra que no sea un apéndice del crimen estadounidense, se perderá para siempre.

Matteo ha elegido la cripta de la iglesia con la precisión de un estratega. Es un lugar que conoce bien. Allí fueron bautizados Ginevra y él, hicieron la comunión, han ido a misa cada domingo y se han celebrado todos los sacramentos de los Andolini. El sacerdote que custodia el templo ha sido leal a su familia durante décadas.

—Es el sitio perfecto —le asegura a Hueso—. Será nuestro santuario subterráneo, el lugar en el que decidiremos cómo será el nuevo mundo que vamos a crear.

62

Hueso no logra dormir. No es la importancia del encuentro que tendrá lugar en unas pocas horas lo que le impide conciliar el sueño, hay algo mucho más profundo que lo mantiene en vela.

Cuando asume que estará despierto toda la noche, se levanta de la cama y se viste, intentando hacer el menor ruido posible. Entra en el despacho de Lorenzo y, del segundo cajón de su escritorio, saca las llaves de uno de los coches familiares. Sabe que no está haciendo lo correcto y que Matteo nunca lo aprobaría, pero la presión que siente en el pecho no le deja otra alternativa que desobedecer.

Se dirige al garaje, pone el vehículo en marcha y, sin avisar ni pedirle permiso a nadie, conduce en dirección al hospital. Estaciona a un par de manzanas y recorre el camino que lo separa a pie. El ambiente está cargado de humedad, como si estuviera a punto de llover. En el primer escalón de la puerta principal hay dos hombres de la familia Andolini armados. Cuando lo ven, no pueden evitar mostrar un gesto de sorpresa en sus rostros.

—¿Ha ocurrido algo? —pregunta uno de ellos, visiblemente inquieto.

Hueso niega con la cabeza sin detenerse.

—No, todo está en orden, pero tengo que entrar —les dice.

Los hombres intercambian una mirada incómoda.

—Las órdenes de Matteo son claras —le explica el segundo guardia, que había permanecido callado hasta ese momento—. No podemos dejarte entrar, es muy arriesgado. Si ahora mismo ocurriera cualquier cosa, sería nuestra responsabilidad.

—No podéis impedírmelo —contesta Hueso con una mezcla de furia y determinación.

Los vigilantes mantienen su posición; incluso acercan más sus hombros.

—Solo cumplimos órdenes —insiste el segundo guardia, que claramente es el de mayor jerarquía y está endureciendo el tono.

Antes de que Hueso tenga tiempo de responder, la puerta acristalada se abre y aparece Isabella, que sale para tomar un poco de aire fresco y despejarse. Desde que operaron a Ginevra, no se ha movido de su lado ni un instante. De hecho, se ha negado a regresar a casa. Vive en una vigilia constante: sabe que en cualquier momento su hija abrirá los ojos y quiere estar presente para que lo primero que vea sea a su madre. Al descubrir a Hueso en la escalera, va hacia él y lo abraza con ternura.

—Estás más delgado —le dice en cuanto sus cuerpos se separan, agarrando su cara de forma cariñosa entre las palmas de sus manos—. ¿Cómo te encuentras? ¿Y tu herida?

Hueso levanta el brazo para enseñarle el vendaje.

—No es nada —responde quitándole importancia—. ¿Cómo está ella? —pregunta con preocupación.

Isabella suspira y baja la mirada hacia el suelo.

—Igual. Sigue estable, pero muy débil. Todavía la mantienen sedada. Los médicos no dicen nada, son peores que los abogados —añade con una media sonrisa entristecida—. No saben cuánto tiempo necesitará para recuperarse.

De pronto Isabella se extraña de verlo allí en mitad de la noche. La emoción de encontrárselo ha hecho que no se diera cuenta de ello hasta ese momento.

—¿Qué haces aquí a estas horas? ¿Ha ocurrido algo? ¿Te envía Matteo? —inquiere con premura.

A Hueso le cuesta responder. Le da vergüenza confesarle el verdadero motivo que le ha llevado hasta allí.

—No ha pasado nada —contesta en voz baja, con la mirada clavada en sus propios zapatos—. Es solo que... —duda y guarda un segundo de silencio—. Necesitaba verla.

Isabella lo comprende todo al instante. No necesita más explicaciones para entender lo que ocurre. Con su delicadeza habitual, pone la mano sobre el antebrazo de uno de los guardias.

—Hagamos una cosa —les dice—. Yo me hago responsable de lo que ocurra esta noche. Hueso entrará conmigo al hospital. Solo se quedará diez minutos, ¿verdad? —le pregunta mirándolo directamente, y espera a que él asienta antes de continuar—: Cuando vuelva a salir, uno de vosotros lo acompañará en el coche de vuelta a casa. Aquí hay suficientes hombres armados para que nosotras estemos a salvo.

Matteo nunca sabrá lo que ha ocurrido. Confiad en mí, solo serán diez minutos. Es importante para él y también para Ginevra.

El vigilante al que Isabella agarra del antebrazo asiente resignado. Después se aparta hacia un lado para dejarlos entrar.

—Gracias —dice Hueso, rebajando el tono con el que se había dirigido a ellos momentos antes.

Isabella le toma del brazo y recorren juntos el pasillo en silencio hasta llegar a la habitación de Ginevra. Ella se detiene junto a la puerta y, con una mirada cálida, lo invita a entrar.

—Háblale —le aconseja—. No puede responderte, pero estoy segura de que puede escucharte. Seguro que tiene tantas ganas de verte como tú a ella.

Hueso asiente y cruza el umbral. Isabella cierra la puerta y se queda fuera para dejarles un momento de intimidad.

Cuando ya está dentro, siente que su corazón deja de latir al comprobar el estado en el que se encuentra Ginevra. Está conectada a un sistema de ventilación mecánica y lleva una vía conectada a un brazo por donde fluyen suero y medicamentos. Su aspecto es tan frágil que le parece estar ante una figura de porcelana repleta de grietas.

Toma asiento en la silla que hay junto a la cama y en la que imagina que estaría sentada Isabella minutos antes. No sabe qué decir o cómo actuar, así que durante unos segundos solo la mira. Después le agarra con delicadeza la mano y la acaricia.

—No sé si realmente puedes oírme —comienza a hablar

en voz baja, avergonzado—. Mañana será un día importante y no podía dormir sin venir a verte.

Hace una pausa sin dejar de acariciar su mano y observar su rostro inmóvil.

—Hagamos un trato —le propone—, pero tú también tienes que cumplirlo —le advierte—. Salgamos sanos y salvos de esta, para que cuando todo termine podamos viajar a España, como dijimos. Yo me encargaré de la comida, te lo prometo. Puedo aprender a cocinar.

Intenta sonreír, sin éxito.

El resto del tiempo no habla; la mira y la acaricia imaginando que su deseo se hace realidad.

Cuando ya han transcurrido diez minutos, se inclina hacia ella y le besa el dorso de la mano. Se le hace un nudo en la garganta y no quiere que Isabella lo encuentre abatido al cruzar la puerta, por lo que decide abandonar la habitación sin girarse para mirar una última vez a Ginevra. Quiere mantener la compostura como agradecimiento a su generosidad.

Lo que no puede imaginar es que esa decisión hace que no vea cómo los dedos de ella, los dedos que él ha sostenido entre los suyos y que ha besado solo unos segundos antes, se mueven. Es un temblor casi imperceptible, pero es la primera señal de vida desde que la ingresaron en el hospital.

63

El primero en bajarse del coche es Matteo. Hueso lo sigue a unos pocos pasos de distancia. La iglesia de San Giuseppe dei Teatini se alza ante ellos, imponente. Ubicada en la esquina de dos concurridas y estrechas calles del centro de Palermo, su inmensidad solo se puede apreciar desde el otro lado del cruce. Junto a la puerta principal y bajo la estatua de san José y el escudo del gremio de carpinteros, los espera el sacerdote. Viste una casulla blanca y dorada y una estola verde que le cae sobre el pecho. Los recibe sonriendo, abriendo los brazos. Matteo, con gesto solemne, se arrodilla frente a él y le besa la mano derecha, como muestra de respeto hacia quien ha sido un aliado silencioso de los Andolini durante décadas. Hueso, a una distancia prudencial, observa con detenimiento el interior de la iglesia cuando cruza el umbral. Los techos altos, majestuosos, y las paredes decoradas en oro y mármol son de una opulencia que le resulta abrumadora. Cada detalle parece haber sido diseñado para impresionar. Los frescos de las bóvedas y el mármol pulido de las columnas evidencian que se encuentran en un lugar reservado solo a unos pocos privilegiados.

—Bienvenidos a la casa del Señor —les saluda el sacerdote, y su voz pausada resuena en el espacio vacío—. Ya todos os están esperando —les anuncia—. Acompañadme.

Matteo asiente y los tres cruzan el pasillo central entre los bancos de madera y las figuras sagradas, que parecen seguirlos con la mirada. Los nervios atenazan el estómago de Hueso, quien no puede evitar pensar en el contraste entre la paz que se respira en ese lugar y la tensión que los espera en las entrañas de la iglesia.

Llegan hasta una puerta lateral y descienden por una escalera angosta y poco iluminada que los lleva a la cripta. El espacio no se parece en nada al de la nave principal. Las paredes muestran señales de desgaste, la pintura está descascarillada y la humedad ha creado barrigas de distintos tamaños cerca del suelo. La escasa iluminación hace que al caminar se dibujen figuras terroríficas en el suelo. El sacerdote los conduce directamente al espacio principal, donde los bancos de madera han sido apartados para dar cabida al nutrido grupo de asistentes.

Alrededor de cincuenta personas se encuentran en la cripta. Los *capifamiglia* y los *capiregime* de cada familia ocupan el espacio central, mientras que sus hombres de confianza forman un círculo protector alrededor. El encuentro multitudinario crea un espectáculo en sí mismo: decenas de hombres vestidos con trajes oscuros y semblantes severos. Matteo y Hueso los saludan, estrechando manos e intercambiando miradas de reconocimiento y respeto. Es un saludo breve, casi austero, pero cargado de simbolismo. Todos los presentes son conscientes de que lo que allí acuerden marcará el devenir de sus destinos y el de sus familias.

Una mano se posa con delicadeza sobre el hombro de Hueso, este se gira para descubrir a quién pertenece y se halla cara a cara con el sacerdote, que continúa sonriendo como cuando los ha recibido. Su rostro tiene un aspecto extraño, pues aunque su cabello es completamente blanco, sus cejas siguen siendo de un negro profundo.

—¿Puedes acompañarme un momento? —le pregunta—. Hay algo muy importante que me gustaría mostrarte —añade en un tono que despierta la curiosidad de Hueso.

Antes de responder, busca con la mirada a Matteo, que se encuentra a varios metros de distancia, ocupado todavía en los saludos protocolarios.

—Solo será un momento —le asegura el sacerdote—. Estaremos de vuelta antes de que se inicie la reunión.

Intrigado, Hueso decide aceptar y sigue al cura. Suben por la escalera en silencio y regresan a la planta superior, deteniéndose frente al imponente crucifijo que preside el altar. Encajada entre columnas, la figura de Jesucristo, con su herida sangrante en un costado, parece contemplarlos desde su eternidad silenciosa. Ante la cruz, varios cirios encendidos elevan hacia la cúpula finos hilos de humo blanco.

—Aquí es —murmura el sacerdote, arrodillándose frente a Jesús.

Hueso se queda de pie junto a él y, sin entender qué está ocurriendo, lo mira confuso. Durante unos segundos que parecen dilatarse en el tiempo mucho más de lo que realmente duran, no pasa nada. El párroco reza con los ojos cerrados y no vuelve a hablar hasta que los abre.

—Él se sacrificó para redimir nuestras culpas, nuestros pecados. Murió por nosotros para que reinara la paz. Algunas veces, hijo mío —habla ahora girándose hacia el lugar en el que se encuentra Hueso—, la violencia está justificada si con ella se alcanza una paz mayor. El sacrificio de unos pocos puede evitar la muerte de cientos.

El sacerdote vuelve a ponerse de pie y, mirando directamente a los ojos de Hueso, le toma las manos con firmeza, aunque con una amabilidad que desarma cualquier resistencia.

—Esta iglesia ha apoyado a la familia Andolini durante décadas. Lo ha hecho porque ellos han defendido siempre los intereses de Palermo. La mafia en Sicilia es inevitable y necesaria —le asegura—. Para que reine el orden, necesitamos líderes que puedan guiar a los hombres hacia la protección de Palermo, no hacia su destrucción. Esta guerra que quieres liderar —dice singularizando en él toda la responsabilidad— solo traerá más sufrimiento. Hemos sobrevivido a dos guerras mundiales que han dejado tras de sí dolor y miseria. ¿Cuántas madres han perdido a sus hijos? ¿Cuántos niños han crecido sin un padre? —le pregunta en tono de súplica, con los ojos casi inundados en lágrimas—. Palermo no podrá soportar más derramamiento de sangre.

Hueso observa al sacerdote con una mezcla de desconcierto y respeto. Aunque es pequeño y delgado, la presión que ejerce sobre sus muñecas es considerable.

—El Señor perdonará nuestros pecados porque sabe que nuestros corazones solo anhelan la paz —dice finalmente.

Como si de una representación coreografiada se tratase, tras la última palabra del sacerdote estalla un estruendo ensordecedor: es el sonido de las ametralladoras, de gritos desesperados y de pasos precipitados. Las ráfagas de plomo y humo ascienden sin cesar desde la cripta. El aire se llena de un eco de muerte y destrucción que lo envuelve todo y que parece no tener fin.

Hueso se gira hacia el lugar del que provienen los disparos e intenta correr hacia las escaleras, pero el sacerdote se lo impide, agarrando aún más fuerte sus manos.

—Ya no puedes hacer nada por ellos. Han abandonado este mundo de odio y rencor para acceder al reino de los cielos, donde el Señor los espera con los brazos abiertos. Recemos por sus almas —le propone, invitándole a arrodillarse—. Después, cuando todo haya terminado, yo rezaré por la tuya.

Es entonces cuando Hueso comprende la trampa en la que ha caído. Al volver la cabeza en dirección a la salida, descubre junto a la puerta, mirándole y sonriendo, la figura de Lucky Luciano.

64

Apenas necesita un segundo para reaccionar. El instinto hace a Hueso deshacerse bruscamente de la presa del sacerdote. Se lleva una mano a la chaqueta, intentando alcanzar el revólver en su funda. Sin embargo, un instante antes de lograr siquiera tocar el arma, siente el frío cañón de una pistola en la sien. De los laterales del altar han aparecido dos hombres de Luciano.

—Dame una excusa —le susurra al oído en tono amenazador el que lo apunta con su pistola—. Solo necesito que te muevas un milímetro para apretar el gatillo.

El otro se acerca, saca el revólver de Hueso y lo lanza hacia el pasillo central de la iglesia. El arma se desliza por el suelo hasta detenerse junto a los pies de Luciano, que observa la escena con una sonrisa de satisfacción. Con calma, se inclina, recoge el revólver, abre el tambor y deja que las balas caigan junto a sus zapatos. Los casquillos repican en el suelo. Después arroja el arma entre los bancos de madera y camina hasta situarse frente a Hueso, que permanece inmóvil, mirándolo de forma desafiante. Los dos hombres se miden en silencio durante unos segundos cargados de tensión. Es la segunda vez que se ven desde que Hueso se presentó en el restaurante del hotel.

—¿No tienes nada que decir? —pregunta Luciano.

—Sabía que sería más alto —responde Hueso con chulería.

A Luciano le hace gracia su desfachatez y ríe a carcajadas.

—¿No has escuchado lo que te ha dicho el sacerdote? —pregunta cuando al fin controla la risa y recupera la frialdad—. Arrodíllate y reza.

Antes de que Hueso tenga tiempo de reaccionar, Luciano saca su pistola y le dispara a quemarropa en la rodilla. El impacto le hace desplomarse. No puede evitar un alarido mientras se agarra con ambas manos la pierna herida, pero a pesar de la intensidad del dolor, no quiere mostrarse derrotado frente a su enemigo, por lo que aprieta con fuerza los dientes y lo mira con desprecio desde el suelo.

Ante su provocación, Luciano le pisa la mano que todavía lleva vendada, haciendo que se retuerza de dolor mientras grita de nuevo.

—¿De verdad pensabas que podrías enfrentarte a mí? —le pregunta en un tono cargado de burla y desdén—. ¿De verdad creías que un vagabundo como tú podía hacerle frente a alguien como yo? Tú eres un jugador, Hueso, así que ya deberías saber que la banca siempre gana.

Luciano observa la expresión de dolor y derrota en el rostro de su rival. Disfruta tanto contemplando su agonía que da un paso atrás para ver la escena en todo su esplendor. El sacerdote se ha separado de ellos, está en el altar junto a la figura de Cristo crucificado, mientras que los dos sicarios permanecen uno a cada lado de Hueso, apuntándole con sus pistolas.

—Lo que ha ocurrido aquí abajo —continúa Luciano, refiriéndose a la cripta y al eco lejano de los disparos— no ha sido solo la muerte de medio centenar de hombres. Ahí abajo no solo hay cadáveres. —Señala con el dedo índice hacia el suelo—. También hay un mensaje para cualquier familia que se atreva a desafiarme. Este es el destino que les espera a quienes no apoyen mi manera de gestionar el negocio. En el fondo, tu absurdo intento de rebelión me ha venido bien. Si la Cosa Nostra, la 'Ndrangheta o la Camorra tenían alguna duda de mi poder, hoy se ha disipado. Esta noche comienza mi nuevo reinado, y todo es gracias a ti.

Hueso se revuelve e intenta hablar, pero uno de los hombres que lo apunta se lo impide con un fuerte puntapié en las costillas.

—Lo más fácil hubiera sido matarte ahí abajo, pero quería que sobrevivieras para que vieras el alcance y la dimensión de mi poder y también el de tu estupidez.

Luciano vuelve a reír. Cuando sus carcajadas se apagan, suspira con un gesto teatral y se da la vuelta. Entonces sus matones comienzan a patear a Hueso. Lo golpean en la cabeza y en el torso sin piedad; cada nueva patada lo deja sin aire y le destroza la cara. A medida que los puntapiés se suceden, Hueso, cada vez más maltrecho, deja de protegerse. Tras pocos instantes, su cuerpo yace completamente ensangrentado y dolorido sobre las baldosas. Al oír que sus hombres paran, Luciano regresa hacia donde está Hueso y se acuclilla para que sus cabezas estén a la misma altura.

—Estoy seguro de que ahora desearías que te diera el tiro de gracia —dice con tanta frialdad que casi parece que la situación le produzca indiferencia—, pero aún no ha llegado tu momento. Hay alguien a quien quiero presentarte.

Señala con un movimiento de su cabeza hacia el fondo de la iglesia. Hueso, apenas consciente, alza la mirada y distingue a un anciano que se pone en pie. No lo había visto antes y no sabe cuánto tiempo llevará ahí. Es un hombre delgado, con gafas y el rostro surcado de arrugas, que se dirige hacia ellos con paso lento, casi arrastrando los pies, y cargando con un maletín de médico en una de sus manos.

—Es una eminencia —lo presenta Luciano—. El mejor dentista de todo Palermo, seguro que has oído hablar de él.

No necesita decir nada más para que Hueso comprenda que se encuentra ante el hombre que le arrebató la vida a su madre.

Canino deposita el maletín en el suelo, lo abre y extrae un pequeño frasco de vidrio que contiene suero fisiológico. Después vierte el contenido en su pañuelo de seda y, con extrema delicadeza, limpia el rostro destrozado de Hueso. Lo hace con esmero, asegurándose de retirar todos los restos de sangre para poder contemplar su cara. Cuando termina, agarra su barbilla con fuerza y lo obliga a mirarle a los ojos.

—Eres igualito a tu madre —murmura con su voz burlona—. Me pregunto si también gritarás como ella.

65

Sin soltar la barbilla de Hueso, Canino gira la cabeza para dirigirse a Luciano y decirle que él y sus hombres pueden marcharse, que no los necesita. Antes de irse, Luciano vuelve a agacharse al lado de Hueso para despedirse.

—Ha sido divertido jugar contigo, pero ya es tarde y los niños debéis ir a dormir.

Sin aguardar su respuesta, se gira ordenando a sus hombres que lo sigan. Se alejan a paso ligero, dejando a Hueso, a Canino y al sacerdote tras ellos. Cuando el sonido de sus pisadas se desvanece en la distancia, Canino se incorpora y saca su Mauser C96.

—En el fondo, no disfruto —dice mientras da pasos cortos de un lado a otro, como si estuviera representando un monólogo en lugar de manteniendo una conversación—. Es solo trabajo, ya sabes cómo funciona esto. Una vez que estás dentro, no puedes salir. Pero a la vez me da lástima verte ahí, tirado en el suelo como un animal herido al que acaban de atropellar. Así que será rápido, te lo prometo.

—No, aquí no, por favor —interviene el sacerdote, que había guardado silencio desde la entrada de Luciano—. No en la casa del Señor. Lo que acordamos fue que las muertes serían en la cripta, solo allí. Aquí, frente a la figura de nuestro Señor, no, por favor.

Canino observa al cura, y aunque intenta mostrarse impasible, no le resulta sencillo ocultar su expresión de desprecio. Comienza a caminar hacia él. Al ver la figura amenazante acercándose, el sacerdote retrocede asustado. Ante su reacción cobarde, Canino deja escapar una risa frívola.

—No te lo vas a creer —le dice—, pero de pequeño quería ser cura. No porque creyera en Dios o me atrajeran las vírgenes, tampoco porque tuviera miedo de ir al infierno por mis pecados; eso nunca me ha despertado el menor interés. Lo que me gustaba era imaginarme en un púlpito, dirigirme a un público que me escuchara con atención. Ese era el verdadero motivo. Bueno, ese y la ropa. Sois tan elegantes los representantes de la fe —dice en un tono de burla indisimulada—. ¿Cómo se llama esta bufanda que lleva?

—Es una estola —responde el sacerdote.

Canino alarga la mano hacia él y le pide que se la preste. El sacerdote, horrorizado, intenta negarse, explicándole que se trata de un objeto ceremonioso, no de una prenda decorativa.

—Vamos, padre, no sea tan rígido —insiste Canino, jocoso—. Seguro que puede hacer una excepción —le dice, apuntándole con su arma.

Temblando de pánico, el clérigo cede y le entrega su estola verde. Canino se la coloca alrededor del cuello y la deja caer sobre sus hombros.

—Es curioso eso que mencionaste sobre la sacralidad de este lugar y lo inoportuno que sería matar a alguien aquí, bajo la mirada compasiva de Jesús, cuando la única organización del mundo con más muertos y mayor acumulación de capital que la mafia es precisamente la Iglesia católica.

Antes de terminar la frase, se acerca todavía más al cura, que trata de mantener las distancias, pero en su huida choca de espaldas con un pedestal sobre el que hay varias velas encendidas que caen al suelo. Están tan cerca el uno del otro que cuando Canino vuelve a hablar, el sacerdote puede sentir el calor de su aliento en el rostro.

—Has pasado toda tu vida adorando a Dios —le dice—. Déjame que te haga un favor y te lleve a conocerlo.

Le dispara dos veces, una a la altura del vientre y la otra en el corazón. El sacerdote cae junto a sus pies con un grito ahogado de incredulidad.

—¿Por dónde íbamos? —pregunta de pronto, dándose la vuelta para dirigirse de nuevo a Hueso, sin prestarle la menor atención al hombre que agoniza a su espalda—. Ya lo recuerdo —dice al llegar a su altura—. A mí nunca me ha gustado este trabajo. Lo hago por encargo, como una obligación, pero no lo disfruto. Lo que realmente me apasiona es mi oficio. Ser dentista, en cierta forma, es como ser escultor. Reconstruir, moldear... Es pura artesanía. ¿Y sabes lo más interesante de todo?

Después de su pregunta, guarda un segundo de silencio, como si realmente esperara la respuesta de Hueso. Al comprobar que no habla, decide continuar:

—Que la gente puede esforzarse muchísimo por cambiar, por ocultar su verdadera identidad. Se perfuman, se compran ropa y zapatos caros; sin embargo, hay algo que nunca miente, que siempre nos muestra tal y como somos: nuestra dentadura.

Se arrodilla, deja la pistola en el suelo y agarra con las dos manos el rostro de Hueso. Le clava los pulgares en las articulaciones de la mandíbula para obligarle a abrir la boca y poder observar sus dientes.

—Tienes una dentadura admirable —dice sorprendido—, pero déjame trabajar un poco con ella; tal vez pueda mejorarla.

Libera el rostro de Hueso y busca algo en el maletín sin dejar de mirarle y de sujetarle la cara con la otra mano. Se escucha el ruido de los objetos moviéndose dentro. Pasa un segundo y luego otro más. Parece no encontrar lo que busca.

—¿Dónde habré puesto...? —murmura en tono distraído, como si estuviera en su consulta.

—¿Buscas esto? —pregunta Hueso, y al hacerlo sonríe, dejando otra vez a la vista todos sus dientes.

Antes de que Canino pueda reaccionar, con un movimiento tan rápido como preciso, Hueso le hace un corte horizontal en la garganta con su propio escalpelo, tan profundo que parece dibujarle una segunda sonrisa en el cuello. Canino se incorpora, pisa el arma que había dejado a su lado, da un paso atrás y se lleva la mano al cuello. Durante un segundo es como si no hubiera ocurrido nada, pero después, entre las líneas de unión de sus dedos, comienza a brotar sangre. Con movimientos torpes, se tambalea de un lado a otro hasta llegar a uno de los bancos de madera, donde se deja caer, herido de muerte.

—Soy demasiado viejo para este trabajo... —Le cuesta hablar y su voz no es más que un susurro.

Hueso se incorpora. Le cuesta un trabajo ímprobo recuperar la verticalidad y tiene que tirar de la pierna herida con la mano sana para avanzar. Llega como puede hasta el banco en el que se encuentra Canino y toma asiento a su lado. Si no fuera por las heridas de ambos, vistos desde cierta distancia, podrían parecer un par de amigos que han ido juntos a la iglesia para rezar.

—No quiero morirme siendo un mentiroso... —dice Canino con un hilo de voz—. Si hay algo que realmente odio en este mundo es a la gente que no dice la verdad. Me inventé lo que te dije antes —le confiesa, y acto seguido tose y lanza un esputo de sangre sobre su propia camisa—. Tu madre no gritó mientras la torturaba. Eso fue lo que más me impresionó de ella: guardó silencio hasta el final. Cuando estaba a punto de morir me dijo que algún día su hijo se vengaría de mí.

Intenta reír, pero el dolor se lo impide.

—Y míranos, aquí estamos los dos, cumpliendo su última voluntad.

Hueso no responde, se palpa con las manos los bolsillos hasta que encuentra el paquete de tabaco y el encendedor. Se prende un cigarrillo y da una larga calada, exhalando el humo con satisfacción. Después le ofrece la cajetilla a Canino, que acepta y coge uno.

—Gracias —le dice con una educación que no parece corresponderse con la escena agonizante que están viviendo.

Canino, con mucha dificultad, se lleva el cigarrillo a los labios y Hueso se lo enciende.

—La primera vez que probé el tabaco era solo un niño —le confiesa Canino—. Siempre me gustó, pero llevaba más de treinta años sin fumar.

Da una calada. El corte de su cuello es tan profundo que al expulsar el humo se le escapa por la herida de su garganta.

—Lo dejé porque es malo para los dientes. Te los vuelve amarillos.

Intenta dar una última calada, pero no lo logra. Su cabeza cae hacia atrás y muere con el cigarrillo aún entre los labios.

Hueso se incorpora y comienza a caminar hacia la salida dejando un reguero de sangre. Se detiene cuando escucha una voz llamándolo a su espalda.

—Hueso... Estás vivo.

Se gira sin poder creer quién es la persona que se encuentra tras él.

66

Matteo avanza con paso decidido por el pasillo. Hueso lo ve a lo lejos y siente una oleada de alivio y alegría en su interior. Le gustaría correr hacia su amigo y darle un abrazo, pero su pierna herida se lo impide. Matteo ha emergido de la escalera que da acceso a la cripta sin un solo rasguño, pero la emoción no deja a Hueso pararse a pensar en cómo ha logrado salir ileso de la emboscada de Luciano.

—¿Por qué te empeñas en seguir viviendo? —pregunta de pronto Matteo con una voz áspera que confunde a Hueso.

Sin dilación, se agacha, recoge la Mauser C96 de Canino y con un movimiento frío, casi casual e intrascendente, apunta con el arma a Hueso y le dispara en el estómago. El impacto le saca el aire de los pulmones, arrancándole un aullido sordo. Se tambalea y se apoya en un banco de la nave central, donde se recuesta.

—Eres tan estúpido —le dice Matteo, resoplando—. No sé cómo mi padre pudo confiar en ti. Cómo pudo imaginar que un pobre diablo como tú podría liderarnos.

Lo mira con desprecio.

—No comprendes nada de lo que está ocurriendo, ¿verdad? —le pregunta.

Es entonces cuando Hueso entiende de verdad qué está pasando. Matteo los ha traicionado: fue él quien avisó a Luciano del lugar y la hora en la que se celebraría la reunión para que pudiera enviar a sus hombres y tenderles la emboscada que ha terminado matándolos a todos.

—No me mires así —prosigue Matteo—. No es nada personal. No tengo nada contra ti, son solo negocios. Mi padre nunca lo comprendió, por eso está muerto. Palermo no necesita aferrarse a su pasado. Palermo necesita un nuevo líder que lleve la ciudad al futuro.

Hueso, sin apenas respiración, lucha por mantener el contacto visual, por no perder el conocimiento.

—Tenías razón en algo de lo que dijiste, ¿sabes? Nunca podríamos derrotar a Luciano. No podemos cambiar el destino de las tres grandes familias. La mafia que tú representas y que mi padre defendió toda su vida forma parte del pasado. Adaptarse o morir, Hueso, es la ley de la supervivencia. Por eso cuando Luciano me hizo una oferta, no la pude rechazar. Debía entregarte a ti, al hombre que representa los valores de algo que ya no existe, pero no solo a ti, también me pidió que le entregara a mi padre y a todas las familias que se opusieran a él. A cambio, él me daría el cetro para liderar Palermo.

—Era tu padre —logra decir Hueso, como si no acabara de creérselo del todo. Al hablar se lleva las manos al vientre. El dolor es insoportable.

—¿Sabes qué fue lo mejor de todo? —le pregunta Matteo, luciendo una macabra sonrisa, sin atender a sus palabras—. Que mi plan estuvo a punto de desmoronarse el día del teatro. Pietro Fidanzati supo que había un traidor entre nosotros, pero no sabía quién era. Por eso escribió aquella nota y le pidió al hijo del relojero que se la entregara a mi padre antes de llegar a su palco. Quiso avisarle de la traición, pero no de la suya por no presentarse al encuentro, sino de la que nacía en las entrañas de los Andolini. Pero a mi padre jamás se le hubiera ocurrido desconfiar de los suyos. ¡Su estúpida lealtad lo envió a la tumba! —brama alterado. Hace una pausa y luego continúa—: Lo mejor vino después, cuando te convencí para que asesinaras a Pietro Fidanzati. Si él no moría y el rumor de la traición dentro de los Andolini seguía creciendo, corría el peligro de ser descubierto o de que Luciano anulara nuestro acuerdo, pero tú mandaste a la tumba a la única persona que podía haberme descubierto. Lo demás vino rodado: solo había que esperar a que los clanes tradicionalistas se posicionaran contra Luciano, juntarlos a todos en un espacio del que no pudieran escapar y entonces... *voilà* —concluye realizando un gesto teatralizado con sus manos.

Hueso lo mira devastado y lleno de rencor.

—No me odies —le pide Matteo, haciendo un puchero—. Solo son negocios —repite, y va a sentarse al lado de Hueso—. ¿Te he contado lo que sentí la primera vez que maté a un hombre?

Hueso no levanta la mirada tras escuchar la pregunta. El dolor se lo impide. Permanece con la cabeza gacha, observándose las manos, que continúan aferradas a su vientre intentando detener la hemorragia que le empapa la camisa y los dedos.

—Ni siquiera tenía veinte años —continúa Matteo—. Fue en una partida de cartas. Un tipo me acusó de hacer trampas y lo golpeé con un vaso, pero en lugar de calmarse, el muy estúpido se enfureció y tuve que usar uno de los cristales rotos para rajarle.

Tras pronunciar la frase, no puede evitar reír. Una estruendosa carcajada que resuena en los muros de la capilla.

Hueso cierra el puño y lo aprieta contra su abdomen. Al hacerlo, siente como si un látigo le lacerara las entrañas. El dolor punzante le obliga a levantar la cabeza. Primero lo hace con los ojos cerrados; después, al abrirlos, su mirada se encuentra con el fresco pintado en el techo, en el que puede verse a san Andrés Avelino ascendiendo al cielo tras su muerte y siendo coronado.

—Tuve que enterrarlo solo. Fui en coche hasta el Monte Pellegrino. Allí detuve el motor y comencé a cavar. No te imaginas lo dura que estaba la tierra. Era una arena rocosa y no había manera; por mucho que intentara clavar el pico, apenas perforaba el suelo, a lo sumo levantaba un poco de polvo. Me llevó más de tres horas hacer un maldito agujero. ¿Y quieres saber lo más divertido? Cuando saqué el cadáver del maletero y lo tiré en la zanja, descubrí que no era lo suficientemente profunda y no pude cubrirlo por completo. —Sonríe mientras habla, como si fuera una anécdota divertida—. No sentí nada. Solo recuerdo el esfuerzo agotador que fue enterrarlo de mala manera. Para la mafia, asesinar es un trámite, una parte más de nuestro trabajo. Debemos aprender a seguir con nuestra vida sin cargar con los cadáveres que dejamos atrás. Somos soldados en una guerra y cada muerte que provocamos está justificada. Mi padre y tú seréis mártires —le asegura—. Mi madre y Ginevra estarán a salvo y yo gobernaré Palermo. Míralo por el lado bueno: todos salimos ganando.

De pronto, Matteo comienza a cachear a Hueso, buscando algo en sus bolsillos. Lo primero que encuentra es una vieja baraja de cartas. No puede evitar reír al verla.

—Siempre con tus estúpidos juegos —dice mientras la deja sobre el banco de madera.

Sigue palpando con su mano libre los bolsillos de Hueso hasta que da en uno de ellos con el camafeo. Se lo arrebata y se lo guarda en el bolsillo del pantalón.

—No creo que lo vayas a necesitar.

Con los dedos manchados de la sangre de sus propias entrañas, Hueso extrae los naipes de la caja y los abre en abanico frente a Matteo.

—Escoge una —le pide.

A Matteo se le escapa una carcajada aguda.

—Eres patético.

Hueso insiste y le tiende las cartas como pidiéndole que cumpla con su última voluntad. Matteo accede sin borrar de su rostro la risa burlona. Extrae una carta, la mira y la vuelve a poner entre la baraja. Hueso corta varias veces, después coge la primera carta del mazo y la voltea mostrándole a Matteo el dos de corazones.

—Era esta, ¿verdad? —le pregunta.

—No, imbécil —contesta Matteo con desprecio—. Era el as de picas.

Levanta de nuevo la mano y apunta entre los ojos de Hueso, que rompe a reír, una risa descontrolada, llena de dolor.

—¿Qué es lo que te hace tanta gracia? —quiere saber Matteo.

—Que eres tú el que no entiende nada —responde Hueso—. Nunca conseguirás ganarme. Mi legado perdurará aunque acabes conmigo. No se puede matar a quien es inmortal.

Matteo, lleno de furia, aprieta el gatillo con frialdad. La bala penetra en la cabeza de Hueso, que cae entre los bancos de madera, muerto en el acto. Cuando todo ha terminado, se gira y lanza el arma al suelo con desprecio.

En el exterior hay varios coches esperándolo. Los hombres que aguardan fuera están inquietos por saber lo que ha ocurrido. Luciano se encuentra en el interior de uno de los vehículos, con la ventanilla bajada. Matteo camina hasta llegar a su altura.

—Está muerto —afirma con celeridad.

Después llama a uno de sus hombres de confianza.

—Tienes que deshacerte de algo —le ordena—. Fúndelo, aplástalo, haz lo que quieras, pero asegúrate de destruirlo para que nadie pueda encontrarlo.

Matteo introduce la mano en el bolsillo del pantalón para extraer el camafeo y entregárselo a su guardaespaldas, pero de pronto la expresión de su rostro cambia. Se pone pálido, como si acabara de ver a un fantasma. Muy despacio, saca la mano y comprueba que entre sus dedos, en el lugar en el que debería encontrarse el camafeo, hay un naipe: el as de picas.

Año 1958, Lecce, región de Puglia

Ginevra descansa en la cama, en una habitación de paredes claras, iluminada por la luz tenue del sol que entra desde una pequeña ventana. El ambiente en la sala es tranquilo, aunque su corazón late con fuerza y sus ojos, aún nublados por el esfuerzo, están atentos a la puerta. A su lado, de pie, permanece Isabella, con una mano temblorosa sobre el borde del colchón, acompañando a su hija en ese momento único. La observa con emoción, sin poder contener las lágrimas.

Pocos minutos después, una enfermera de uniforme blanco y cofia entra en la habitación. Su sonrisa es cálida y sus pasos, lentos y suaves. Se aproxima a la cama y, con extremo cuidado, deposita sobre el pecho de Ginevra el pequeño cuerpo del bebé que acaba de nacer. La recién nacida ha sido envuelta con cuidado en un paño de algodón. Al sentir el calor de su hija, Ginevra la rodea con sus brazos y la acerca al rostro, dejando que las lágrimas de alegría empapen sus mejillas.

—Ha nacido fuerte y sana —susurra la enfermera en un tono que intenta no quebrar la intimidad del momento.

Ginevra apenas puede articular palabra; la ternura que la invade es tan profunda que solo logra esbozar una sonrisa, mientras contempla a su hija como si el resto del mundo hubiera desaparecido a su alrededor. Isabella se une a ellas y posa una mano en la cabeza de su nieta, acariciándola con suavidad.

La enfermera, con una discreta emoción en su mirada, pregunta:

—¿Ya ha pensado el nombre que le pondrá?

—Sí —responde Ginevra con rotundidad—. Se llamará Elia.

Agradecimientos

Cuando me encontraba en la etapa final de este libro, mantuve una charla con el periodista y corresponsal de guerra Antonio Pampliega. En ella me hizo notar algo curioso: la mayoría de las novelas de ficción no incluyen bibliografías.

Por ese motivo he querido que este apartado de agradecimientos comience con quienes más compañía me han hecho durante este viaje: los libros.

Para construir la leyenda fundacional de la mafia a manos de tres hermanos españoles, me apoyé en decenas de fuentes, pero hubo algunas esenciales. *Historia de la mafia*, de John Dickie, fue mi brújula. De Roberto Saviano me resultó especialmente útil su colección de reportajes *Vente conmigo*.

Para todo lo relacionado con la Operación Husky y las negociaciones secretas entre el Gobierno de Estados Unidos y Lucky Luciano, trabajé con los libros *Aliados de la mafia*, de Tim Newark; *Nápoles 1944*, de Norman Lewis, y *Sicilia 1943. El primer asalto a la fortaleza Europa*, de James Holland.

Para comprender la devastación que supuso la Segunda Guerra Mundial, y cómo se vivió desde Italia, me apoyé en dos novelas imprescindibles: *Kaputt* y *La piel*, ambas de Curzio Malaparte.

Para conocer el funcionamiento de las cinco grandes familias neoyorquinas, acudí al clásico *Honrarás a tu padre*, de Gay Talese. Dos joyas de Íñigo Domínguez, *Crónicas de la mafia* y *Paletos salvajes*, me ofrecieron valiosos detalles sobre cómo se ejerce el poder o cómo se castiga una traición.

Y aunque no aborda directamente temas mafiosos, el libro de viajes *Sicilia*, de Ismael Grasa, me ayudó a mirar la isla con otros ojos.

También quiero darle las gracias a mi hija, Daniela, que cuando sentí que no iba a ser capaz de escribir este libro y estuve a punto de rendirme, me dio el mejor consejo posible: «Lo que tienes que hacer es borrarlo todo y empezar desde el principio».

Gracias a Ana María Caballero, mi editora, por exigirme y no permitirme ser conformista. Pero, sobre todo, por creer que podía escribir este libro cuando ni yo mismo lo pensaba. Hago este agradecimiento extensible a todo el equipo de Ediciones B y del grupo editorial Penguin Random House, por seguir confiando en mis historias y en mi manera de contarlas.

A Gabriela Ellena Castellotti, que aunque es mucho mejor boxeadora que yo, me permitió acabar el combate sin noquearme.

Por supuesto, gracias también a vosotras y vosotros, lectores. La literatura no es un monólogo, es una conversación. Que yo pueda seguir charlando es mérito vuestro.

Y a mis amigas, «las Marías», que no han aportado nada a esta novela, pero que se enfadan si no las cito.

Más que un agradecimiento, quiero pedir disculpas al pueblo siciliano y, en especial, a la maravillosa gente de Palermo. Esta historia nace de un viaje de dos semanas recorriendo sus calles, plazas, mercados e iglesias. Desde entonces, Palermo se ha convertido en mi destino favorito, el lugar al que siempre anhelo volver. Sin embargo, este libro habla de una ciudad violenta, marcada por el miedo y la sangre. Nada más alejado de la Palermo viva y luminosa que conocí.

Permitidme cerrar de manera circular. Mi último agradecimiento va dirigido a una persona a la que no conozco y de la que ni siquiera recuerdo el nombre. Como decía al inicio, cuando comencé a documentarme para esta novela, supe que necesitaba hacerme con un ejemplar de *Historia de la mafia*, de John Dickie. El libro estaba descatalogado, así que lo busqué de segunda mano y contacté con su propietario. Pero debí de escribir mal el título, puesto que me respondió: «El libro se llama *Historia de la mafia*, no *Historia de la magia*, como tú lo has puesto. Te lo aclaro porque, aunque parezcan palabras similares, debo advertirte que la mafia y la magia no tienen absolutamente nada que ver».

Fue entonces cuando decidí llevarle la contraria y escribir esta novela, para demostrarle que cualquiera que haya visto actuar al genial mago argentino René Lavand, con sus historias sobre tahúres y gánsteres, sabe que la mafia y la magia no solo pueden convivir, sino que siempre lo han hecho.